JN156702

夢の歌から

Tsushima, Yuko
津島佑子

インスクリプト
INSCRIPT Inc.

目次

III

夢の歌から

「いのち」の輝き

この酷暑の夏、いくつもの生と死が重なり合って、私のまわりに光り輝いていた。

十二歳のときから四十五年間、世間知らずで不器用な私を支えつづけてくれた友人が七月にまったく突然、息を引き取った。びっくりしすぎて、悲しむ暇もないような出来事で、とりあえず病院から彼女のご自宅まで私もお供させてもらった。そしてその夜、部屋の都合もあって、彼女のご遺体の横に寝かせていただくことになった。とは言え、すぐに眠れるはずもない。明け方になってようやくうとうととして、一時間後にはもう目が醒めた。部屋の外を見ると、早朝の真夏の光にまばゆく、庭の緑が輝いている。ああ、なんという美しさだろう、としばらく見とれずにいられなかった。かたわらには、彼女がしんと横たわっている。その枕元では、疲れ果てた息子さんが頭を垂れ眠っている。

真夏の光はその瞬間、私に悲しみを忘れさせ、この地上のいのちという「いのち」が私たちのまわりにはこんなにも美しく溢れている、と実感させたのだった。彼女のいのちも、私のいのちも、そのまばゆい光のなかではひとつに溶け込んでいた。

その光は、八月に訪れた熊野にも過剰なほど溢れていた。熊野では、四十六歳で病死した、私にとっては幼なじみのように感じられる中上健次という小説家の十三回忌が営まれたのだった。彼が亡くなったとき、私はパリに滞在していたのだったが、朝五時ごろに日本からの電話でその訃報を知らされた。そのすぐあとに向かったブルゴーニュの水車小屋にも、「いのち」の光は溢れていた。森の緑。池と小川の水面の光。庭をにぎやかに駆けまわるアヒルたち。

さらにこの夏は、事故で十年前に他界したインドの友人の息子さんと、二十年前にこの世を去った私の息子がそれぞれ七月の末と八月、つまり夏の盛りに生まれた子どもたちだった、とはじめて知ることができた。私たちの息子たちは本当に力強い光のもとに、その生を与えられた存在だったのね、なにはともあれ、お誕生日おめでとう！　とメールで祝い合った。

インドの友人は宗教上、お墓を持たない。けれどももちろん、家には祭壇があり、特別な思い出の場所というものもある。息子さんが亡くなった場所にある林で、彼女はいつも息子さんを感じ、言葉を交わしつづけている。

この地上を照らす「いのち」の美しさ。かけがえのなさ。個々のどんな死の悲しみも、あるいは死の誘惑も、その美しさに溶け込み、生の喜びに吸収されていく。

地上の「いのち」の一部として生かされている私たちにとってなによりも必要なことは、空や木々を見つめること、山や海を知ること、草花や生き物たちと親しむこと、つまり、そこにくり返されつづける生と死の輝かしい営みを直接、知ることなのにちがいない。

（「あけぼの」二〇〇四年一一月号）

戦争の時間が流れて

東日本大震災と福島第一原発事故が起きてから、ふたたび中上さんのことを思いだすことが多くなった。もしかれが生きていたら、どんな反応を見せただろう、脱原発デモの先頭に立っただろうか、と。原発事故であらわになった日本の政治のありさま、いや、日本のみならず、核兵器も含む原子力産業が巨大なグローバル経済となり、世界をおおっているさまに、かれはどのようなことばで嚙みついただろう、とも。

中上さんがこの世を去る前年の一月に、湾岸戦争が起こり、私はそのあと、フランスに渡った。すでに東欧民主革命がはじまっていて、パリでも東欧から流れてきたひとびとをたくさん見かけた。秋には、フランスの文化サミットで中上さんと会い、十二月、ソ連解体となった。年が変わると、ユーゴスラビアが内戦状態になり、そして、中上さんが末期ガンに冒されている、と東京からの電話で知らされた。

湾岸戦争の際、私たちはそれに対する日本政府の対応、つまり「多国籍軍」への巨額の資金提供に反対する声明を出した。緊急に声明文をまとめなければならず、まだ湾岸戦争の行方が見えないなか、混乱も多く、もどかしい面があるにはあったものの、同時代の日本の作家として、そのとき声明を出しておくことができたのは、のちの世界の動きから考えても、決して無意味なことではなかった、と私は信じている。

柄谷行人さんをはじめとして、ほかに川村湊さんや島田雅彦さん、高橋源一郎さん、いとうせいこうさんなども参加していて、会合がくり返されたのだったけれど、中上さんとゆっくり個人的に話す時間はなかった。韓国の作家たちと親しく接触する機会を作りたい、と会合のとき、どんな話の流れだったか、中上さんが熱心に提案し、ぜひ、そうしたいね、とみんなで盛りあがったという記憶だけはある。翌年かれがこの世を去ったあと、日韓文学シンポジウムが開始され、それは十年もつづけられた。

湾岸戦争のときに幾度となく中上さんと顔を合わせたのが、実質的にかれと過ごす最後の時間になった、そう改めて思い当たると、ふしぎな思いになる。秋にフランスで会ったときにも話は交わしているけれど、ほんの立ち話だけで、私としてはゆっくり話したかったけれど、まあ日本に戻ってからのお楽しみにしておこう、と考え、よけいなことはなにも話さなかった。会場に入るドアの前で、信じられないよな、おれたちがもう四十五歳だなんて、もうおじさん、おばさんだよ、と笑い合った、そんな気楽な会話、あるいは、かれがジュースをパーティ会場で飲んでいるので、あれ、どうしたの、と私が聞くと、不機嫌な顔で、酒は飲めない、とかれが答えた、たったそれだけの会話で、私たちは別れてしまった。あとで考えれば、すでにかれはかなり体調がわるかったのかもしれない。そうして私たちには、日本に戻ってからの時間はなかった。

中上さんの存在を私がはじめて知ったころは、ベトナム戦争に対する反対運動が日本にもひろがっていた時期だった。そもそも私たちは日本の敗戦直後に生まれている。直接には戦争を知らず、戦後の高度成長とともに育った世代ではあるのだけれど、それぞれの背後には戦争の影響が確実に存在していた。戦争から戦争へ、という時間の流れのなかで、かれはいつもなにものかと先鋭的に戦っていた。挑発的な物言いで、私も含めたまわりのひとたちを苛立たせ、男性が相手だと、酔っぱらった勢いで暴力を振るうこともあった。とはいえ、私自身はそんな場面を見たことはなく、口げんかばかりしながらも、かれが苛立つ理由が漠然とわかる気はしていた。根深い差別のうえに成立する日本社会、日本のたどってきた時間をひとりで相手にしていれば、腹が立つ前に嫌悪感に襲われたことだろう。なんとなくの合意ができている無難な社会。異質な存在を忌みおそれる社会。

今、原発事故で、そんな日本社会のさまがつぎつぎとあからさまになっているわよ、とつい、私は中上さんに語りかけたくなる。あなたの抱えていた苛立ちが、原発事故によって多くのひとの苛立ちとして共有されはじめているみたいよ、と。

そういえば互いにまだ二十代のころ、つまりほんの新人だったころ、自分たちの同人誌を作ろうか、という相談で、個人的に重ねてかれと会っていたことがあった。十代の終わりから同じ『文藝首都』という老舗の同人誌にいたので、まるでクラスメートのような親しみがあり、そんな話をしやすかった。原稿料をいただける商業文芸誌になんとか作品を掲載させてもらえるようにはなったけれど、これでいいのだろうか、大きな出版社に頼って作品活動をずっとつづけていくのか、という疑問を感じはじめていた。良質で、刺激的な、すでに作家として活躍しているひとたちによる同人誌が多く出されている時期でもあった。ところがいざ、話が具体的な段階にさしかかると難題続出で、あっけなく、その話は消えてしまった。

いつも私はかれにもっと話したい、話すことがあるはず、と感じつづけていた。でも会えば必ずと言っていいほど、かれは酔っぱらっているか、私をからかって、イライラさせることを言う。十八歳のときから勘定すればほぼ三十年に近い年月、同じことを思いつづけ、ついになにひとつ肝心なことを話せないまま、かれはどこかに消えてしまった。まだ時間はある。そのうち話す機会はある。愚かにも、そう信じていた。でも私たちには時間などなかった。

ところで私はいったい、なにをそんなにかれと話したかったのだろう。よくよく考えてみると、それが自分でわからなくなる。

（「別冊太陽　日本のこころ199　中上健次」二〇一二年八月）

I

「夢の歌」から

それにしても、どうしてウランという鉱物は地球上、ほぼ例外なく、「先住民」と呼ばれるひとたちが古くから住み慣れてきた土地に眠っているのだろう。この皮肉な現実を、私はどのようにとらえればよいのだろう。

3・11の大震災で起きた福島第一原発事故で動揺しつづけていた私の耳に、ある日、オーストラリア北部特別地区に住むアボリジニのミラール族の声が届いた。かれらは国連事務総長に手紙を送ったのだ。自分たちの土地から産出されるウランの取引先のひとつが、東京電力だった。となれば、福島第一原発の事故は私たちにも責任の一端があることになる、と手紙には綴られていた。「それは私たちにとってとても悲しいことです」と述べ、ウラン採掘に改めて反対し、鉱山使用料として今までかれらに支払われていた巨額のお金も返上することを決意したという。厖大な使用料のせいで、アルコールにおぼれる者が増え、お金をめぐるいさかいも増えた。なによりも伝統的な生活文化が破壊され、放射能に汚染された岩や泥が詰まった穴だらけの土地になり、健康被害も出ている。

同じくアボリジニのひとびとで作る「西オーストラリア非核連合（WANFA）」からも四月、日本の私たちに手紙が届けられていた。「東京電力の原発を稼働する燃料となっているオーストラリアのウランがみなさまの海水、水道水、食物連鎖、さらにみなさまの遺伝子までも汚染してしまうであろうことに対し、大変遺憾に思います。私たちに地震や津波を止めることはできません。しかし核の脅威を止めることは可能であり、またなされなければいけません。／私たちはオーストラリアによるウランの輸出廃止を固く決意しています。／私たちの国土は海でつながっており、私たち両国民は過去に核爆発による影響を受けたという歴史でつながっています。そしてなによりも、核のない未来を望む心で私たちは結ばれているのです。」（中野よしえ訳による）

アボリジニのひとたちには、「夢の物語」という、夢のなかから生まれた土地の記憶をうたう歌の伝統がある。かれらの土地が荒らされれば「ジャン」という致命的な力が解き放たれる、と「夢の物語」のなかで語り伝えられていた。ウラン鉱山が操業を開始した一九七〇年代、この「ジャン」の目ざめによって、世界中が皆殺しにされかねない、と当時の長老がウランの輸出計画を進めるオーストラリア政府に警告を発したのだという。けれど、そんな「先住民」による警告は無視された。

私は、このアボリジニの「夢の物語」に魅せられたひとりだった。まず「夢の時代」があり、祖先が目ざめ、歌を足跡として残しながら大地を歩いた。「夢の歌」は子孫である部族にとっての地図であり、記憶となった。「先住民」と呼ばれるひとたちは狩猟採集、あるいは遊牧の生活を送り、原則的には定住しない。ある一定の範囲を移動し、ひとつのかぎられた場所が自分たち人間によって集中的に荒らされることを避ける。そのため、広い空間を移動しながら使用する権利が、互いになによりも大切なものになるし、それは土地の私有ではなく、共同使用の約束という形になる。定住を避けるかれらは、文字も導入したがらない。文字のどこを信用しろ、というのか。かれらはみんなで共有する広い土地の記憶を、自分たちの体に刻みこむ。土地の記憶は歌になる。それこそが、どこかのだれかが変えようとしても変えられない人間の命につながる生きた記憶であり、お互いの約束ともなる。

アボリジニの「夢の物語」もそのひとつ。昨年、私が書いていた『黄金の夢の歌』（講談社）という作品のタイトルは、言うまでもなく、アボリジニの「夢の物語」に倣っている。その作品で扱ったのは、じつはアボリジニではなくユーラシア内陸部の遊牧・狩猟民の世界だったのだけれど、その世界に私を導いてくれたのはアイヌの歌の世界だったわけで、こうした歌は世界中にひびきつづけていたと想像される。かつての遊牧・狩猟文化の面影とともに、さまざまな「夢の歌」もユーラシア内陸部には生き残っていると聞いたので、それを追ってみたくなった。

ところが、この三月、福島第一原発の事故によって、自分が日常的に使っている「電気」を通じて、アボリジニの世界とつながっていたことを、私ははじめて知らされたのだった。アボリジニの夢の世界から現実の世界に掘り出されたウランはいったんアメリカへ運ばれ、濃縮処理をほどこされてから、日本に運ばれるのだという。この流れを知り、どんなに私は途方に暮れ、そしてかれらの決意にただ、頭を垂れる思いに打たれたことだろう。「夢の歌」の力は、近代文明の前にはまったく無力だった。世界中で、かれらの世界は近代世界に踏みにじられてきた。その事実はもちろん、知っていた。アボリジニやユーラシアの遊牧・狩猟民がたどらなければならなかった過酷な時間は、アイヌも含め、共通している。けれどまさか、原子力発電の燃料であるウランをめぐって、アボリジニのひとたちにまで、このような影響を及ぼしているとは、考えが及ばずにいた。そしてアボリジニのひとたちとともに、日本列島に住む私たちが太平洋における各国の核実験で同様の立場に立たされていたという現実も、いつの間にか私は忘れていた。

核実験による「死の灰」におびやかされ、さらにウラン採掘の作業でも放射線被害をまぬがれなかったアボリジニのかれらには、原子力についていくらでも怒る資格があり、そして今度の福島原発事故について、日本はふたつも原爆を落とされた国だというのに、どうして原発をやたらに増やしつづけてきたのか、と厳しく問い詰める資格もあるだろうに、むしろウラン鉱山の所有者として責任の一端を感じ、そのことをとても悲しんでいる、というのだ。原発事故の責任も、その悲しみ、苦しみも、さらに「核のない世界」を願う心をも、わたしたちは日本のひとたちと共有しています、と告げてくれたことになる。日本の東京という大都会に住み、東京電力の電気を否応なく使っている私は、この気品に充ちたメッセージを、どのように受けとめればよいものか。

アメリカのナバホ族のひとたちが住みつづけてきた土地に眠るウランについて、かれらの「夢の歌」である創世神話も警告を発している。「クレッジ」とかれらが呼ぶその物質を大地の外に出してはいけない。もしそれが外に出たら、おそろしいヘビになり、災害や、死や破壊をもたらすだろう、と。その予言通り、ここでもウランの放射線による多くの健康被害が見られ、今はウラン採掘を禁止している。「夢の歌」に込められた古くからの知恵と、ウランの核分裂や核融合による莫大なエネルギーに魅了されてきた「核の時代」の知恵と、どちらがすぐれていたことになるだろう。このナバホの居留地の右どなりはニューメキシコ州、左にはネバダ州があり、それぞれがやはり、ネイティブ・アメリカンの住む場所で、核実験場にされている場所でもある。

あるいは、中央アジアのカザフスタン。日本の原発で使っているウランは、ここからも輸入されているという。カザフスタンなら、私の書いた『黄金の夢の歌』の舞台でもある。カザフは独立後、豊富な地下資源でバブル景気となり、物価がつり上がり、私の眼には少なくとも、その都市部はアメリカ型の消費文化に染まってしまっているように見えた。都市のまわりには、ステップと呼ばれる半砂漠の大草原が茫漠とひろがり、車でいくら走っても走っても、乾ききった草原が一面つづくだけの単調なながめがつづく。

とは言っても、こんな感想は、緑に恵まれ、起伏の激しい日本列島に住む人間の眼で見た印象に過ぎない。ユーラシア大陸内陸部にひろがるこの大草原は、古くからの遊牧・狩猟民の天地なのだ。ウマを得てから、かれらは騎馬民族として勇壮に心楽しく草原を走りまわってきた。農耕の定住民を哀れみつつ、かれら自身はフェルトで作った天幕で移動しつづける。雨が少なく、一日の気温変化も激しい。そして、そうした土地にこそ、ウランは眠っているものらしい。「文明人」の眼には、わずかばかりの草が生えているだけの「不毛な」土地。そこに住むのは、「文明」とはかけ離れた先住民たち。しかし、ここには貴重な「夢の歌」がひびきつづけている。

私は以前の首都であるアルマトゥイの空港にソウルから飛んだ。なぜソウルかと言えば、スターリン時代、このカザフに極東地域の朝鮮族が一七万人も強制移住させられたことから、今でもカザフと韓国のつながりは強いのだ。たとえば、韓流歴史ドラマの戦場シーンなどはカザフまで行ってロケをしたり、ウマの乗り手としてカザフ人のエキストラが活躍していると聞いた。もちろん、韓国の企業もさかんに参入している。ただし、ここはロシアにきわめて忠実な国で、強権的な政治が今もつづき、いくらコカ・コーラの広告が目立っても、自由な空気はない。最近は、ロシアが提唱する「ユーラシア同盟」に正式に調印した。韓国企業はこの国で、なにかと不自由をかこっているにちがいない。

にぎやかな都会であるアルマトゥイのずっと北方に行けば、セミパラチンスクがある。ロシア帝国拡大の時期から欧米の冒険家たちのあいだでは、南に立ちはだかる天山山脈の国キルギスに近づくための入り口として、この地は認識されていた。冒険家たちの旅行記を読むと、何度もセミパラチンスクという地名が出てくる。ここで食糧を買い集め、現地人のガイドや護衛、荷役人などを雇う。さあ、ここからいよいよ未知の領域がはじまる、というわけだ。

旧ソ連時代に、このセミパラチンスクからおよそ一〇〇キロほど西方にある草原が核実験場となっていた。通算四六七回もの核実験が行われたのだった。その核実験による核の汚染は、チェルノブイリ原発事故で放出された放射性物質のほぼ五〇〇〇倍といわれる（森住卓著『セミパラチンスク　草原の民・核汚染の50年』による）。一〇〇万人以上の住民が被曝し、今でもさまざまな病気、異常に苦しまされている。おもな住民はキルギス人で（カザフ人という概念は新しいもので、実際にはさまざまな民族が入り交じっている。長いあいだ、西欧人たちからこの草原に住むひとたちは「キルギス人」と総称されていた）、遊牧文化の典型的な担い手なのだった。遊牧の土地が放射能で汚染されたら、当然、生活は破壊してしまう。その苦しみをいやと言うほど知らされたひとたちがたくさんいるのに、それを無視して、独立後のカザフスタン政府はウランをロシアや日本に売り、国の経済を豊かにしつづけてきた。

なんということ！　原子力発電というものがこんなにも先住民の世界を踏みにじることによって成り立っていたなんて。私は愕然とさせられた。

一九五七年に、これも「人間がほとんど住んでいない」という理由で、アラスカのケープ・トンプソンというところがアメリカ原子力委員会によって核実験場にされかかった。ところが、その場所にはイヌイットのひとたちが大昔から住んでいた。かれらは五年間に及ぶ反対運動をつづけ、さいわい、この危険な計画を断念させることができた。

核実験と原発とは分けて考えるべき、というひとたちがいるが、一九七四年にインドが原発で作られるプルトニウムによってみごとに（？）核爆弾を作ることに成功し、その区別は認められなくなっている。核爆弾は破壊を目的としているので、瞬間的な爆発力が最大限活かされているのに対し、原発ではその爆発力がなんとかおさえられているというだけで、多大な放射性核物質が放出されることに変わりはない。

ウラン採掘から核実験、それだけでは足りずに、核廃棄物の最終処理場としても、先住民たちの世界はねらわれている。福島第一原発の爆発事故を知り、核燃料の最終処理の場所として日本とアメリカがそれまで交渉していたモンゴル（またしても、半砂漠地帯！）は、正式にその話を断ったとのこと。

一九八〇年、すでに日本政府は核廃棄物を詰めた大量のドラム缶を太平洋に投棄しようとしていた。その投棄海域に近い北マリアナ連邦の、当時のテニアン市長が来日し、もし日本が核廃棄物を海に捨てるなら、テニアン島の日本人慰霊碑を砕き海中に投げます、遺骨収集団への協力もやめ、日本漁船の近海での操業についても禁止します、「……とにかく原子力発電のゴミを私たちのところに投棄することには、殺されてもいやだと言い続けます。どうか皆さん、これから生まれてくる私たちの子どもたちの将来のことも考えてください。日本がたくさん電気を使って、豊かな国になることは私たちも歓迎しますが、日本ばかりをよくして、私たちのところには危険なものを押しつけるこの政府の計画は、なんとしてもとりやめてもらいたいと思います」、このようにかれは記者会見で述べたという。

おそろしいことに、以前、日本の支配下にあり、日本語も話されていたこの島は、日本軍「玉砕」の地だったのだし、広島と長崎に原爆を落としたアメリカ軍爆撃機の発着基地でもあったのだ。核のゴミを海に捨てようとしていたという事実だけでも呆れ果ててしまうが、よりによって、日本の大勢の兵士が命を落とし、広島と長崎の原爆を搭載した爆撃機の基地だった島の近海を核廃棄物の捨て場所として選ぼうとした日本政府の信じがたい鈍感さ（アメリカ政府からの「推薦」があったのかもしれないが）にも驚かされる。この計画は結局、あきらめざるを得なくなったけれど、三〇年以上も前のこの時期から、核廃棄物をどのように最終処分すればよいのか、原爆と原発を持つ国々にとって、最も悩ましい現実問題となっていたことに気がつかされる。その問題は今も解決されていない。

日本の植民地だった台湾には、蘭嶼《ランスー》島という南の離れ島があり、この島には四〇〇〇人ていどの海洋民族「タオ族」が住みつづけている。あまりに戦闘意欲に欠けているから日本の兵士にはできない、とさしもの日本軍でさえあきらめたというほど、かれらは近代文明とは縁がないまま、トビウオを崇める独自の生活を送ってきた。そのため、この島は「最後の楽園」と呼びたくなるような、豊かな自然環境を守りつづけることができた。ところがここに、台湾政府はかれらの反対にもかかわらず、原発の「核廃棄物貯存場」を設置した。

私がこの島を訪れたときにびっくりさせられたのは、五〇歳以上の島民たちがよく日本語を理解し、日本の古い歌を今も愛唱しつづけていることだった。核廃棄物貯存場も見物してみたが、この歓迎されざる施設で働く「本土」のひとたちは、島のひとたちと一切交渉を持たず、かれらだけで孤立した、さびしい生活を送っていた。それでも島の道路はりっぱになり、小学校も生徒ひとりひとりにパソコンが与えられるほどに整った設備を可能にしている。そう、ちょうど日本国内にもあるいくつもの原発立地の町のように。

太平洋といえば、一九五四年、「第五福竜丸」の被曝で有名になったビキニ環礁がある。アメリカの核実験場とされたこの場所にも、当然、住民がいた。かれらは一九四六年、核実験の計画がはじまるとともに、かなり離れたキリ島、エジッチ島に強制移住させられた。その後、六八年にアメリカ政府から「安全宣言」が出されたため、一部の住民はビキニ環礁に戻った。けれど一〇年後の七八年になってから、アメリカ政府は以前の「安全宣言」を取り消し、ビキニ環礁はふたたび閉鎖されてしまった。九六年になって（つまり、強制移住から五〇年後）、観光客の一時滞在地としてのみ開放された。もとの住民たちも飛行機代を自分で出せば、ビキニ環礁に一時滞在することはできる。そしてここもまた、かつて日本の統治下にあったのだ。

水爆実験の爆心地から一八〇キロ離れたロンゲラップ島の住民は核実験の二日後、アメリカ軍の基地があるクワジェリン環礁へ強制避難させられた。のちに、この二日間の放置は「人体実験」だったのではないか、と問題になる。アメリカ軍基地で三カ月間、被曝の検査が行われたが、広島でもそうだったように、明らかな被曝症状が出ていても、治療はまったく行われなかった。その後、ビキニ環礁の住民が移住させられたのと同じエジッチ島に移された。三年後に帰島が許され、ロンゲラップ島に戻るが、さまざまな健康被害が出はじめ、放射能汚染の影響を住民たちは疑いはじめた。健康被害の可能性を過小評価し、なんら補償もしようとしないアメリカへの不信感から、かれらはついに八五年、以前移住させられていたクワジェリン環礁メジャト島にみずから全員で移住した。この移住は「自主避難」なので、移住先の島にかれらは土地使用料を払う必要があった。ちなみに、ここでも土地の私有という概念はなく、島のひとたちによって共同管理されている。

その翌年の八六年、かれらはマーシャル諸島共和国として独立（アメリカとの自由連合協定で軍事・安全保障上の権限をアメリカに委譲するという条件のもとで）を果たして、被曝被害に対するアメリカの補償責任を訴えつづけている。二〇〇〇年になって、ロンゲラップ島の除染作業は完了したとされ、再帰島の計画が開始された。しかし、かくも長い期間、「よそ」の島に仮住まいをつづけた結果、若い世代は「よそ」の島こそが自分たちのふるさとだと感じ、帰島を望まなくなっていたし、除去した汚染土が防波堤の材料として使われているため、残留放射能汚染をおそれる気持もぬぐえないままでいるという。アメリカの核実験はビキニ環礁だけではなく、エニウェトク環礁でも行われ、そこに住んでいたひとたちも強制移住させられた。しかし、ここでは七〇年代に一部の住民が帰島しはじめ、それからアメリカ軍による除染作業が行われ、八〇年、「安全宣言」が出された。戻ってみれば、いくつかの島々は核実験によって消え失せ、ルニット島には除染作業で生じた厖大な汚染物質を集めた「ルニット・ドーム」なるコンクリートの巨大なドームが作られていた。その周囲にはマーシャル語と英語で、「近づくな」と記された看板が建てられたが、二五年経った時点で、すでにその文字は薄れて、読みにくくなっていた（竹峰誠一郎氏による）。

この島でも、ほかの島でも、現地で得られる食料は放射能汚染のために食べられず、アメリカから送られてくる缶詰を食べなければならなくなった。かれらのふるさとは安住できない場所に変貌し、それまでの文化、人間関係もこわされてしまった。

核実験による放射能被害は、爆心地から五〇〇キロ以上離れた島でも見られるという。けれどこうした住民側の訴えを、アメリカ政府は認めていない。そもそも「第五福竜丸」の被曝も、正式にアメリカが認めたわけではなく、「見舞金」を日本側に支払っただけで片付けられている。この年（一九五四年）に、日本では「核の平和利用」として、原子力発電の計画を始動させたのだった。

アメリカの大気圏核実験は日本の反核運動を大きなきっかけとして、西欧諸国にも反対の声がひろがり、一九五八年に禁止されるに至った。けれど、そののち、今度はフランスがポリネシア系先住民の住む南太平洋の環礁で核実験をはじめた。

七〇年代になって、ニュージーランドとオーストラリア、それにフィジー政府がフランスに対し核実験中止を求め、国際司法裁判所に提訴した。八五年には、ヒロシマの日に合わせ、「ラロトンガ条約（南太平洋非核地帯条約）」がクック諸島で結ばれた。八七年、ニュージーランドで「非核法」が成立し、実施された。最終的に、フランスがこのラロトンガ条約を承認し、「太平洋核実験の永久的中止」を宣言したのは、九六年になってからだった。チェルノブイリの原発事故の一〇年後のことになる。

私がここで確認したかったのは、「第五福竜丸」の被曝から、今回の福島第一原発事故に寄せられたアボリジニのひとたちの言葉に至り着くまでの、太平洋におけるひとびとの粘り強い「反核」の流れにほかならない。

五四年当時、まだ小学生だった私は、「第五福竜丸」の被曝でどれほどおとなたちが「放射能」の恐怖に揺れていたかを、たしかにおぼえている。雨に濡れたら髪が抜けるとも警告されていた。私の記憶では、同じころ、ようやく一般の日本人に、広島、長崎の原爆被害の実態が伝わりはじめた。広島の原爆投下後の惨状を記録した写真集を小学校の図書室が購入し、こわいもの見たさで、それを熱心に見たおぼえがある。ガイガーカウンターとか、プルトニウム、ストロンチウムという言葉も、今回の福島第一原発事故で私の記憶からよみがえってきた。中学生になってから、ある独身の女性教師について、あのひとは広島の被爆者だから結婚できないんだって、と教室でささやかれていたのも、記憶に残されている。そうしたうわさはその後もずっとつづき、広島や長崎出身のひとたちを苦しめていた。

高校生になって、私が所属していた理科部の遠足として、東海村に出かけたこともおぼえている。生徒たちはみんなで、そんなところは危ないですよ、いやです、と反対したのに、顧問の先生のたっての希望で、東海村に行くことになった。とはいえ、原子力発電所内部を見物するには予約が必要なのにそれを知らずに行ってしまったからなのか、原発の建物には入りもせず、海岸に植えられたマツの苗木の群れのなかをうろうろと歩いて、海岸でお弁当を食べただけだった。

フランスの核実験に対する動きについても、なんとなく耳に入ってはいた。中国、インドの核実験も、日本の「非核三原則」も、原子力船「むつ」のていたらくに呆れたことも、核廃棄物の海洋投棄を巡る国会での論戦も、ぼんやりと記憶にある。「核抑止力」という言葉。「核の傘」という言葉。知り合いが原子炉を設計する仕事をしていたので、人間が作り、人間が運転するものに「絶対」はないでしょ、としつこく言いつのり、いやがられたこともある。

それからさらに時が経ち、日本がアメリカの原子力潜水艦の寄港を許すか許さないかで騒いでいたときに、ニュージーランド政府はきっぱりと、一切、入港はお断り、と言ったと知り、ニュージーランド出身の友人に、あなたの国ってかっこいいね、うらやましいわ、と自分が言ったこともおぼえている。言うまでもなく、日本政府は曖昧に原子力潜水艦の寄港を許してしまった。青森の六ヶ所村でつづけられた核燃料再処理工場への反対運動についても知っていた。もちろん、スリーマイル島原発事故、チェルノブイリ原発事故も忘れてはいない。

けれど、私の記憶のなかで、こうしたひとつひとつのことが、点として残されているだけだったのだ。福島第一原発事故のあと、そう私は思い知らされた。全体をつなげる流れを、どうして見ようとしないまま、私は今まで過ごしていたのか。原子力による発電なんて賛成できっこない、と思っていたにもかかわらず、それはあくまでも漠然とした思いに過ぎなかった。地震の多いこの日本列島にいつの間にか原発が五四基もできている事実に気がつかずにいたのだし、「電源三法」とやらも知らなかったし、原発で使用された核燃料が溜まりに溜まって、それぞれの原発内の核燃料プールに置かれた状態になっていることも知らなかった。原発で作りだされたプルトニウムもまた、今や厖大な量に達しているという事実も、原発で働く労働者の実態も、核燃料は再処理して、高速増殖炉なるものを使えば、「永遠に」使いつづけることができると宣伝されていたけれど、現実に再処理をしてもそのほとんどが核廃棄物になってしまうだけということも知らなかった。しかもその高速増殖炉はまったく稼働できる見込みはなく、フランスもアメリカもこの危険な高速増殖炉をすでに断念しているというのに、日本ではまだ執念深く、この夢を追いつづけていることも知らなかった。

つまり、私はなにも知らなかったのだ。これほど電気に頼る生活になってしまい、大丈夫なのかしらと思いつつ、知らず知らず、そんな生活を受け入れていた。けれど、福島第一原発事故の直後に、フランスの大統領とアメリカの国務長官がただならぬ鼻息で、わざわざ日本に飛んできたことから、原子力産業というものが巨大な国際ビジネスであり、さまざまな利権につながっていることを、いやでも気がつかされないわけにはいかなかった。だからこそ、これだけの事故を起こしても、「原発輸出」を日本はやめようとしないということも知った。前首相の要請で停止させられた浜岡原発を持つ中部電力の社長が記者会見のとき、よほど理性を失っていたのか、原発を止めたら「投資家のみなさん」に迷惑をかけることになる、とつい本音をもらしたことから、電力会社にとって、電気を使う消費者は電気料金をかき集めるだけのヒツジのような存在で、かれらの頭にあるのは会社の株価のことだけらしい、とも知ってしまった。某大手新聞の社説や一部の政治家の口からはっきりと、日本国が「潜在的核抑止力」を保ちつづけるために原発は絶対に必要なのだと力説する言葉を聞き、ああ、やはり原発は核兵器への欲望と結びついていたんだ、と思い知らされた。その原発を託されている各電力会社が政府によって奇妙なほど守られているのも、当然といえば当然のことなのだった、とも。

福島第一原発事故後の日本政府による放射能汚染についての発表は、ビキニ環礁核実験のときのアメリカの対応に、びっくりするほど類似している。汚染被害を認めたがらず「安全宣言」を急ごうとしている。今後、日本で懸念される放射能による健康被害も、そのほとんどが因果関係を認められないままで終わってしまうのかもしれない。

日本への原爆投下と太平洋での核実験をきっかけに、「ネイティブ・パシフィック」とも呼ばれる先住民諸国とニュージーランドとオーストラリアのひとびとが「あらゆる核の否定」を決意したというのに、ふたつの原爆を経験した当の日本は、この列島がまるで太平洋に面していないかのように、太平洋からの声には背を向け、ひたすら原子力による経済発展に突き進みつづけ、そのあげくに、今度の原発事故で厖大な量の放射能を大切な太平洋にまき散らしてしまったのだ。偏西風のおかげで、放射能雲と汚染水のほとんどは海に流れていった、と聞けば、いったん日本の私たちはほっとするものの、太平洋のひとびとにどれだけ迷惑をかけているか、重すぎるその責任から逃れることはできない。事故を起こした日本国に住む私たちはどうして、太平洋の隣人たちからの声に応え、「核のない未来」に向かわずに済ませられるだろうか。

ウラン採掘から核実験、原発立地、原発労働者、核廃棄物の最終処理候補地、どこを見ても、先住民や弱い立場のひとたちを犠牲にすることではじめて成り立っている原子力産業。その点だけでも、人類の一員として私は原子力産業を受け入れがたい。これ以上、人類を愚かな存在にしたくない。どの国でも、使用済み核燃料の最終処理の方法が今もってわからないからには、少なくとも原発事故を起こしてしまった日本国内にある原発はすぐに停止させ、使用済み核燃料をこれまで以上に一本も増やさないようにするのが、「常識」というものだろう。ましてこの日本が、原発をベトナムなどの国々に輸出するなど、もってのほか。もっともっとエネルギーを、経済発展を、と際限なく貪欲に求めつづける近代文明とはなんなのか、という問いをむしろ、原発を求める国々と共有したい。

日本に住む私たちは、これからマーシャル諸島のひとたちが経験してきたような、つらくて長い時間を覚悟しなければならない。だからこそ、太平洋のひとたちと手をつないで、

「核のない未来」に一歩ずつ近づきたい。地球の生命体にとってあまりに危険な人工放射能を作る、不気味に巨大な原子炉をご神体のように崇める代わりに、植物、動物、虫などの無数の生命に溢れたこの地上で、「夢の歌」の叡智を私は聞きつづけたい。どんな時代になっても、人間は自然の一部として生きるほかない、と今度の大震災で日本の私たちは思い知らされたのだから。

（『いまこそ私は原発に反対します。』日本ペンクラブ編、平凡社、二〇一二年）

＊マーシャル諸島などについての事情は、二〇〇五年、凱風社刊『隠されたヒバクシャ――検証＝裁きなきビキニ水爆被災』編著・グローバルヒバクシャ研究会、監修・前田哲男を参考にしました。

枯れ葉と「高校生」と私

今日も、外に「高校生」が来ている。天気のよい日は、日差しのなかで昼寝を楽しみ、あるいは軒下で悠然と自分の体をなめている。草のあるところでは、ウンチもする。「高校生」とは私が勝手につけたネコの名前で、おそらく近所の飼い猫なのだろう。春にはまだ小さくて、けれどすでに仔猫の段階は過ぎているように見えたので、「中学生」と呼んでいた。最近、ひとまわり大きくなったので、「高校生」に昇格させた。目つきの悪いトラ猫で、「中学生」のころからやけにふてぶてしく、オスとしか思えない。それがなんの因果か、私の住まいを自分の領分と心得てしまったらしい。

今の時期、街路樹の落とした枯れ葉が家の前に吹き溜まるたび、「高校生」に見つめられながら、私は落ち葉を掃き集め、ゴミ袋に入れる作業をはじめる。そして、ときどき家の正面にある街路樹を見上げ、ため息をつく。まだ、あの木にはたくさんの葉っぱがついている。あと何回、枯れ葉を掃き集めなければならないのか。住まいに面した歩道の枯れ葉を掃除するのが、近所の不文律になっている。けれど今年はゴミ袋に集めた枯れ葉をどうしたらいいのだろう。「高校生」を振り返り、私は問いかけたくなる。これだって放射能汚染されているにちがいない。ねえ、君はどう思う？　「高校生」はいつもと変わらず、生意気な目つきで私を見返す。

3・11の大震災で起きた福島第一原発の爆発事故のあと、東京のゴミ焼却灰からも高い放射線が検出された、との報道があった。そうしたゴミ焼却灰の置き場に困っているし、とくに草や木の葉っぱなどの植木ゴミが汚染源として疑われるので、今後、植木ゴミは回収するのをやめなければならなくなるかもしれない。そんなことも書いてあった。ああ、なんたること、と私は暗澹たる気持になってしまった。五月と九月の二回、すでに雑草を抜き取り、ゴミ袋に入れて、かなりの量を収集日に出している。となれば、汚染されたゴミ焼却灰の一部は、この私にも責任があることになるではないか。近所にいわゆるホットスポットが見つかったとも聞いている。まさかこんな形で、自分が放射能拡散の片棒をかつぐことになろうとは。

3・11のあと、十九日から三連休があった。春らしい透明な光に満ちた、うららかな日だった。その光のなかに、なにやら黄色と水色の点が見えた。他の場所は、まだ冬の色のままだ。いったい、なんの色だろうと気になり、外に出てみた。黄色は福寿草の花、水色は名前を忘れたが、一年前に、自分で植えた高山植物だった。小さな鉢で買い求めたものの、部屋のなかであっという間に花が咲ききってしまい、捨てることもできないので、外の地面に植えてやり、そのまま忘れていた。それから一年経って、大地震と津波、そして原発事故で人間たちが仰天している間に、ひっそりと花を咲かせていたのだ。

花のそばにしゃがんで、まわりを見渡した。ふしぎな静けさに包まれている。耳が痛くなるほどの静寂。近所のひとたちはみんな一斉に消えてしまったのだろうか、と疑った。

地震の直後、カナダから、アメリカから、台湾から、中国から、インドから、あなたは大丈夫？　というメールをつぎつぎ受け取っていた。十五日になると、早く逃げて、私の家にあなたを引き受けるから、とメールの内容が変わっていった。一方、気がつけば身近な外国の知り合いたちが、国から迎えに来た飛行機に乗って、あわただしく帰国していった。日本人の知り合いも、東京から消えていった。その週の用事はすべてキャンセルになった。切符の払い戻しのため、JRのみどりの窓口に行ったら、殺気立った長い列に驚かされた。テレビをつければ、おそろしい津波の被害と原発事故についてのニュースがつづけられている。もっとひどい水蒸気爆発が起こる可能性もあるという。友人が教えてくれたドイツ発信の放射能拡散予想図というものを、ネットで毎日チェックしはじめた。日本では報道されないので、わざわざドイツのサイトに頼らなければならなかった。大きな余震が絶えない。どんどん頭痛がひどくなる。

それから十九日になり、三連休に入った。まわりの静けさに圧倒されつつ、きらきらした春の光を受けて咲くけなげな花たちを見つめる。少し離れたところから、その私を「中学生」が首をかしげ、不思議そうに眺めていた。ここにも眼に見えない放射性物質が降りそそいでいるのだろう。地上に、私と「中学生」だけが生き残っているかのような不気味さにおそわれた。簡単には信じがたい、あまりに冷酷な現実。それでも花は咲く。かつて原爆によって焼け野原になった広島で最初に生え出た草のことを思った。その日から、私は外国の友人たちに向けて報告を書き、原子力についての本を読みはじめた。近代文明、資本主義、人間の歴史などについても、うんうんうなりながら考えこんだ。今まで原発に無関心だった自分に恥じ入りながら。

人間の時間が凍りついても、いつの間にか季節は移りゆき、放射能汚染の実態が福島を中心にあらわになってきて、多くのひとびとの苦難、怒り、恐怖はつのりつづけ、それが地鳴りのように私の体に伝わってくる。そして今の私は解決法がわからないまま、とりあえず枯れ葉を掃き集め、「高校生」はそんな私をじっと見つめつづけている。（十二月四日）

(『随想　二〇一一』日本経済新聞編、日本経済新聞出版社、二〇一二年)

この「傷」から見つかるものは

逃げなさい、部屋を用意するから、遠慮なく友だちも連れて逃げていらっしゃい、などと三・一一で起きた原発事故のあと、台北から、北京から、オタワから呼びかけられつづけるなかで、それでも東京から動かずに生きているのはどうしてなのだろう、と我ながら不思議だった。ひょっとして「現場で取材」という意識が働いているのか、という気もしたけれど、胸を張って言えるほどのものではない。余震で地面は揺れつづけ、東京にも放射能が降りそそいでくる。そして「外」からは、口をそろえて「逃げろ」と言われる。日本の内側と「外」の情報が、あまりにちがう。頭も、胃もどんどん痛くなる。「亡命者」になるべく、この国から逃げる準備だけはしておいた。でも、今ここを離れたら、「現場」が見えなくなる。それはいやだ。そんな思いは確かにあった。

「現場」といっても、「被災地」にわざわざ出かけるという意味ではない。地震と原発の爆発事故で、東京での生活も大きな影響を受けた。まして爆発事故を起こした福島の原発は東京を中心とする首都圏に送電するための発電施設なので、私もその電気を使っていたことになる。つまり、私自身の生活が「現場」にほかならず、それがどのように変化し、推移していくのだろう、今眼を離すわけにはいかない、と感じていた。

「外」の世界でもどかしがっている友人たちに、「現場からの報告」、そして「原発はもうやめよう」という声をまわりにひろげてください、という趣旨のメッセージをメールで届けながら、私ごときの小さな頭ではとうてい担いきれないさまざまな大きなことも考えずにいられなかった。アメリカによって原爆を二発も落とされて終わったとされている太平洋戦争。それなのに戦後、なぜ、この日本に原発が導入されたのか。核開発の歴史。そもそもイギリスの産業革命から公害問題がはじまったはず。近代ってなんだったのか。日本のみならず、アジアに西欧からもたらされた「近代」の概念には大きな偏りがあったのではないか。古代から連綿とつづけられてきたといわれる日本の天皇制と政治の関係。科学技術と人間。近代国家の意味。日本の民主主義。定住型農耕生活と狩猟遊牧の移動生活。人間の記憶と欲望。……

私自身がひどく傷ついていた。悲しみにも襲われていた。今まで、なにかに甘え、うぬぼれていたように思う。でも、なにに？　三・一一の惨事で、なにかを決定的に、私も失ってしまった。その悲しみは深く感じているのに、なにを失ったのかぼんやりしたままなのだ。それを知るために、私は自分の作品をなんとか自分のことばで作りあげていくほかないのではないか。作品の世界から、私自身の失ってしまったものが浮かびあがってくるかもしれないし、なにも浮かびあがらないままなのかもしれない。書いてみなければわからない。どれだけ書けるのかもわからない。でも、小説を書くことでしかつかめないものを、私は失い、そのことを深く悲しんでいるのだろう、ということだけは、はっきりと感じている。

三・一一以降、地面とともに揺れつづける自分に重石をかけずにいられない思いで、前から気になっていたチェチェン関連の本を読みつづけた。そこからアンナ・ポリトコフスカヤという、「当局」によって殺されてしまった女性ジャーナリストの存在を知った。（『チェチェン　やめられない戦争』、『ロシアン・ダイアリー　暗殺された女性記者の取材手帳』両方ともＮＨＫ出版から刊行）つづけて、アメリカ人の女性ジャーナリストが書いた『グラーグ　ソ連集中収容所の歴史』（白水社）も読んだ。

ナチス・ドイツのユダヤ人虐殺については、さまざまな本が書かれ、映画も作られている。でもソ連、もしくはロシアで、どんな「民族浄化」が行われていたのかよくわからないままだった。近代国家の欲望というものは一度、方向をまちがうと、信じられないほどの暴走をはじめる。かつて戦争に突入し、戦後、今度は大いに喜んで原発を導入した日本だって同じ暴走を犯しているのだけれど、よその国の例に触れれば、そもそも近代国家という仕組みが共通して抱える根本的な危うさを思い知らされる。

そのあと、私にとってこれは避けられない流れだったので、石牟礼道子の『苦海浄土 わが水俣病』も、そこに記されたことばと内容の迫力に圧倒されつつ読んだ。

このような本を読むかたわら、高木仁三郎の著書を中心に、原子力についての本も読んでいた。わずかなりとも、原子力とはなにかを理解したかった。

現在、福島を中心とした放射能高濃度汚染地域では、「チェチェン化」がはじまっているという（水俣でも同じことが起きたらしいので、「水俣化」でもかまわないのだけれど）。ロシアの介入により、だれが本当の「敵」なのか「味方」なのかわからなくなって、疑心暗鬼に押しつぶされ、住民たちが互いに警戒し、監視し合う。

『ロシアン・ダイアリー』の最後につづられている文章を、ここにあげておく。

「わが国（ロシアのこと）の現在の当局はただ金儲けにしか興味がない。それにしかない。ほかのことは一切どうでもよいのだ。／『楽観的な予測』を喜ぶことができる人がいるなら、そうすればいい。そのほうが楽だから。でもそれは自分の孫への死刑宣告になる」

今の日本で小説を書く人間のひとりとして、私はこうしたさまざまな場所、時間から響いてくる声をもっともっと聞き届けたい、と願っている。それはいくらでもある。今までの私が気がつかなかっただけ。その声を受けとめながら、今後もつづくと言われる大きな地震とまわりに浮遊する放射性物質におびえつつ、自分の小説を書く。悲しみを呑みこんでがれきのなかを歩きまわり、運良く自分に必要なものが見つからないかと丹念に執念深く探すひとたちのように、こつこつと私は自分の小説を書きつづける。思うようには書けないかもしれないけれど、少なくとも書こうとする。そこから、なにが見つかるのだろう。それを、私は「希望」と呼んでもいいのだろうか。

（「新潮」二〇一二年四月号）

どうしてこんなことに

暗い家のなかに電気がはじめてともり、おお、まぶしい、なんて明るいんだ、これが近代文明というものなのか、と感嘆の声があがる。どこで刷り込まれたのかわからない、こんな近代文明の象徴としての電気のイメージが、私のなかにもあった。電気がその社会の文明度を測る尺度になるのかな、と今までなんとなく思っていたような気もする。

3・11の大震災から一年経った今、余震も含め、ほかの場所に誘発される地震がますますこわくなっているし、福島第一原子力発電所の爆発事故で放出された、眼に見えない放射性物質の被害は、実際にはどのように深刻なものなのか少しずつわかってきたように思う。つまり、少なくとも二年先にならないと影響がわからないという、つかみどころのない健康被害の不安、そこから生まれる精神的な苦痛と、ひとびとの意識のぶつかり合い。

もちろん、一年前の地震と津波のおそろしさだけを振り返っても、顔から血が引く思いになる。けれど惨事はそれだけでは済まされなかった。四基もの原発が驚いたことにつぎつぎ爆発し、放射性物質の雲が私たちの頭上に流れ、地上に降りそそいできた。日によって、その雲は朝鮮半島、ロシア、アラスカのほうにまで流れ、太平洋のほうにも流れていった。そして危険な放射性物質とともに、私たちは今後生きつづけなければならなくなった。いくら私たちが今までの時間を取り戻したいと願っても、それは不可能な事態になってしまったのだし、今までの時間のどこが狂って、このようにおそろしいことが起きたのか考えこまずにもいられない。

原発事故はふだん、なにげなく日常的に使ってきた電気にかかわるものだっただけに、まず電気とはなにか、電気を作るために、なぜ原子力にかくも依存しなければならなかったのか、原子力というものにどのような政治的な意味があるんだろう、と頭を悩ませることになった。かつてアメリカ軍によってふたつも原爆を落とされたこの地震列島に、いつの間にか五十四基もの原発が建てられていたとは、うかつにも気がつかずにいた。なんという無知！　と我ながらあきれ、恥じた。恥じたけれど、どうしてこんなことに？　という疑問は消えない。

私の思いは、日本がたどってきた戦後の時間に向かう。さらに明治維新からの流れもたどり直さないわけにはいかなくなる。日本が取りいれた近代文明について考えると、自然な流れで、イギリスの産業革命に至り着く。もとより、ひとりでこうした世界史レベルのことを考える能力を、私は持ち合わせていない。それでも考えずにいられなかった。あまりに悲惨なできごとに、私の住む日本が見舞われてしまったのだから。

産業革命から、イギリスの作家D・H・ロレンスを私は思いだしていた。有名な『チャタレー夫人の恋人』という小説の作者で、その作品はかなりわかりやすく図式化された、近代文明を批判する内容なのだ。炭鉱の持ち主である大金持ちの夫は性的に不能な男で、その夫に雇われている森の番人である男は、豊かな自然界と性の喜びを象徴している。主人公のチャタレー夫人はためらいなく、森の番人を選ぶ。当時のイギリスでは、石炭という資源エネルギーを得た産業革命に、猛反発しつづけるひとたちもいた。そのひとりがD・H・ロレンスで、小説以外に、産業革命のおそろしさを訴える文章も熱心に書いている。石炭を使って大量生産を目ざし、その産業に大資本を投じ、エネルギーを貪欲に求めつづけるのは、人間にとって自滅を意味するのではないか、と。

西欧では産業革命のあとになっても、こうした抵抗は根強くつづいていた。むろん大量生産を基本とする資本主義はふくらみつづけ、地下資源を際限なく欲しがる植民地主義の構造も強固になり、国際金融のネットワークも増大したにもかかわらず、一方では、その仕組みに与しない価値観もしっかり残され、社会的にもそれは広く認識されてきた。電気なんかに頼って生きたくない、ロウソクに薪の生活も守りつづけたい、というひとたちは今でもじつはとても多い。フランスなども国は国策として原子力産業に力を入れつづけるかたわら、一般のひとびとはそんなこととは無関係に、夏の長いバカンスを待ち望み、バカンスのあいだは窮屈な都会での生活を忘れ、ほとんど野生の世界に戻って、人間としてのバランスを取り戻そうとしている。

日本やほかのアジア諸国にとって不幸だったのは、西欧から突然ぶつけられた近代文明を表向きの面でしかとらえることができなかったところにあるのではないか、と私には思えてならない。蒸気船に蒸気機関車、そして電気なるものを見てびっくりし、急いで追いつかなければ、と焦ったし、そのショックは欧米文化に対する劣等感のもとにもなった。日本は「近代化」にはげみ、猛スピードで成功したものの、早速、富岡製糸工場の奴隷的労働の問題が起き、足尾銅山の鉱毒問題も起きてしまった。戦争に突入しても、原爆をふたつ落とされて無条件降伏に至っても、日本社会の基本的な「誤解」は変わらなかった。

今度の3・11で私たちの目の前に露わになったのは、そうした日本のゆがんだ「近代化」だったのではないか。社会の仕組みを変えるには、これまでの概念を根本から問い直さなければならない。それにはたぶん、かなりの痛みを覚悟する必要があるのだろう。どんな社会で、どのように生きたいのか、ひとひとりが懸命に、3・11の経験から考えはじめなければならない。小説家だって、当然、例外ではない。今の日本では、作家がマスメディアに依存する要素が高くなっている問題をどう考えればよいのか。産業革命に少しでもブレーキをかけたくて『チャタレー夫人の恋人』を書いたD・H・ロレンスという作家、あるいは『死刑囚最後の日』を書いて死刑廃絶を訴えたヴィクトル・ユーゴーというフランスの作家の存在が、今、しきりに思いだされてならない。

（「環」vol.49、二〇一二年四月）

植物の時間・私の時間

たとえば、植物がたどる一年の変化を見ていると、ああ、ここには人間の私がなかなか体得できずにいる時間がちゃんと存在するんだな、と感じずにいられない。とりわけ落葉樹の変化のあざやかさに毎年びっくりさせられ、感動もおぼえる。真冬に葉っぱをすっかり失った木々からは、真夏の息苦しいほど葉っぱが生い茂ったさまを想像することはむずかしい。ところがいつの間にか、冬枯れの木々は小さな硬い芽やつぼみを用意しはじめていて、ある日とつぜん(もちろん、人間の私にとって)、花を咲かせ、新緑にかがやきだす。あるいは秋になって一定の寒さになれば、落葉樹は葉っぱの色を変え、冬に入る準備をはじめる。

こうした若葉や紅葉の時期がちょっとずれたりすることはあるだろうけれど、そして残念ながら紅葉を見せる前に木の本体が枯れてしまうこともありうるけれど、それでも基本的に、季節の変化を黙々とあざやかに毎年くり返して生きつづける樹木は、確実に地球の回転に即した時間の存在を、人間のひとりとして生きている私に教えてくれる。私だって地球に生きているのだから、植物と同じ時間を共有しているはずなのに、うっかりすると、そんなことは忘れて、なんだかわけがわからない時間に翻弄されてしまうのは、どうしてなんだろう、と自分であきれてしまうし、情けなくなる。

よく言われることだが、楽しいときの時間は短く、苦しいときの時間は長い。また、年を取れば一年は短くなりつづけ、子どもにとっての一年は、新しい経験に充たされているのでとても長い。一年があっという間に過ぎてしまう、というぼやきは、私の年齢なら当然のものかもしれない。ところが最近はネットの影響なのか、私よりはるかに若いひとたちも同様のことを言うし、私にとっても時間はますます速く過ぎるようになっていて、これは東日本大震災で起きた原発事故の影響が無視できなくなっているからなのではないか、と思わずにいられない。

あたかも、くるくると早回しのフィルムのように、まわりの風景がせわしく四季の変化を見せてくれるなかで、ぽつんと自分だけが途方に暮れて立ちすくんでいるかのような感覚。それなのに、私の足もとでは地球は回転しつづけていて、それに伴い、私は毎日食事をして、ゴミを捨て、夜は寝て、そうして一年一年、年齢を重ねていく、その時間がひどくつかみにくくて、どこに隠された時間を私は生きているんだろう、とふしぎな気がしてしまう。いや、ふしぎでもなんでもない当たり前のそのことを、ふしぎだと感じることに、愚かしく、首をひねりつづけている。植物のように、すっきりと地球の時間だけを生きたいのに、それができない。

まずは、爆発事故を起こした四基もの原発の肝心な部分は、事故当時となにも変わっていない、という現実の重さが、私の時間感覚を妙なものにしてしまっているのだろうか。そもそも放射線量が高すぎて、溶け落ちてしまった核燃料がどうなっているのか、人間たちは当分、その現場に近づくことも、見届けることもできない、と聞けば、ただうろたえ、いつまでも治らない傷を自分の体に負ってしまった気持になる。

そしてこの東京にもばらまかれた放射性物質の存在。半減期が三十年とか、二万年とか言われると、これでまた、時間の感覚がおかしくなる。

どこかの研究所で、半減期が二万四千年のプルトニウム核種を半減期二千年（千年だったか？）に縮める技術を開発したとの報道に接した。そのとき、私はなんとなく救われた思いになって、さっそく若い知人にそのことを伝えた。ところが、知人はすげなく私に言った。二万年だろうが、千年だろうが、人間にとっては同じことですよ、だれが半減したのを見届けられるっていうんですか、そんなの、朗報でもなんでもないです、と。

そう言われてみれば、たしかに、これはあくまでも計算上の数字で、しかもたとえ本当に半減期が最短千年になったところで、千年経ってやっと半分になってくれるかもしれないというだけの話で、現在の人類にとってなんの救いにもならない。たった今生まれた赤ちゃんにしても、あと百年ぐらいしか生きられないのだから。そう、半減期千年だって、生身の人間にとってはほぼ「永遠」に等しい。

ずっとむかし、人類が「永遠」という概念を持つようになったのは、ひどく奇妙なことだ、と私は思いつづけていた。完全に概念でしかない「永遠」を、人類はどのようにして思い描くことになったのだろう。時間に従って生きるほかない、植物のような自分たちの運命に対抗して、「永遠」という概念を考えついたのか。そのことによって、地球上の人類は、植物の時間とは別種の時間を手に入れ、自分たちの優越性を誇りはじめたのかもしれない。けれど今度の原発事故で、核廃棄物の処理についても、その保管には十万年の時間を見なければならないだろう、などと言われると、またしても茫然自失の状態に陥る。十万年なんて、それこそ「永遠」と同じ意味になってしまうではないか。

なんということだろう。原発事故によって、今人類の私たちは「永遠」の概念に逆襲されている。

東日本大震災を機会に、日本に住む私たちのだれもが、地殻変動とか、核分裂によって生じる放射性物質などが示す地球物理的時間と剝きだしでつきあわされることになってしまったのだ。地球物理的時間では、「明日」は五十年後という意味かもしれないし、百年後を意味しているのかもしれない。本当の明日かもしれない。地殻変動で言えば、私自身、子どものころから、「関東大震災」の再来を言われつづけているし、三・一一では、これがそうなのか、とあの揺れのなかで思っていた。けれど、そうではなかった。明日、起こるかもしれない、と言われつづけても、人間の感覚では、結局、いつ起こるのかさっぱりわからない。富士山の爆発だって同じことで、大正時代からすでに「明日にでも」爆発するかもしれないと言われつづけているのに、まだ爆発していない。

地球物理的時間では、平然と、一万年、一億年、百億年、と一介の人間に過ぎない私にとってはとんでもない年数がつぎつぎと羅列される。さらに天文学の世界になれば、もっと気が遠くなるような時間があらわれてくる。一光年とは、光の速度で一年かかって届く距離のことだ、とはじめて教わったとき、まだ小学生だった私はびっくりするよりも、ただぽかんとしていたのではなかっただろうか。光の速度そのものもじつは、ちっとも実感できていないのだから、一光年といわれても、それはただの言葉のまま、頭を通りすぎてしまう。

そういえば、一万光年、十万光年などという宇宙の時間を日ごろ、研究する天文学者の頭ってどうなっているんだろう、ふつうに生きていけないんじゃないかしら、とよけいな心配をしたこともあった。けれどよくよく考えてみれば、小説を書いている私自身もスケールはまったくちがうものの、やはり、もうひとつの世界の時間をたどりつづけ、言葉でそれを築きあげようとしながら、一方で、当然のことながら、日常生活もつづけている。新聞だって読むし、テレビのニュースも見る。今の時代、メールもチェックしなければならないし、ネットとも無縁でいられない。そうした私と同じように、天文学者とか、地球物理学者も複数の時間のなかに生きているのだろう。このような類推が正しいのかどうかはわからないけれど。

小説を書く私の場合でいえば、ほかの人が書いた小説も読むので、そこに流れる時間ともつきあうことになる。自分自身の記憶の時間もある。そう考えると、たった百年にすら届かない年月しか生きていない、体重もおそらく一本の木より軽い私という存在なのに、なんとたくさんの時間がそのなかに流れているのだろう、と感心させられる。いや、感心するよりも、だから人間というものは厄介なのだ、と考えたほうがいいのかもしれない。

さまざまな時間とどのようにつきあっていけばよいのか、残念ながら、いつも、それがわかっているわけではない。人間にとって、地球や宇宙の時間に剝きだしに晒される状態は、たぶん、どんな専門家にとっても、あまりに過酷で耐えられないのではないか、という気がする。いったん、それを概念化して、つまり数値にしなければとらえることができない。一般の人間である私たちは、地球の回転を時計という仕掛けを通じてわかった気になっているだけで、たまに日食とか月食を見ると、なるほど地球はこうして回転しているんだなあ、と具体的にちらっと納得することになる。ふだんの生活では、植物の変化が人間の私たちに地球の回転を確実に、しかも寡黙な美しさによって伝えてくれている。

曖昧で、混乱する時間を生きていて、今は、植物の時間をできるだけ見つめつづけたい、私はそう願わずにいられない。自分の本当の時間を見失わないために。

（「文學界」二〇一三年一月号）

「愛」の意味

おととしの東日本大震災で引き起こされた福島の原発災害で放射能汚染から逃げざるを得なくなったひとびとについて、多くの報道に接しつづけることになった。そのなかで、原発から遠い地域に逃げた「シングル・マザー」がたくさんいるらしい、という印象を持った。一般視聴者のひとりにすぎない私には、それぞれの事情はよくわからないものの、報道でさりげなく「シングル・マザー」という言葉が使われていることにも時代の変化を感じさせられたし、「シングル・マザー」のほうがこうした場合、動きやすいのは当然だろうな、とも思っていた。そもそも「震災カップル」とか、「震災離婚」というような言葉が生まれるほど、東日本大震災ではたくさんのひとたちの人間関係が大きく変わった。私のまわりでも、そうした例はみられる。被災者支援のため、福島に住みつき、東京を離れられない夫と離婚し、福島の男性と新たに結婚した女性。放射能汚染から逃れるため関西に移住した若い女性。あるいは、放射能汚染についての意見がすれちがい、妻を信じられなくなったと嘆く男性もいる。

一方で、昔ながらの大家族を守りつづけて生きたいと願うひとたちの存在も、原発事故で浮き彫りにされた。最近の小説では大家族で生きるひとが描かれることがほとんどなくなっているので、東京に住む私などはつい、そうした日本社会の側面を見逃しがちなのだった。さらに、そうした家族形態で生きるひとたちがどうしてこれほどに小説で描かれなくなっているんだろう、と首をひねることにもなった。

報道などでは、大家族が放射能汚染によってばらばらにならざるを得なくなったことを大きな悲劇として伝えているけれど、私の知っているかぎり、日本の近代化とは、こうした大家族を否応なく分裂させる方向に向かいつづけてきたのではなかったか。つまり家制度がまだ生きていた時代には、長男が家を継ぐために地方に留まり、ほかの子どもたちは都会に出て、さまざまな仕事につき、核家族を形成する、という制度上の必然があり、田舎に残される長男と、都会に出なければならないほかの子どもたちの悲哀――正宗白鳥の作品などを私はすぐに思い浮かべてしまう――が、日本の近代文学の大きなテーマとなってきたのだった。

戦後にはこうした制度上の仕組みはなくなったけれど、家族についての社会的な通念はあまり変わらず、今回の原発被災地でその変わらなさ、あるいは変われなさが見えてきたということだったのかもしれない。そして小説ということで考えると、こうした昔から変わらない事情を今さら、小説に書いても仕方がない、と考えられてきたのだろう。

「田舎」があまり描かれなくなってきたもうひとつの理由として、ある文学賞をもらい、「作家デビュー」を遂げると、東京に出てきて、「作家生活」を送りはじめるひとが圧倒的に多かったこともあげられる。それはなぜかといえば、出版社や新聞社が東京に集中していたので、ファクスもメールもなかった時代においては、出版社、新聞社の近くにいないと原稿のやりとりもままならなかったという事情があったように思える。そうなると結果的に、近代文学の主軸は都会生活に置かれるようになる。

この流れはじつは、メールの時代になった今でも、たいして変わっていない。つまり、今も昔も「田舎」の跡継ぎになったひとたちが小説家として活躍する確率はかなり低いままなのであり、現在の小説を見渡しても、都会での孤独や浮遊感、都会の核家族の孤立、さびれた地方都市の退廃、そうしたことは語られるけれど、土と密着して生きるひとたちの生活などは、とんと見かけなくなっているのだ。都会生活の浮遊感のなかで、そういえば「田舎」には土とともに生きていた大家族があったなあ、と思いだして書かれるとしたら、それはすでにノスタルジー、あるいはファンタジーの世界になってしまっている。福島の原発事故であぶり出されたのは、そうしたファンタジーの世界がファンタジーとして通用しなくなった、という厳しすぎる現実だったのかもしれない。言うまでもなく、制度としての縛りがなくなってからは、家を継ぐはずだった長男も「田舎」を離れて都会に出てしまい、「田舎」に残るのは老夫婦だけ、という事態もごくふつうに起こっている。かれらが死んだら、その農地はおそらく二束三文で売りに出されることになる。

一方で都会生活に見切りをつけて、その土地を買い求め、新たに農業をはじめていた若い世帯も、被災地にはけっこう多かったらしいし、あるいは、覚悟を決めて「田舎」に残った若者の結婚相手に外国人が多いという事実も、原発事故が起こるまで恥ずかしいことに忘れていた。以前、「田舎」では結婚相手がなかなか見つからず、フィリピン、中国、ロシアなどから女性を紹介してもらっているという話を聞いていたのにもかかわらず。

さらに、「シングル・マザー」と呼ばれる女性たちもいた。離婚して「シングル・マザー」になったのか、もともと結婚せずに母親になったのか、詳細はわからないけれど、大家族制に支配されていた戦前とちがって、今はかなり「自主的」に「シングル・マザー」として生きる女性が増えているのは確実なのだと思う。「出戻り」とか、「未婚の母」などという言葉は消え、離婚率は高くなり、「シングル・マザー」という言葉もごく普通に使われるようになっている。けれど、その現実はあいかわらず相当な困難を抱えている。放射能汚染からいち早く、「シングル・マザー」たちが逃げることができたというのは、皮肉な話でもあって、彼女たちには土地に縛られるしがらみがなかったことになる。

「シングル・マザー」といえば、今から三十年以上も前に、私の書いた『寵児』という長編小説を連想せずにいられない。一児の母親になっている若い女性が離婚し、その後ほかの男性が好きになり、「想像妊娠」をするという内容で、すでに母親になっている女性が離婚したあと、自由に恋愛や妊娠することがあってもいいのではないか、と私としては日本の社会に問いかけたいと思っていた。今では想像もしにくくなっているものの、当時、女性にとっての離婚はかなり肩身の狭い思いを強いられるものだったし、まして子どもがいると、その母親たる女性が恋愛したり妊娠するなど、不道徳きわまりないという社会的な雰囲気が残されていたのだった。

そのころすでに、欧米では女性解放の大きなうねりがはじまっていて、日本でもフェミニズムの運動が見られた。私自身が子どもを産んで育てたころには、保育園やベビー・シッターに子どもを預けて働く母親も急速に増えていた。しかし社会一般の仕組みは変わらないままで、たとえば、両親が婚姻届を提出した場合と、提出していない場合とで、双方の子どもに区別をつける「非嫡出子」の民法上の規定も当時から見直しをされないままだし、「選択的夫婦別姓」ですら、この日本では今に至るまで認められる気配がない。

小説で言えば、『寵児』は刊行当時、その内容からあるていどの話題になり、女性が離婚の道を選んでも必ずしも、その人生は終わりになるわけではない、という流れが生まれはじめた。欧米でもこの小説は注目されたのだけれど、それは、女性が不当に抑圧されている日本社会にもついにこうした小説を書く女性作家が登場したという、私としてはちょっととまどってしまう扱われ方だった。あるいは、フェミニズム運動がさかんだった北欧では、この女主人公が悩んでいることはすでに理解されにくくなっていると言われたり、逆に、中国や韓国では、こんなに不道徳な内容のものは受け入れがたい、と言われたりもした。

やがて離婚した母子家庭を明るく描いた、ほかの女性作家の作品も話題になり、そこにはもちろんフェミニズムの影響もあったのだろうが、離婚そのものはタブーではなくなり、女性側が子どもを引き取ることも容易になりはじめた。それまでは離婚すれば子どもは男性側に引き取られるのが一般的で、子どもを失った女性のなかには自殺してしまうひともいたのだった。こうして離婚が珍しい現象ではなくなると、今度は、「シングル・マザー」として生きることのむずかしさが語られるようになる。「家制度」の犠牲となった女性という側面があった以前とちがって、今は、自分の勝手でそうなっただけでしょう、とみなされがちで、そのむずかしさを語ることに独特なもどかしさがつきまとっているように見える。

現在は、たくさんの若い女性作家が大活躍し、離婚とか「シングル・マザー」といったネタだけではあまりに凡庸だとみなされて、読者の注意を引かなくなり、日本の女性たちを巡る環境は、かつてと比べ、ずいぶん変わったように見える。けれどじつは、社会制度から見れば、まったく変わっていない。「同性婚」の合法化を論じるどころか、女性が子どもを産んだあとも働きやすい環境すら整っていない。そして「田舎」では「嫁不足」に悩み、過疎化、高齢化が進み、都会では世代を問わず孤立化し、「老人介護」に追いつめられたり、「シングル・マザー」も疲れ果てて、「愛」の意味を取り違えたあげくに、自分の子どもを殺してしまうという悲劇さえ生まれてしまう。

日本の家庭事情において、なにかがどんどんいびつになっている。それが東日本大震災であらわになったと思うし、現在の文学作品がそのいびつさをどこまで描くことができているのかと考えると、そのいびつさが見えにくいだけに、かなり悲観的な思いにもなってしまう。とりわけ、震災後の今の日本では、家族の形態や、結婚の意義などを考える前に、「愛」そのものの意味を根源的に考え直す必要があるように思えてならない。少なくとも、文学にはその責務があるにちがいない。

（「學鐙」二〇一三年夏号）

草がざわめいて

サン・ブリュー駅前広場から

今年は元日早々、私の住む東京も震度4、マグニチュード7の大きな地震に見舞われ、おい、「原発事故収束」だなんてだれかが宣言しているけれど、おれはまだ存分に暴れるつもりでいるぞ、原発だって安心できないんだからな、と地下のナマズにどなりつけられた気分になった。

3・11以降の、重い気持ちがますます重くなっていくばかりの、そんな昨年の暮れ、ひとつだけうれしい知らせがあった。パリのルーブル美術館でアイヌのカムイ・ユカラと民族楽器トンコリがひびいたのだ。おととしの十二月、北大にフランス語作家のル・クレジオさんを迎えた際、当時北大の地球環境科学の教授だった小野有五さんのご尽力で、アイヌの結城幸司さんが新しく構成したカムイ・ユカラなどを披露した。そのときにル・クレジオさんが、ぜひこれをパリでも、と提案したのだった。「引率」として結城さんたちに同行した小野さんが、私のもとにルーブルでの写真を送ってくれた。その感動的な写真に見入るうち、思いがけず、ある記憶がよみがえってきた。今から二十年も前、フランス・ブルターニュ地方の入り口とも言える、サン・ブリュー駅前広場での記憶。

当時パリにいた私は、カムイ・ユカラを学生たちとフランス語に翻訳しようとあがいていた。その翻訳の仕事を私に強く勧めたのが、はかならぬル・クレジオさんだった。けれど、現実には作業をどのように進めればよいのか、とっかかりがなかなか見つからない。ブルトン語の古い伝説や歌が多く残されているブルターニュに行けば、その解決方法が見つかるかも、という思いがあった。

ひとりで降りたったサン・ブリューの駅前広場は、ただっ広く、ひとけもなかった。季節はたぶん、五月ごろ。まだ風が冷たかった。車で私を迎えに来てくれたのは、パリでの私の大家さんである仏教の研究者Fさん。その別荘に、私は泊めてもらうことになっていた。無事Fさんと落ち合えて、ほっとしていたら、遅れてぽつんと駅前広場に出てきたひとりの女性にかれは気がつき、なにやら親しげに話しかけた。少しして戻ってくると、あのひとはエレーヌ・ジョリオさんですよ、とかれは言った。ほら、キュリー夫人は知ってるでしょ？　あのひとのお孫さんで、かのじょも核の専門家ですよ。

私はびっくりして、口あんぐり。なにしろ、キュリー夫人など私にとって伝説的な存在でしかなかったのだから。

記憶のなかで、駅前広場はまぶしいほどの春の光に満たされ、静まりかえっている。「知識人」同士のつながりで、Fさんは畑ちがいのエレーヌさんとも親しかったのだろうか。このエレーヌさんとの出会いをとつぜん思い出し、そういえば、と今さらながら気がついた、エレーヌさんのお父さん（つまり、キュリー夫人の婿）は核兵器廃絶を訴えるパグウォッシュ会議の創設メンバーの一人だったことを。そして、かのじょは原発廃炉の仕事のため、あの駅にいたのかしら、とも。

フランスで最初に原発が建てられたのが、この地方だった。けれどその原発は、ブルターニュ独立派の「テロ」で故障し、八五年に廃炉が決定（現在、経済的理由で中断）されたのだ。ほかの場所に原発建設が予定されたときも激しい反対運動にあい、中止となった。ブルターニュはもともとブルトン語を話すブルトン人の土地だった。そのぶん、原発反対運動も気迫に充ちていたにちがいない。一方、放射能の汚染被害に押しつぶされた、この悲しき日本に、パリから戻ってきた小野さんたちは、むかしアイヌの土地だった北海道を守りたい一心で、現在、泊原発の廃炉提訴運動に奔走している。

キュリー夫人からはじまった核の時代は、今度の日本の原発事故でいよいよ終わってくれるのかどうか。たまたまこんな時期に、ルーブルでひびいたカムイ・ユカラ、その「神の歌」は、私の胸を震わせつづける。

（「東京新聞」夕刊、二〇一二年一月一八日）

おばさんとホットスポット

ついにやってきた、なにが、ガイガーカウンターが……。こんなランボーの詩もどきのことを言って、ふざけている場合ではないと重々承知しているけれど、なぜだろう、このように言わずにいられない。

実際に、ガイガーカウンターがやってきたのは、私の友人宅だった。友人の弟さんが二十万円也のそこそこ信頼できそうな、線量が低めに出るガイガーカウンターを買い求め、そうするとどこでも測りたくなるので、東京は文京区の友人宅にもあらわれた。そこにはさして広くないけれど、一応の庭がある。この寒いなか、なにを酔狂なと笑いつつ、友人も好奇心に駆られ、ガイガーカウンターの出す放射線量を見届けた。全体の空間線量は合格。けれど土のある地面近くでは毎時〇・二マイクロシーベルト、建物の壁のまわりで毎時〇・五マイクロシーベルト。あれ、いやだね、これって年間四ミリシーベルトだよ、と今度は苔が生えているところを測ってみたら、毎時〇・八マイクロシーベルトだった。うーん、やばいな、とかれらは顔を見合わせた。これだと年間七ミリシーベルトになってしまう。従来の法律では、年間被曝限度量が一ミリシーベルトと定められていたことを考えれば、安心していられる数値ではない。総じて、苔は線量が高いらしい。

やっぱり東京もだいぶ汚染されてるね、もっといろんな場所を調べなくちゃ、と弟さんはさっさと立ち去っていった。残された友人は、しかたがない、穴を自分で掘って、そこから出た土と汚染された土を入れ替えよう、と思った。だけど、待てよ、放射能の除染作業を個人が勝手にやっていいものだろうか。かのじょは首をひねり、試しに、本来、放射性物質の持ち主であるはずの東京電力に電話をかけてみた。おばさんはこうしたとき、ためらったりしない。ほかのおばさんたちも原発事故以来、首相官邸や都庁、区役所などに電話をかけ、放射能対策をもっと真剣にやりなさい、と叱りつけつづけてきた。

はあ？　除染？　それはこちらで関与しないことなので。すみません、わかりません。

これが東電の反応だったとのこと。つぎは、文京区役所。

え－、文京区は汚染されていないことになっています。環境省の汚染地図を見てください。けれど、学校などから除染の要望があれば例外的に対処しています。私有地については、各自どうぞご勝手に。学校の除染方法？　除去した土をビニール袋に入れて、敷地の隅に置きます。

学校なんかは除染するって、つまり汚染されているんでしょ、とすっかり腹を立てた友人は私に電話で語った。今、そんな「低い線量」まで面倒を見てられない、というのが行政の本音よね。これが、よく聞くホットスポットだとしたら、市民からの通報で、すぐ緊急行動班のようなものが動くのがほんとだと思うけど。素人の市民が気軽にいじっていいものじゃないはずだもの。

ああ、だとしたら。私も愕然とした。私の住む家も、いや、東京中の建物、庭、植え込み、ベランダの鉢植えだって、放射能に汚染されたままなのだろう。しかも東京では一部を除いて、その事実を無視することにしたという。それがこわい。子どもたちは駅前の花壇で遊んでいるし、ホームレスのひとびとはあちこちの植え込み近くで、毎日を生きつづけている。最近の新聞では、新宿の空間線量しか公表していない。そして、いつの間にか環境省で出していた汚染地図を調べてみると、おやおや、文科省のそれと比べ、汚染範囲がずいぶん縮められている。
行政から見捨てられた東京の放射能汚染スポット、これをどう考えたらいいのだろう。この程度で騒ぐなんて、という「空気」もある。でも知らんふりでは、放射能汚染の現実が見えなくなる。ありのままを知りたい。ささやかな一住民のこんな願いすら、原発事故については通らなくなっているらしい。

（「東京新聞」夕刊、二〇一二年二月一六日）

鹿石の悲しみ

中央アジアから黒海に至るまでの広大な草原地帯では、鹿石《しかいし》と呼ばれる石碑のようなものがあちこちで見られる。表面に鹿が生き生きとした姿で刻まれている。ほかにもわけのわからない模様も刻まれ、なにかの記念碑なのか、お墓なのか、よくわからないらしい。どちらにせよ、この草原を馬で駆けまわっていた、弓の巧みな騎馬民族に由来する石碑なのにちがいない。そして、かれらは鹿の角に命の再生を信じていたのだという。どんなにりっぱな角でも、時期が来ると、ぽろっと落ちる。けれど必ずまた角は生えはじめ、ぐんぐん大きな角となっていく。草原に生きるひとたちはそのくり返しに人間の命の再生を重ね、さらに民族の興亡をも連想し、鹿石に敬虔な祈りを捧げていたのだろう。

去年の東日本大震災と原発事故から一年が経った今、ユーラシアの草原にそびえるこの鹿石が、私の頭から離れなくなっている。ずっとのちの時代にはじめられたセミパラチンスクでの核実験とチェルノブイリ原発、今度、日本の原発事故でまき散らされた放射性物質による大地の汚染を、鹿石はどれほど悲しい思いで受けとめたか。

長い時間、鹿石は度重なる民族同士の凄惨な殺し合いを見届け、領土を追われたひとたちが集団で逃げていく一方、新しく領土を得て勝ち誇るひとたちの姿も見てきた。でも、放射能汚染はまったく性質のちがう災厄で、草原そのものが「毒」を含み、羊や馬を養えなくなるのだ。領土争いをしている場合ではない。しかも、核廃棄物の危険は十万年もつづくと言われる。古い時代を知る鹿石にだって、十万年の時間は想像できない。

再生といえば、去年の大震災が三月という時期に起きたことにも、今ごろ、驚かされている。三月には春分の日がある。太陽のよみがえりとともに地上に命が再生する、とくべつな光の祝祭の日。陰鬱な長い冬を経て、この日を迎えると、みるみる昼間が長くなり、草木の芽が伸び、花が咲きはじめる。キリスト教の時代になって、春分の日はキリストの復活に結びつけられた。その象徴はひよこが生まれる卵で、復活祭にはきれいに色づけされた卵を、ひとびとは配り合う。

　以前、私はとても単純に、三月が一年でいちばん好きな月だと思っていた。春が来るし、私自身の誕生日もある。けれど年を重ねるにつれ、そうした喜びから縁が遠くなってしまった。身内の命日が二月と三月につづく。命日が近づけば、いやでも身内のそれぞれがこの世を去ったときの前後が記憶によみがえってくる。どの死も、私にとっては突然だった。五十年も前の、二月の記憶すらなんというあざやかさで戻ってくることだろう。


　お見舞いに明日行くからね、と私が言うと、にっこりうなずき返した顔。翌日病院に行ったとき、病人はもう遺体になって帰宅したあとだった。葬式のあいだに起きた小さな地震で棺がガタガタ鳴るのを、まだ中学生だった私はおびえて見ていた。それから二十年ほど経った三月、もうひとりの身内を見送ることになった。病院の霊安室で迎えた早朝、窓の外から耳に届いた雀のさえずり。ずっとこのまま夜の底に沈んでいたかったのに、と私は罪のない雀を恨んだ。

　そんな個人的な喪の時期に、去年の3・11が加わってしまった。春に向けての喪のときが、耐えがたいほど重くなりつづける。けれどそういえば、鹿の角が落ちるのもこの時期なのだった。鹿が角を失い、木の葉が散り、ひとが死ななければ、命の再生を人間が祈ることもなかったのだろう。人類の歴史とはつまり、喪失と再生に祈りを捧げつづける時間だったのかもしれない。でもおそろしいことに二十世紀のなかばになって、人間は自分の手で、命の循環を傷つける核技術を作りだしてしまった。その放射能汚染からユーラシアの鹿石も、現実の鹿たちも逃れることはできない。鹿石の悲しみは、あまりに深い。

（「東京新聞」夕刊、二〇一二年三月二一日）

「哲学する」子どもたち

五、六歳の子どもにだって「哲学する」ことはできる。『ちいさな哲学者たち』というフランスのドキュメンタリー映画は、そのことを証明して見せていた。愛、死、自由、人種など、さまざまなテーマを与えられ、ああでもない、こうでもない、と幼い子どもたちは口々に言い合い、やがて直感的に、この世界にはお金や物質に換えられない、とても重要なものが横たわっているんだ、と感じとり、生きる喜びも確認していく。

その映画を見ながら、私はある小児外科病棟を思いだしていた。ずいぶん昔、まだ一歳だった私の子どもがそけいヘルニアの手術で一週間ほど、六人部屋に入院したことがあった。病院の方針で、家族のだれかがずっと病人に付き添い、世話をしなければならなかった。病室では、胆嚢の難病を背負った八歳ぐらいの男の子が待ちかまえていた。たくさんの千羽鶴が吊され、おもちゃや教科書が溢れているベッドの様子からも、かなり長い入院生活を強いられていることは推測できた。

男の子には、おばあさんが付き添っていた。母親が疲れちゃってね、だけど、ばばあなんか大嫌いだってこの子は怒るから困っちまう、とおばあさんは私にグチをこぼした。男の子は確かにイライラしつづけていて、私が話しかけようとしても、顔をそむけてしまう。祖母に当たり散らし、ママが来てくれない、と泣き叫ぶ。夜になると、担当の若い医師がギターを抱え、男の子のもとにやってきた。ほかのひとのじゃまにならないよう静かにギターを鳴らし、歌を聞かせる。若い医師の純粋な善意による慰問だったらしい。当の男の子は仏頂面のまま、しかも、この歌はぼくだけのためなんだから、と同じ病室のほかのひとたちを疑い深く見まわしている。

同じ病室には鎖肛で生まれ、人工肛門をつけてもらった赤ちゃん、小児がんの女の子などが寝ていた。子どもの病気はどれもいたましい。けれどひとつの病室に閉じこめられていると、奇妙な序列ができていく。難病の男の子がいちばん医師たちの関心を集め、優しく扱われるので、小さな王さまになっていた。病室のお母さんたちは遠慮して、なにも言わない。うちの子だって大変だけど、あの子よりはまだ救いがあるかも、と考える。男の子自身、そんな状態にいらだち、不満をつのらせ、一層わがままになっていく。

その病室にいるあいだ、私の感覚もおかしくなっていた。たった一週間の入院では、どうしたってよそ者で、ひどく肩身が狭く、気疲れでくたくたになった。あろうことか、自分の子どもがもう少し病気らしい病気だったら気が楽になるのに、とばかな考えを持つ一瞬まであった。退院の日、外にひろがる町の風景を見たとたん、ああ、これがふつうの世界なんだ、と思いだし、病室に残されたひとたちに気が咎めながらも、深い安堵を感じた。

難病のあの男の子がもし「哲学する」喜びを知っていたら、と今ごろになって思うのだ。勉強をいやがり、おもちゃにもうんざりした男の子が本当に求めていたものは、同情や慰めではなく、なぜ、この世には命があり、それをおびやかす病気があり、病気を治したいと願う医師がいるのか、と自分で考えることだったのではないか。医師も患者自身も家族も、命に対する「愛」を共有し、回復のために闘う、そのふしぎな人間の力を、男の子がみずから確認できていたら、と。

言うまでもなく、今、私は3・11で被災した子どもたちのことも考え合わせている。多くの同情やはげましに手厚く包まれながら、放射能被害に関しては情報の曖昧さもあって、おとなたちが混乱するなか、学校の教室で「放射能」という言葉さえ口にしにくい状況になっているという。そうしたいびつな環境で、本来、自分で「哲学する」能力を持っているはずの子どもたちは、一体なにを考えて、毎日を過ごしているのだろう。それが、私には気がかりでしかたがない。

（「東京新聞」夕刊、二〇一二年四月一八日）

ハンモックで夢を

木洩れ日のなか、そよ風を感じつつ、ハンモックで昼寝を楽しむ。小鳥の声だって、耳にひびくかもしれない。そんなイメージに心惹かれるひとは多いにちがいない。でも今の日本では、ほとんどのひとが本物のハンモックに寝たこともなければ、見たことすらないのではないか。にもかかわらず、ハンモックなるものを漠然とだれもが知っているし、魅力も感じている。

真夏にひどく暑い都会から離れて、どこか涼しい高原でゆったりハンモックに揺られて寝るのと、都会の冷房の効いた部屋で昼寝をするのとでは、どっちがすてきだと思う？

と仮に聞いてみたら、十中八九、そりゃもちろん高原のハンモックに決まってます、という答えが返ってくる、ような気がする。もともと、南米の森に住む先住民が使っていたものだというので、南米から遠く離れた日本に住む私たちも本能的に、自然界と一体化した人間の営みのシンボルとして受けとめているのかもしれない。ハンモックでのんびり昼寝ができる、そんな夏休みに、私もあこがれつづけている。

五月ともなると、今年のバカンスはどうするんですか、と欧米の国々では、ひとびとが話題にしはじめる。平均ほぼ一カ月間の休暇を楽しみに、貯金もするとか。フランス型だと、一家で田舎の農家に引っこみ、親しい友人たちもいっしょに田舎暮らしを静かに楽しむ。アメリカ型だと、トレーラーを借りて、当てのない長旅に出たりする。子どもだけのサマーキャンプもある。場所も日数もよりどりみどり、親の事情や予算に応じて選ぶことができる。親たちは子どもから解放されるし、子どもたちにとっては家族とも学校とも離れた第三の場が与えられ、新しい出会い、あるいは冒険を経験することになる。

対して、この日本では五月を迎えるとともに、めでたく日本にある全部の原発が停止になったけれど、このまま夏を迎えると、確実に電力不足になって大変だ、と述べるひとたちがいて、私たちを不安にさせようとしている。同じ五月だというのに、なんという悲しさ。四基もの深刻な原発災害を経験したというのに、今度の夏も、かわいそうな日本の私たちはあくせく働きつづけなければならないらしい。この夏こそ、滞在型のバカンスが日本社会にもひろがるきっかけになればいいのに、と願わずにいられないのだけれど、それはあまりに現実無視の夢想にすぎないのだろうか。

都会に住むひとたちが田舎に移って、ハンモックで昼寝を楽しむような生活を送れば、必ず大幅に電気の使用量は少なくなる。そして放射能の健康被害が心配される地域に住む子どもたちにとっては、健康を取り戻す格好の機会にもなる。その場合の費用は当然、補償されなければならないけれど。

イギリスではじまった産業革命以来、大規模工場での過酷な労働と粉塵による健康被害から労働者を守る権利として、そして人間の欲望と切り離せない都市から逃れ、自然と接する時間を取り戻すためにも、夏の長いバカンスはヨーロッパを中心に定着してきた。バカンスがあるからといって、なにもかもがストップするわけではない。会社や工場、お店など、社会全体の労働力の一部を減らすだけ。働くひとたちは交替で休暇を取っていく。

じつは、私の母も子どものころ、家族で海辺に家を借りて、一カ月ほどのバカンスを過ごしたことが一度だけあるらしい。仕事のある祖父はときどき町に戻る。遠い夏の、こよなく楽しかったこの思い出が、母の胸から消えたことはない。むかしの日本にもヨーロッパ同様に、たとえば三カ月にも及ぶ自炊の温泉保養の習慣がすでにあったわけで、祖父の頭のなかでは、欧米の滞在型バカンスと温泉保養はむりなく重なっていたのだろう。バカンスの効用とは、人生の喜びと体の健康を取り戻すこと。ともあれ、ハンモックでの昼寝には、電気なんて一ワットも必要ない。

（「東京新聞」夕刊、二〇一二年五月一五日）

ウランと野生のチューリップ

この地球上でいちばん美しいところはどこ？　そう問われれば、私は中央アジアのキルギスと答えたい。七千メートルクラスに及ぶ天山山脈の白い峯々が南の空に浮かび、頭上の空にはイヌワシが悠然と滑空している。山の草地では夏のあいだ放牧されるウマやヒツジがくつろぎ、その世話をする人々の白い天幕も点在し、エーデルワイスや野生チューリップが咲き誇る。岩場には、大きな角がぐるりと輪を描く世界最大の野生ヒツジ（アルガリ）やガゼルが飛び跳ねている（らしい）。東部にはイシククル湖が藍色にかがやく。

去年の東日本大震災のときには、いち早く、天山山脈の清冽な水をキルギス政府は日本の被災地に特別機で送ってくれた。一口でいいから、その水を私も飲ませてもらいたいな、と当時、ちらっと願ったりもした。ところが、最近になって思いがけずキルギスのある地域における放射能汚染の話が伝わってきて、仰天させられた。

そういえば、三年前キルギスを訪れたとき、ソ連で最初の原爆に使われたのがキルギスのウランです、今はもう掘り尽くしてしまったけどね、と一度ならず地元のひとたちから私は聞かされていた。でもずいぶん昔に終わった話だと気にとめずにいた。「ソ連最初の原爆」の部分は誇らしげに、「ウランはもうなくなった」という部分は残念そうに、地元のひとが話したことはよくおぼえている。ウランさえあれば、おとなりのカザフスタンのようにたんまりお金が転がりこんできたはずなのだ。

キルギスの放射能事情を確認したくて、親しいキルギス人にメールで問い合わせてみた。かれが伝えてくれた情報によれば、ソ連時代、キルギス南部の小さな町に大規模なウラン採掘場およびウラン工場があった。ウラン工場は六八年に閉鎖されたが、四十年以上経った今でも、跡地の「有害産業廃棄物貯蔵所」の放射能は消えず、住民の健康被害が心配されている。とくに地滑りがこわいので、それを食い止めるための工事が、世界銀行やロシア政府などによる支援で実行されはじめているとのこと。

地球上でいちばん美しい場所なのに、こんなことになっているとは！　とりわけ私にとってショックだったのが、四十年以上経っても放射能の不安が消えないという、その年月の長さだった。原発事故を経験した日本の、これからの苦しい時間を予言されたようなものだ。

ウランの採掘といえば、カザフ、そしてウズベキスタンで今もつづけられているはず。カザフのセミパラチンスクというところでは、さんざん核実験がくり返されてきた。その放射能被害を無視して、二〇〇五年ぐらいから、強権政治のもと、国内のウラン鉱山を大々的に開発しはじめた。しかもこのウラン鉱山に群がって巨額の投資をし、開発をしてきたのが、日本の大手商社と電力会社、原子力関連企業なのだ。おかげで、カザフはバブル景気となり、日本の原子力産業は世界経済をリードし、今後ますます繁栄する、はずだった。そんな「夢」を日本の経済界が追っていたとは、と頭がくらくらしてくる。

ウランという鉱物は、よりによって、「近代文明」とはべつの道を歩んできた移動狩猟民族の領域である半砂漠地帯に眠りつづけてきた。北米でも、オーストラリアでも、アフリカでも事情は同じ。オーストラリアに住むアボリジニのある部族は日本の原発事故を知り、今まで厖大なウラン鉱山使用料を東電から受け取ってきたが、それはもう破棄するという声明を出した。でもこの四月、かれらの聖地が核のゴミ捨て場にされようとした。「近代文明」は今まで、遠慮会釈なく「先住民」の土地と文化を踏みにじり、多くの資源を奪い取ってきた。その罪深さの行き着く果てが去年の原発事故だったと思えば、日本こそが原子力産業を閉ざしていく道を示さねば、天山山脈に咲く野生のチューリップに対しても、あまりに申しわけが立たないことになる。

（「東京新聞」夕刊、二〇一二年六月二〇日）

夜更けの洗濯

草木も眠る丑三つどき、それは、神々がそっと天上から降りてくる最も神聖な時間帯。ところがこともあろうに東京電力という会社は、電気料金をとくべつ安くするから、この時間帯に電気を使う洗濯や掃除をまとめてするといいですよ、などと「提案」している。太古の昔から守られてきた人間の本能に即した夜へのおそれは、現代の都会生活でも私たちの心に継承されている。夜にツメを切ったら親が死ぬとか、夜に洗濯をしたら不幸に襲われるというタブーがいくつもあり、たとえば、夜更けに「おばあさんが川で洗濯する」姿を想像すれば、それだけでおそろしくなる。この時間には、もしかしたら死者だってよみがえるかもしれない。

私のような夜行性の人間も、夜更けの時間、なにものかを刺激しないようできるだけ息をひそめながら、机に向かっている。現実的にも電話はめったにかかってこないし、速達や宅配便に呼びだされず、道を走る車の数も少ない貴重な時間。それなのに、こうした夜のタブーを平然と電力会社が踏みにじろうとする。個人の事情で夜更けに洗濯機を動かさなければならないひとも、当然、存在するだろう。でも電力会社から、「夜の洗濯」を勧められたくはない。去年の3・11以来、この日本はなんというグロテスクな世界になり果ててしまったことか、と改めて思う。


まさか、ひとびとの生き死にに直接かかわることで、政府はウソをつかないよね。だって殺人になるものね。

去年の三月十四日、例の「ただちに健康に害はない」という政府会見をテレビで見ながら友人につぶやいた自分の声が、日を追うごとにほかならぬ自分自身に重くのしかかりつづけている。当初は、津波のものすごさにただ圧倒されて、なにも考えられずにいた。けれど、この時点でなにかがとてもヘンだと感じ、それ以降、今につながるグロテスクな時間が流れはじめたのではなかったかという気がする。

まさか、が、やっぱり、という思いとせめぎ合い、事故を起こした原発の状態と、現実にばらまかれた放射能に関する情報不足にいらだち、とにかく自分で原子力関連の本を読みはじめた。まわりのおばさんたちも気がついてみれば、猛烈な勢いで本やネットで「勉強」をしていたし、情報をもっと出しなさいという抗議の電話を官邸や内閣府、都庁などにかけ、やがて、脱原発デモや集会にも出かけるようになった。

一方で「節電」という言葉の道徳的ひびきにうんざりしつつ、自分たちの生活でよぶんな電気を使わないように努めはじめた。私も含め、東電との契約アンペア数を下げた世帯は、いったい全体で何軒あるのだろう。そのうえ、電気の使用量も大幅に減らしつづけている。3・11前と比べ、私の住まいでもたいしたことはしていないのに、電気代は半分以下になった。これだと一般家庭からの電気料金の総額は激減しているはず、と容易に想像できる。

「国策」としての原子力産業の世界から見れば、ささやかすぎる庶民の変化かもしれない。けれど私たちがふたたび、電気を無意識に使う生活に戻ることはもはや考えられない。原発事故によって、生き物の一種である人間にとって最も根源的なものを傷つける放射能に私たちは直面することになり、原子力産業とはそうした犠牲を必ず必要とする巨大な理不尽のうえに成り立つシステムだ、と思い知らされたのだから。

その私たちに今ごろ「夜の洗濯」を電気料金値上げの弁解として提案する電力会社は、なにかを大きく勘ちがいしているとしか思えない。わずかなりとも私たちに残されている夜更けの神聖な時間を守ることは大切な人間の文化なのであり、その文化を踏みにじる資格は神ならぬ電力会社にはないし、もちろん、「潜在的核抑止力」をとなえる「原子力ムラ」のひとたちにもありはしないのだ。

（「東京新聞」夕刊、二〇一二年七月一八日）

ハガネのように

「サンチャゴに雨が降る模様です。この時期としては例外的なことですが、サンチャゴに雨が降ります」

一九七三年九月十一日の早朝、チリのラジオが天気予報で、このように報じたとき、人々はその意味を敏感に悟ったという。一九七〇年、チリの自由選挙で社会主義政党のアジェンデが大統領に選ばれ、「人民連合政府」が生まれたものの、チリの「キューバ化」を嫌うアメリカと、財界の意向を受けた軍部が強引に新しい政府をつぶそうとした。軍部がいよいよ町に戦車を配備しはじめたのを見て、ラジオのアナウンサーが通常の天気予報を装って、人々に警戒を呼びかけた。銃弾が雨のようにサンチャゴの市民に降りそそぐ日がついに来てしまいました、と。

言うまでもなく、これは私が直接見聞きした話ではなく、『サンチャゴに雨が降る』という、一九七五年公開の、フランスとブルガリア共同で作られたドキュメンタリ風映画を見て知ったこと。日本の私を含めた世界中の人々がこの映画から、チリでいったいなにが起きたのかを知らされ、衝撃を受けたのだった。まだ、ネットなどの通信手段がなかった時代、軍事クーデター後の独裁政権からヨーロッパに逃れたチリの芸術家を中心に、たった二年でこの映画が作られていたことに、今ごろ、驚かされる。当時としては、これが世界の人々に「本当のこと」を訴えるため、最大の効果を期待できる情報発信の方法なのだった。そして確かに、この映画によって、チリの軍事政権に対する批判が国際的にひろがりはじめた。

『サンチャゴに雨が降る』をしきりに思いだすようになったのは、去年の3・11以降、テレビや大手新聞の報道から津波被害はべつとして、原発事故について知りたいことがなにも伝わらず、もどかしさのあまり、友人たちがメールで教えてくれたネットのサイトで、しかたなくあれこれ調べはじめ、気がついてみれば、ネットのチェックが私自身の日常になってしまったからだった。以前はネットにまったく無関心だった私にとって、これはあり得ない変化だった。

そうするうち、マスメディアというものはもともと、その社会が本当に深刻な事態になったとき、政治的な都合でコントロールされるものだった、と思い当たるようにもなった。だからこそ、昔なら「地下放送」、今ならネットによる情報が、人々にとって生き延びるため必要な手段になる。「サンチャゴに雨が降る」というメッセージも、そこには信じられないほど強い意志が、怒りと苦痛と悲しみを越えて人々のあいだで働いていたことだろう。殺されるな、生き延びよう、と伝える側の意志と、それを受けとめる側の意志。

もちろん、原発事故は戦争とか軍事クーデターとちがって、銃弾や砲弾は飛んでこない。でも、命を確実におびやかす放射性物質が原発から大量にばらまかれ、風に乗って拡散したのだ。こんなとき、マスメディアだけに頼っていたら、放射能の危険から自分たちの命を守れない。その危機感に駆られ、私のみならず、多くのひとがネットや勉強会、講演会などから得られる情報に頼るようになった。

「サンチャゴに雨が降る」に通じる情報への意志を、現代の日本に住む私たちも共有しはじめたのだ。原発事故に関連して、どれほど多くのさまざまな立場のひとたちが、これだけは伝えたいと願い、骨身を削って情報を発信しつづけてくれていることか。

殺されるな、生き延びよう、という切迫した意志がひろがりつづける。それは決して絶望しない意志でもある。ハガネのように叩かれて叩かれてどんどん強くなる、希望への意志でもあるだろう。その意志は日本中でくり返されている「脱原発デモ」につながり、今ようやく少しずつ、日本のマスメディアを揺さぶり、政治をも動かしはじめている。あえて楽観的に、そう私は信じたい。


（「東京新聞」夕刊、二〇一二年八月一五日）

染色体と核分裂

染色体という言葉すら、私は高校生になるまで知らなかったように思う。当時は高校一年になると「生物」という科目を受けることに決まっていて、その授業ではじめて、人間の発生の仕組みや遺伝子、染色体の役目について、大ざっぱながら教わった。それで、だったのだろう、私は個人的にふと不安を感じた。そういえば、兄がダウン症のわたしは子どもを産んでも大丈夫なのかな、と。

もしかしたら、広島、長崎で被爆した女性たちが結婚を拒否される、子どもを持てない、という「悲劇」が根強くうわさされていたせいもあったのかもしれない。「広島出身で独身」の女性教師を巡り、「あのひとは被爆者だから」と教室で生徒たちがささやき合うのを、現に私は耳にしていた。

染色体の存在を知った高校一年生の私はある日、近くの公立図書館に行き、「ダウン症」について調べてみた。ダウン症に遺伝性があるのかどうか確認したかったのだ。その三年前に兄は他界していたので、母にそんなことを聞けるわけはなかった。図書館で私が知ったのは、一般的なダウン症には遺伝性はないこと、染色体のほんのわずかないたずらで起こるさまざまな症状であること、常にある程度の率で発生し、母体の年齢が高いとその率もあがる傾向があること、などだった。

そうか、ダウン症の子どもってそれほど多い確率で生まれるんだ、と私はまずほっとするとともに、愚かなことにちょっとがっかりもしていた。私のだいじな兄が、なんだかふつうの人にされてしまったような気がしたのだ。それにしても、眼に見えない染色体のいたずらから、なんという大きな影響を兄は受けていたことか。兄は心臓が弱く、したがって抵抗力が低く、運動も苦手、視力も弱く、知的成長はとても遅く、タンパク質に対するアレルギーにも悩まされていた。けれどそれからずっとあとになって、ダウン症は新生児のうちに手当てをすると、そうした症状がかなり改善される、じゅうぶん長生きもできるという新聞記事を見つけ、それで私は心からほっとさせられたのだったし、どこかの国ではダウン症の男性がプロの映画俳優として活躍しているという報道もあり、大きな希望も感じさせられたのだった。

ところが昨年の原発事故で、内部被曝の影響のひとつとしてダウン症があげられはじめ、再び、私の胸は騒ぎはじめた。さらに最近になって、妊娠中に胎児がダウン症かどうかを調べられるようになったという報道があり、ほぼ同時に、政府発表で遺伝子の検査を福島の子どもを中心に行うとの報道もあった。どんどん、私の気持ちは暗く落ちこんでいく。子どもの健康を願うのは親の本能だろうし、現実にダウン症の子どもが生まれれば、どんな親でも動揺するだろう。母は私が五十歳になったころだったろうか、ぽつんと言ったことがある。あの子が生まれて、わたしは自分の慢心をへし折られた気がしたわね。人生観が根本から変わってしまった。

人間の遺伝子が傷つけられるかもしれない内部被曝は、根源的におそろしい。原発事故によってあり得ないことが起こってしまったのだ。けれどその一方で、ダウン症にかぎって言えば、ふしぎな喜びをそこから感じさせられる親が多いという事実も忘れたくないと思う。人間にとっての幸せの定義は、じつはとても複雑でむずかしい。世界中どこに行っても、ダウン症のひとたちはいる。その顔には共通した特徴があるので、すぐに見分けられる。そしてそのひとたちを見るたび、自分に親しい親せきをまた見つけたという思いに、今も私の胸はふくらむ。

人間は微妙なバランスのなかでひどく脆くも、意外に強く生きている。遺伝子や染色体の仕組みを知ったところで、いったい人類は幸せになったのか、と私は疑いたくなることがある。それは核分裂の力を知ってしまった人類の現状への疑いにつながる。

(「東京新聞」夕刊、二〇一二年九月一九日)

孔子の教えと科学者

時はまだ明治十年代、ひとりの青年が甲府の家を旅立った。おそらく十六か十七歳だったと思われるので、少年と呼ぶほうがいいのかもしれない。少年は大きな柳行李を背負って、わらじ履きで、笹子峠を歩いて越え、小仏峠も越えて、東京にたどり着いた。鉄道の中央線もなければ、トンネルもない時代のことで、「大日本帝国憲法」もまだ制定されていなかった。

近代国家として日本はなんとか船出したものの、むりやりな「富国強兵」実現のため、税金が重くのしかかり、庶民の生活はひどく苦しくなっていたという。少年の家も古くからの農家だったけれど、田畑を売り払い、甲府の町に移り、新しい時代を生き延びるべく、長男である少年を東京に新設される第一高等学校に送りこむことに決めたのだった。

ちょっと物語風に書いてみたけれど、この少年、正体を明かせば私の母方の祖父で、昨年の三・一一のあと、日本の近代化ってどこかまちがっていたんじゃないかしら、としきりに思うようになったら、ついでに、今まであまり興味を持ったことがなかった自分の祖父についても気になりはじめた。私が生まれるよりずっと前にこの世を去った祖父は、母から聞いたかぎりでは、儒教思想を厳格に守るこわいひとだったらしく、たとえば、食事中はいっさいしゃべるなと家族に言い渡していたという。そんな祖父がそばにいなくてよかった、と孫である私はひそかに胸をなでおろし、ひどく堅苦しそうな儒教にも近づきたくないと思っていた。けれど、三・一一以降、この祖父がべつの顔を私に見せはじめた。

わらじ履きで東京に出てきた少年・祖父は、さぞかし必死になって勉強にはげんだことだろう。その後、これまた、できたてほやほやの東京帝国大学に入学し、地質学を学んだ。日本の近代化を支える鉱物資源の分野にこそ確実な将来性があると思ったのか、純粋に地質に興味があったのか。大学卒業後、経済力のない祖父は学問の道に進まず、岩手の鉱山に監督官として赴任した。ところが、ここでの労働者の過酷な状況を知り、ショックを受けて、鉱山を離れた。鉱山開発が国策であるからには、個人の力で改革できるものではなかった。

つぎは、広島の旧制高校に赴任した。新しく日本の植民地となった朝鮮半島の鉱物資源を調べるフィールドワークに、学生たちと出かけた。けれど運悪く、学生のひとりが腸チフスで死んでしまった。祖父はふたたびショックを受けて辞任した。その後、各地の旧制中学の校長をつとめつづけた。

やがて郷里の両親に呼び戻され、山梨県の嘱託という立場で、富士山をはじめとする山々、植物などの調査をつづけた。寒冷地ゆえの貧しさに苦しめられていた富士五湖や八ヶ岳周辺を観光地化する計画にも、一役買っているらしい。

こうした祖父の人生で、最初の苦い経験が岩手の鉱山監督だったのだろう。具体的にどんな鉱山労働の実態を知って、早々に辞任したのかしら、と今までもなんとなく気になりつづけていた。そして去年の原発事故以来、もしや、と思いついたことがある。時代を見ると、足尾銅山の鉱毒を巡って、国会議員だった田中正造を先頭に抗議運動が盛んになっていた時期とちょうど重なっているのだ。この鉱毒事件を祖父も知り、過酷な労働状況はもとより、むりな鉱山開発には問題がありすぎる、と考え、田中正造の抗議に連動する思いで、祖父も鉱山監督の職を投げ捨てた。

見当ちがいの想像かもしれないけれど、近代国家として日本が推し進めようとしているこの方向はダメだ、人間をもっと大切にする近代文明を目ざさなければ、と孔子の教えが体の奥深くまで染みこんだ科学者である祖父は感じた。このように考えると、儒教は結局、科学者としての祖父を救ったと言いたくなるし、ほかの哲学であれ思想であれ、人間としての倫理はやはり、どんな時代でも手放してはならないものだったと納得させられる。

（「東京新聞」夕刊、二〇一二年一〇月一七日）

太陽光ととげ抜き地蔵

とげ抜き地蔵と呼ばれる、世のありとあらゆる苦を取り除いてくださるありがたいお地蔵さまが、山手線巣鴨駅近くのお寺におわしまし、このお地蔵さまに通じる商店街は、市が立つ四のつく日ともなると、人の群れでぎっしりと賑わう。参拝に訪れるひとたちの平均年齢が高いので、「じじばばの原宿」などとも言われている。高齢者に関するニュースがあれば必ずといってよいほど、この通称「地蔵通り」を行き交うひとたちの声を拾うし、綿入れ袢纏《はんてん》やちゃんちゃんこ、もんぺ、花柄の割烹着、それに赤パンツなどがここに行けば安く手に入る、とかなり前から、外国から訪れたひとたちのあいだでも有名になっている。

もちろん、四の日には屋台がたくさん出る。私はここで売られているとうがらししか使わなくなっているし、気が向けば、ちょっと苦いヤツメウナギの串焼きを立ち食いしたり、塩大福を買ったり、植木市も立つので、そこではさまざまな草花の苗を衝動買いする。

ところが駅前で、先日、なにやら見かけないものが眼の隅をかすめた気がして、きょろきょろまわりを見渡して、びっくりした。「すがも駅前太陽光発電所」と書かれた看板がかかげられていたのだ。なんのこと？　と首をかしげ、駅前につらなるアーケードの屋根を見てみた。すると、よく写真で見かけるソーラーパネルがずらりと青くひかっているではないか。おお、すばらしい、と思わず、その場でにっこり。じつはすでに四年前から設置されているとかで、地元に住んでいながら今まで気づかずにいた自分が恥ずかしくなった。

太陽光発電にもいろいろ欠点があると聞いたことはあるけれど、原子力発電が宿命的に孕む回復不能なリスクと政治権力とのつながりに比べれば、その欠点はいずれ克服できそうに思えるし、従来の巨大な電力会社に頼るしかなかった電気から解放され、自前の、しかも太陽の恵みを利用した電気を使えると考えれば、それだけですがすがしく、楽しい気分になる。

自分の家の屋根に念願のソーラーパネルをついに取り付けた知り合いによれば、片流れの大きな屋根だったせいか、一カ月で平均二万円以上の売電になり、なにより毎日のお天気に敏感になって、晴れの日になると、以前の十倍、いや、百倍わくわくした気分になるという。もちろん太陽光にかぎらず、川や温泉、風、波の力など、住民それぞれが土地の条件に合った発電方法を取りいれれば、全体ではかなりの発電量になる。一方、「節電」の意識もこの日本ではすっかり定着しているようなので、すでに、巨大な電力会社、そして原発は不要な存在になっているんじゃないか、とつぶやきたくなる。

世界のどのていどの範囲なのか私にはわからないけれど、多くの地域で「余分な太陽」を退治する伝説が語り継がれている。太陽がふたつ、あるいは三つ、九つ、と地域によってその数はちがうものの、とにかく余分な太陽が、あるときからなぜか、地上をあぶりはじめ、人々がそれで死に絶えようとする。そこで英雄が余分な太陽を退治する旅に出る。それははるばる遠い旅で、苦難にも充ちているが、最後は邪悪な余分な太陽を弓矢で打ち落とすことに成功し、地上の人類は救われる。

こんな話が大昔から各地で語り継がれてきたことに、原発事故を経験した今の私は、ぎょっとさせられる。「人工の太陽」と言われる原子力の時代が来ることを、まるで予見しているかのような伝説ではないか。

そう、「余分な太陽」は本当に退治しなければならない。たったひとつの本物の太陽のもと、私たち人類はみな奇跡としか言いようのない命を与えられている。地球上の人類よ、太陽にもっと謙虚たれ、ととげ抜き地蔵も私たちに語りかけている。

（「東京新聞」夕刊、二〇一二年一一月二一日）

「人情」と放射能

今年二月、この随筆欄で東京都文京区の友人宅の放射線量について報告させてもらったけれど、当然のことながら、その後、友人は悩みつづけていた。

いちばん線量が高いところで毎時〇・八マイクロシーベルト、つまり年間七ミリシーベルトになり、従来でいえば放射線管理区域に匹敵する値だったのだ。空間線量ではなく、地表の線量なので、そこに近づかなければ一応大丈夫、それに、友人宅には幼い子どももペットもいない。けれど近所のネコたちは遊びに来るし、鳥も飛んでくる。カエルやトカゲなどの小動物もちょろちょろ出没する。その生きものたちがみな汚染され、しかもその体によって放射性物質が周囲に運ばれてしまう可能性がある。もちろん雨が降るたびに、土とともに流されていき、風が吹けば放射性物質は舞い飛ぶ。雑草が生い茂り、その種も放射性物質を吸いこんで飛び散る。

やっぱり、これは放置しておけない、と夏になって友人は思い決め、線量の高かった部分の土を五センチほどはぎ取ることにした。さいわい、その部分はごくかぎられていた。いわゆる「除染」作業をいくら区に頼んでも相手にしてくれないので、自分たちでやり遂げた。はぎ取った土の山は、庭の隅にシートをかぶせておいた。これで一応の安心を得て、二十万円也のガイガーカウンターを持つ弟さんがやって来るのを、友人は待った。

秋になって、いよいよ弟さんが来て、線量を測ってくれた。さあ、どうだ、とどきどきわくわくして、計測の値を見たら、なんと以前となにも変わらない。あいかわらず、毎時〇・八マイクロシーベルトのまま。弟さんいわく、こりゃセシウムのかたまりがドサッとここに落ちてきたのかも。

そのとき、友人はがっかりして、涙が出る思いになったという。そして「除染」の限界も思い知らされた。放射能とは人間の手に負えない代物だからこそ、とにかく汚染の拡散を防がなければならない、と厳しく法律でも定められてきたのではなかったか。それなのに、楽観的というか、たとえ放射性物質が相手だろうと、必死の努力さえ払えば、その報いはあると信じたかったのね、と友人は私に告げた。

三・一一以来、ふしぎな抑圧がこの日本では働きつづけている。東京の線量ごときで騒ぐとは、これと比較にならない高線量の場所に生きるひとたちを苦しめるだけの心ない行為ではないか、と責められるような気がして、口を閉ざしてしまう。「除染」作業にどれだけの効果があるのか、という問いも、それに期待する多くの農家のひとたちを踏みにじることになりそうなので、口にしにくい。放射能汚染に苦しめられているひとたちに対する「人情」と、眼に見えない放射性物質へのおそれと、さあ、あなたはどちらを取るか、といつも責めたてられているような気がしてならない。

「人情」といわれるものはじつは社会の「空気」みたいなもので、いつも正しいとはかぎらない。内向きの「人情」が戦争や死刑を期待し、深刻な差別を生むこともある。「人情」が、最近の日本社会でとても肯定的に語られるようになっていること、そのこと自体が、私にはおそろしく感じられる。「人情」という正体不明の「空気」が放射能汚染を軽視し、本当の責任を問うべき対象を見失わせることになる。一方で「人情」とは関係なく、当然のことながら放射性物質は確実に、私たちを含んだ生命体を傷つけつづけているのだ。なんという不条理！

けれどそうした現状に危機感をおぼえ、「人情」ではなく「人間としての倫理」を求めるひとも確実に増えている。絶望することはない、希望は、ほら、ここにある、と多くのひとたちが力強く叫びはじめたこの地道だけど、すばらしい変化に、私もはげまされているし、将来、ここから日本の社会は大きく変わっていくのかも、と期待しないわけにはいかなくなる。

（「東京新聞」夕刊、二〇一二年一二月一九日）

隠れキリシタンと原発の国

私はカトリックの女子校に、大学も含めれば、通算十年も在学していた。それで、なのだろうか、日本社会での仏教や神道も含めた宗教のありようが気になってしまう。とくに、原発事故以来、かつての「日本帝国」で幅をきかせていた国家神道がふたたび勢いを取り戻しているように見えるのが、私にはとても気味がわるい。

山や古木を拝んだり、オオカミを祀ったりするアニミズムの段階の神道については、世界どこにでも見られる普遍的なものにちがいなく、べつだん抵抗はないけれど、その自然神道と、明治時代に日本帝国の基盤として作られた国家神道との区別が、今も意外に曖昧なままなのが、私のような者を困惑させつづけているのだ。たとえば、福島第一原発の工事のとき、あの巨大なとっくりみたいな形の格納容器の前で、アリのように小さな神主が祝詞を読みあげている写真。なんてシュールな光景だろう、と私はそれを見て仰天させられた。そう感じてしまう私のほうが、どこかヘンなのだろうか。

私が通っていた中学と高校の校舎は、今や注目の的の靖国神社と皮肉にも隣接していた。毎日、靖国神社の鳥居の前を遅刻すれすれ、あるいはすでに遅刻になっている時間に、必死に駆け抜けていた。そうした場所柄、靖国神社に親しみを持つようになったかと言えば、そんなことはまったくなく、なにしろこちらはカトリック校の生徒だったので、靖国神社をどのように考えればいいのかもわからず、困惑した末に、無視するのがいちばん、と決めてしまったような気がする。私の母も靖国神社についてはなにも言わなかったし、学校からなんらかの説明を受けた記憶もない。

八月十五日は、カトリックでは聖母マリアが天国に召された重要な祝日ということで、夏休みのど真ん中にもかかわらず、長袖のセーラー服を着て、学校に行かなければならなかった。炎暑の校庭にまず並んで、当時のこととて冷房のない講堂でミサを受け、あとはそれぞれの教室に行き、担任の教師の話を聞いたのだったろうか。暑くて、暑くて、生徒たちには苦行そのものだったけれど、おかげで、その日が日本の敗戦記念日とされていることをほとんど意識しないままでいた。ただ、いつもはさびれた感じの靖国神社にその日だけはひとが多く、とくに白い服の傷痍軍人と呼ばれるひとたちが群れていて、なんだかおそろしかった。そしてそれが唯一、私にとっての敗戦記念日の、日本の風景なのだった。いや、うっかり忘れるところだったが、十五日といえば、お盆というものもあった。家に坊さんがやって来て、お経をあげる。そのために、わが家ではいつもは押し入れに隠してある小さな仏壇を引っぱり出さなければならず、それが面倒だったことをおぼえている。敗戦記念日やお盆、そして靖国神社にしても、私が子どもだった時代、今ほど、市井の人々は気にせずに生きていたのではないか、と思うのだけれど、それはまだ日本の敗戦が身近なできごととして残されていたからなのかもしれない。そのころは、外地からの引き揚げで行方不明になったひとを探す「尋ね人の時間」という番組も、ラジオで放送されつづけていた。

中学、高校と六年間、私はカトリックの世界に染まりきっていたわけではなかった。少なくとも、自分ではそのつもりでいた。けれど学校の授業では「宗教の時間」というものがあったわけだし、毎朝、毎夕、中学時代は床にひざまずいてお祈りを唱え、講堂でのミサはしょっちゅう行われ、そのミサではまだラテン語が使われていた。生徒たちがうたう聖歌もラテン語で、音楽の時間にはこの聖歌の練習をつづけなければならなかった。これだけでも宗教色のない小学校から来た生徒にとっては、かなりのカルチャーショックだったけれど、案外すぐに慣れてしまった。やがて第二バチカン公会議というものがあり、それを受け、高校からミサは日本語に変わり、床にひざまずいてのお祈りもしなくなるという大きな変化があった。当時の私の反応は、ラテン語のミサのほうがかっこうよかったのに、だった。

大学に進むと、だいぶ宗教色が消えたものの、「宗教哲学」という課目は必修だったし、私の所属していた英文科で取りあげる作品もカトリック作家のものが多かった。なかでも、「宗教哲学」が私にはおもしろくて、それはさいわいにも、担当の神父さんがドイツ帰りのばりばりのすぐれた神学者で、しかも仏像の魅力を語るような柔軟さを持つ人物だったからなのだろう。当時流行していた実存主義からはじまり、キルケゴールや、ベルジャーエフ、エリアーデなどを紹介され、こちらも熱心にその著作を読んだ。

最近、その神父さんと思いがけず、大学卒業からほぼ五十年も経って、再会する機会があった。ガンになり、治療はすでに放棄していると聞き、あわてて面会に訪れたのだった。カトリックの神父は妻帯せず、私有財産も持たない決まりになっているので、八十七歳になったその神父さんにも家族がいないし、長年勤めた教会も定年退職になり、もう司祭館に住むことはできない。カトリック関係者用の老人ホームはあるけれど、そんなところに行きたくないとがんばって、ある信者さんの持ち物であるマンションに身を寄せ、ひとり暮らしをつづけていた。

神父さんと交わしたのは他愛のない思い出話が多かったけれど、カトリックはもう先進国の都会ではダメになったね、迫害の過去を持つ日本じゃとくにカトリックは好まれなくて、ぼくもずいぶんヤソ呼ばわりされたよ、などとこぼしていた。このごろ、神父のセクハラ問題も取り沙汰されているけど、こんなことを起こすぐらいなら、神父の妻帯を許してもいいんじゃないかと思うね、さもないと、神父になるひとがいなくなってしまう、とも語り、カトリックの現状をかなり憂えているようすだった。

たしかに、新しいローマ法王ははじめての南米出身者だとだいぶ話題になったが、その法王もカトリックの改革に積極的に取り組んでいるらしい。そのひとつに、日本の「隠れキリシタン」についての再調査があった。バチカンは以前、綿密な調査を経て、「隠れキリシタン」はカトリック信者ではないという結論を公式に出している。けれど本当にそれでよかったのだろうか、とカトリック界でもなんとなくもやもやと気になりつづけていたということなのだろう。再調査の結果次第では、全世界をびっくりさせる新しい見解が発表されるのかもしれない。

ところが神父さんとの面会後、朝日新聞で奇妙な記事に気がついた。かなり大きく紙面を割かれたその記事の大見出しは「隠れキリシタン　意外な素顔」、小見出しでは「祖先崇拝が基本　神道・仏教も信仰」、「長崎純心大教授、現地訪ねて新説」となっていた。つまり、「隠れキリシタン」は本当はキリスト教徒ではなかった、という内容なのだ。けれど、ローマではとっくにそうした結論を出しているのだから、今さらこのような記事をことごとしく書く意図がわからない。ひとつにはユネスコの世界遺産申請を巡って、長崎では近代産業の軍艦島派とカトリック教会派との深刻な対立がある、と去年、長崎を訪れたときに地元のひとから聞かされたので、その余波もあるのかな、と勘ぐりたくなった。結局、世界遺産申請には教会群が選ばれた、とこれも最近、新聞に報道されている。

「隠れキリシタン」の発見は当時、世界中を駆け巡った大ニュースで、キリスト教文化圏では、日本のキリシタン迫害の実態とともによく知られている。とりわけ、慶応元年、大浦天主堂でのプチ・ジャン神父と一女性信徒との感動的な出会いのエピソードは有名で、私自身もそのくだりが書かれた本の朗読を学校で聞かされている。

日本の国策によって、カトリック信者のままだとその親せきまで子どもを含め全員が処刑されてしまうという危機に陥り、多くの信者が信仰を表向き否定し、ひとり残らず、仏教寺院に所属させられた。元信者たちは一年に一度、踏み絵の儀式をくり返させられ、仏教徒として生きることを強いられた。それからなんと二百六十年近くものあいだ、何代にもわたって、信者たちは秘密裏に自分たちの信仰を伝えつづけた。外部とのつながりを断ったヒミツの信仰なので、やがて祈りのことばも変形し、本来どんな信仰だったのかもあやふやになってしまった。それでも祈りの儀式を行うときには必ず、家の外に見張りを立たせていたという。信仰とともに、迫害の恐怖もこうして伝えられていたのかと思うと、私などはやはり胸が痛くなる。

日本がいよいよ開国となり、外国人向けの天主堂も建てられて、もう迫害時代は終わったのかと思って、表に出てきた「隠れキリシタン」は逮捕され、拷問を受けたり、流罪になったりした。それから明治六年に至るまで、六百人以上ものひとが殺され、三千人以上のひとが流罪となったといわれる。これに対して、諸外国から激しい抗議があり、明治政府はしぶしぶカトリックを解禁し、宗教の自由を認めざるを得なくなった。天皇を頂点とする国家神道を推し進めることで強固な帝国を作ろうとしていた明治の新政府が、自分からキリシタンを認めるつもりなどまったくなかったという事実は、重い。その後、「隠れキリシタン」はカトリックに再入信するひとたちと、それまでの独自のスタイルを守りつづけるひとたちとに別れていく。ちなみに、私がわざわざ「隠れキリシタン」とカギカッコつきで書いているのは、迫害時代のキリシタンを「潜伏キリシタン」と呼ぶひとたちもいるからで、呼び名だけでも厄介なことになっているし、「隠れキリシタン」のとらえ方も研究者によって、冷淡だったり、同情的だったり、かなりニュアンスがちがう。バチカンですら迷いがあるらしいので、なかなかこれは「深い闇」を抱えた課題なのかもしれない。キリシタン迫害が厳しくなったこの時期から、突如、伊勢参りが流行したという興味深い話もある。キリシタンの火あぶりなどによる残酷な処刑を見た当時の一般の日本人たちにも、その恐怖は植えつけられ、キリシタンの疑いを避けるためには伊勢参りをしておけば安全だ、と考えたのかもしれない。伊勢参りさえすれば、「正しい日本人」だと証明できる。伊勢神宮はもともと太陽神を祀るヤマト王権のシンボルで、江戸時代にはかなり天皇の威力は衰退していたと聞くが、じつはキリシタン排除を最も強く願っていたのが天皇だったという説もあり、伊勢参りの流行にはなにかもっと政治的な裏があるのかもしれない。古代では、有力な人物が不本意な死に方をした場合、そのたたりをおそれて、つまり怨念を抑えるため、神社を作っていたという。平将門や菅原道真などが、その典型だろう。そうした神社の系譜もあるが、国家神道は明らかに、それともちがう国策方針なのだ。

日本の宗教はそもそも、とてもわかりにくい。日本人の多くは、自分は無宗教だと認識しているらしいが、本当はかなり宗教的な日常を送っているように見える。仏教の寺院に墓の管理を頼んでいる家が圧倒的に多いし、その墓参りを大切に感じている。けれど、これもキリシタン弾圧のため、強制的に日本人全員が仏教寺院に所属させられたという過去があるわけで、自発的なものではなく、したがって個々人の信心とあまり関係がなかった。また、大陸から伝わってきた仏教は、権力の補強に好都合だと考えたヤマト王権が積極的に導入したものだったので、庶民にとって身近なものではなかった。しかも、神道と仏教が日本の場合、ぐちゃぐちゃと入り交じっていて、ややこしい。

今は亡き若桑みどり氏によれば、神道と仏教をミックスさせる「本地垂迹」という考え方は、日本が元寇、つまりモンゴルにあわや攻め込まれそうになったとき、「神風」が吹いて救われたのを契機に生まれたものだという。大陸を征服した強力な外敵にはじめて日本は直面し、よほどこわかったのだろう。ところが、大型台風である「神風」のおかげで日本は例外的に救われた、これは日本が「神国」である証左である、という文字通り神頼みの「信仰」が生まれた。

ところがやがて、二回目のおそろしい外敵に日本は襲われることになる。それが、ヨーロッパの大航海時代を背景とした、「南蛮人」のカトリック宣教師と貿易商人だった。秀吉と家康が書き残している書状には、日本は神国であり、仏法の国である、よってキリシタンは受け入れられぬ、と書かれている。キリシタンは当時の日本の支配者たちにとって、元寇と似たような外敵だと認識されたのだった。その後、日本ではキリシタンを「外敵」として、これを徹底して排除することで、外と内を明快に区別し、鎖国の体制を作りあげていく。カトリック信者から見れば、恐怖政治のはじまりである。

このような日本の宗教を見ても、あるいはキリスト教国がつづけてきた争いを見ても、宗教はそもそも単独に存在するのがひどくむずかしい代物で、必ずといってよいほど、政治の道具にされ、世俗の欲に振りまわされてきたことがわかる。古くから、宗教と王権と経済が三つどもえになって、戦争が起こり、領土の奪い合いをくり返していた。人間にとって純粋な宗教など、結局、幻想にすぎないのかもしれない。迫害下にあった日本のキリシタンは逆説的に、まれに見る純粋な信仰を守ろうとしていたとも言えそうだ。キリスト教徒の「南蛮人」は中南米でインディオの虐殺をつづけ、黒人奴隷を使い、植民地を作りつづけていた、という事実など、当時の日本のキリシタンは知らずに、キリストの教えのみにしがみついていた。だからこそ、その子孫もこれは大切に伝えていかなければ、といちずに思ったのではないか。

宗教が露骨に政治と世俗の欲に結びついたとき、思いもかけないおそろしいモンスターに変質してしまうものらしい。このごろは、イスラエルによるガザ攻撃につらい思いをさせられているが、とりわけ日本の私には、かつて台湾で起こった凄惨な「霧社事件」を思い起こさせられる。台湾統治で、日本は真っ先に立派な台湾神社を建て、それから山地の原住民を囲い込み、労役に酷使したため、原住民が蜂起した。それに対する日本軍の過剰な報復と武器の力量の差、居住地の牢獄化などが、現在のガザ攻撃とそっくりなのだ。日本軍は原住民に、当時はまだ開発中だった毒ガスも戦闘機からまき散らしたと言われている。のちの十五年戦争でも、日本軍は一般の中国人を情け容赦なくたくさん殺している。どうして、そんなことができたのか、なぜなら、日本は「神国」で、「日本人」はとくべつに選ばれた民だから、という答が導きだされてしまうのがこわい。

イスラエルと日本はその点、とても似ているし、キリシタン迫害からはじまった日本の排外主義、異質な存在をきらい、内側に生きる者たちはできるだけ同質であろうとする意識が、今の日本社会にも横たわっているようなので、さらにこわくなる。漠然とした「神国」としてのうぬぼれが、今の日本にも生きつづけているのではないか。そしてこのうぬぼれは、キリシタン迫害の負の過去も含め、戦争責任、さらには原発事故の責任すらも曖昧にしてしまうし、「他者」への差別意識をいつも内包することになる。

ガンに冒された神父さんに話を戻すと、その後ほどなくして、かれはみずからホスピスに移り、あっという間に、天国の住人となってしまった。敗戦時に十七歳だったかれは、それまで考えてもいなかったカトリック神父への道を選んだのだという。ナチスの記憶がまだ生々しかったはずのドイツに、なぜ留学したのか、いろいろ聞きたいことがあったのに、答は聞けないままになってしまった。

私が出会ったころのかれはまだ三十代の「悩める若き神父」で、ぼくは神父という仕事に向いていないのかもしれない、などとつぶやいていた。そんな悩みを抱えつつも、かれは東京という大都会の片隅で、神父としての生涯をまっとうし、現世から去っていった。若いころ、神父さんが愛読していたというベルナノスの『田舎司祭の日記』を、なにかときな臭くなってきた今の世の中で、もう一度、心静かに読み返したい心境になっている。

(「社会運動」414、二〇一四年九月号)

先住民アイヌの意味

アイヌについて、たとえばまわりの日本人に聞いてみたら、おおかた、ああ、アイヌのことはもちろん知っていますよ、と答えるにちがいない。そのていどの知識は、多くのひとたちは持ち合わせている。では、どういうひとたちですか、あなたの知っている範囲でかまわないので教えてください、とつづけて聞いてみたら、どんな答が返ってくるだろう。北海道に住んでいるひとたちですね。独自の文化を持っていると聞いています。魚や動物を捕って生活をしていて、熊を大切な神として崇めているらしいですね。ユカラという歌もあるんですよね。

こんな答が大半だろうか。

もう少し、注意深いひとたちなら、日本の先住民として正式に認定されましたね、と答えるかもしれない。それで、新しく「アイヌ文化振興法」が作られたんですよね。今までは「旧土人保護法」なんて名前の法律が残されていたそうで、ひどい話です。

でも、このように答えるひとはごく限られているのだろうか。

質問の矛先を変えて、あなたはアイヌが日本社会で差別されていると思いますか、と聞いてみたらどうだろう。これは私自身経験したことではあるけれど、いや今どき、差別なんかされていないでしょう、わたしだって差別なんかしませんよ、という答ばかりだった。本当に、アイヌに対する差別が日本社会から消えているのだとしたらけっこうなことなのだけれど、残念ながら、とてもそうは言えない現状がある。だからこそ、もう今の日本にはアイヌはいない、などとネット上に書きこむ札幌市議会議員のようなひとが出てくるのだろう。「アイヌ利権」などという醜いことばまで書きこまれている。

日本の多くのひとたちが「なんとなく」アイヌについて知っているという、この「なんとなく」の部分がじつは、くせものなのではないか、と私には思える。つまり、話として聞いていても、アイヌの「現実」を知らない、知ろうともしない、という状態は、ごく簡単に誤解に結びつくし、誤解からいつの間にか、差別の構造を社会的に作りあげ、そうした日本社会を知らず知らず肯定することになる。

歴史的に、日本政府がアイヌについて、強力な「同化政策」を取りつづけた結果、アイヌは日本名を名乗らざるを得なくなり、アイヌ語すら理解できないひとも多くなっている。その現状が、長い間つづいてきた社会的差別のおそろしい結果なのだと受けとめなければならないのに、アイヌは今やすっかり日本人になっているんだから、それで、なんの不満があるんだ、と思ってしまう日本人が案外多いのではないか。

とはいえ、アイヌの若い世代でアイヌ語を取り戻そうと努めるひとたちは少しずつ増えているのだし、伝統的な歌をアレンジして、新しいアイヌの歌をうたうひとたちも活躍しはじめている。アイヌ語の辞書も出されている。けれどそうした動きが一般的にはあまり知られることがない。なぜなら、日本社会がアイヌについてあまりに無関心で、「先住民族」の意味も足を止めて考えようとしないままだから。

国連で「先住民族の権利についての宣言」が採択されたのが二〇〇七年で、翌年に日本政府はアイヌを日本の先住民と認めている。六〇年代からつづいてきたさまざまな弱者に対する見直しがついに、最後の砦を乗り越えたのか、と私は当時、かなりの感動をもって、この国連の宣言採択のニュースに耳を傾けていた。アメリカ黒人の人権問題からこうした動きがはじまり、女性の権利も訴えられ、性的弱者についても論じられ、ついに各国各地の先住民の権利までを国連がはっきりと宣言するに至ったのだった。

私が学生のころには、将来、アメリカの黒人女性が小説を書き、ノーベル文学賞をもらうようになるとは、予想もできずにいた。アパルトヘイトを実施していた南アフリカで、日本人は「名誉白人」とされているなどと、うれしげに日本のメディアが伝えている時代でもあった。映画などではまだ、アメリカのインディアンを単なる野蛮人として描いている時代だった。

どの国でも、先住民の問題は土地や天然資源が絡んでいるので、触れたくない部分だったにちがいない。へたをすると、近代国家の形をもこわしかねない、というおそれも、多くの国が持っただろう。けれどたとえば、ニュージーランドでは先住民のマオリ自身による粘り強い復権運動のうねりもあり、その後、白人社会の認識が大きく変化した。今や、国の名前を、マオリ語のアオテアロアと呼ぶことも定着している。一時は三万人にまで減りつづけていたマオリが、その誇りを取り戻すにつれ、三十万人にまで急増したという。誇らしさを感じることができれば、白人社会のなかで混血の人たちもそのことを隠す必要はなくなる。

台湾での「原住民」（台湾先住民の正式名称）も、以前は九部族が存在すると言われていたのが、今はつぎつぎと新しく認定される部族が加わり、十八部族になっているという。名前を自分たちの伝統に則った名前に戻すことが法的に認められ、「原住民」としての誇りを取り戻した結果、同化されてしまっていた部族も、自分たちからどんどん名乗りを上げはじめた。そして、今では「原住民文学」というジャンルまでできている。

日本人のひとりとして、私も先住民の問題にはじめからとくべつな関心を持っていたわけではなかった。ただ、若いとき、なにかのきっかけで、アイヌのカムイ・ユカラを知り、それ以来、カムイ・ユカラの世界がおもしろくなり、アイヌについても少しずつ興味を持つようになっただけだった。

ところが、すでに二十年以上も前のことになるけれど、カムイ・ユカラをフランス語に翻訳する作業に携わることになって、アイヌについての意識がいやでも大きく変わらざるを得なくなった。

コロンブスのアメリカ大陸「発見」から五〇〇年という節目の年に、メキシコの山間部で開かれた国際会議に招かれたのが、そもそものきっかけだった。日本の大企業による環境破壊が取り沙汰されている時期だったこともあり、日本の近代が見失ってきたものとして、アイヌのカムイ・ユカラの世界を紹介したいと私は願った。その会議にはアマゾン流域のインディオやアメリカの先住民であるインディアンの代表も参加すると聞いていたので、なおさら、アイヌの世界に触れずにいられなかった。とはいっても、私自身、アイヌの歴史についてよく知らずにいた。泥縄式で本を読み、レポートをまとめた。

このときの私の発表を聞いていたフランスの作家が、ぜひカムイ・ユカラのフランス語版を出したい、と言ってくれた。私はちょうどメキシコからパリに飛んで、パリで一年間、大学院生を相手に、近代日本文学について講義することになっていた。フランス語に翻訳するといっても、アイヌ語を理解できて、しかも詩としてふさわしいフランス語に翻訳できるひとなど、この世に存在しそうにない。大いに悩んだ末、私が接していた大学院生たちと協力して、なんとか自分たちでフランス語に翻訳し、その翻訳原稿をアイヌ語とフランス語を手がける言語学者にチェックしてもらう、という基本方針を立てた。私も学生たちもアイヌ語がわからないので、日本語からの重訳になってしまうのが、悩みのタネでもあったのだ。

学生たちとの翻訳作業を早速はじめる一方で、言語学者探しをはじめた。それでわかったのは、全ヨーロッパで、フランス語に堪能なアイヌ語学者はたった三人しかいないという現実だった。ひとりはイタリアの学者で、この方はもうお年だし、あまりにえらすぎて頼めない。あとは、ポーランドにひとり、そしてデンマークにひとり存在した。それぞれに英語で手紙を書き、ポーランドのほうからさいわい返事が届いたものの、翻訳原稿を見ることは引き受けてもよいが、報酬をちゃんと払って欲しい、という内容だった。出版社にその相談をしてみたが、答はノン。しかたなく、私の所属していた大学の教授に相談し、彼に最終段階のフランス語原稿を見てもらう約束を取り付けた。

そんなことであがいているうちに、どうしてこうも、ヨーロッパにアイヌ研究をしているひとが少ないんだろう、とふしぎな気がしはじめた。そこで身近な知り合いの学者に聞いてみたところ、それはナチス・ドイツの経験があるからですよ、と教えてくれた。ナチスの人種差別主義により、ヨーロッパの人類学はさまざまな人種を形態的に観察することにのめりこみ、とくにアイヌについては、あれはアーリア系白人種だろう、つまり我らの仲間である、とのヒットラーの判断に振りまわされた。第二次大戦後、その苦い反省から、人間の尊厳を守るため、形態的観察はしりぞけられるようになり、人類学そのものも文化人類学、そして構造人類学に姿を変えている。そしてアイヌ研究は深いトラウマとなってしまい、事実上タブー化され、戦後ずっと、ヨーロッパでは空白になっている。

戦前の人類学者によるアイヌについての研究が原稿のまま眠っていたのが、八九年になってほぼ五〇年ぶりにフランスで刊行され、そのあと、九一年に、私がカムイ・ユカラの翻訳を手がけはじめたことになる。まさか、ナチス・ドイツがアイヌ研究にこんな影を落としているとは、とびっくりさせられた。

その後、翻訳も完成に近づき、私は序文を書かなければならなくなった。フランス語読者のための序文だと考えながら書きはじめてみて、ここでも今までの自分の不明に気がつかされた。アイヌについての一番古い記録は、イエズス会の宣教師によるもので、その二十年後には、オランダ東インド会社が択捉島《エトロフ》からサハリンまで航海し、厚岸のアイヌたちと接触した記録を残している。しかも両方ともヨーロッパで要約本が刊行され、各国語に翻訳され、広く読まれているのだ。十九世紀になると、ロシアからの接触が増え、記録も多くなる。

ヨーロッパの好奇心ははじめ、伝説的な金銀島の探索に向けられていたらしいが、やがて地理上の探求心に変わっていく。新大陸とユーラシア大陸はつながっているのかいないのか、もしつながっていれば、陸上で行き来できる可能性が出てくる。当時はまだ、北海道の形もわからずにいたし、サハリンが島なのか半島なのかもわからないままだった。ヨーロッパ人にとってこの辺りは最後のなぞの地域であり、新大陸の存在価値が高まるにつれ、早く確かな情報を得たい地域となっていたのだ。イエズス会の神父もローマ本部から、可能ならば地図を書き記すように、と命じられている。そして、オランダは択捉島とウルップ島を自分たちの領土とみなした。

アイヌはたまたま、北海道、東北、サハリン、千島列島など、広い範囲に居住していたため、記録に残され、その存在をヨーロッパに広く知られることになった。日本は十五世紀に、コシャマインの反乱が起きていることからわかるように、すでに北海道に進出しはじめているが、のちロシア人が千島列島に進出をはじめ、過重な毛皮税を課して、アイヌを苦しめる。

このような経緯をたどるうち、それまで私は日本との関係にばかりアイヌの存在を縛りつけて、アイヌを見ていたのではなかったか、と思い知らされるようになった。もちろん、日本との関係がいちばん密接ではあるけれど、その居住地ゆえに、アイヌは大きな世界史の流れに直接晒されつづけていた。アイヌは大陸との交易も行っていて、毛皮と引き替えに美しい錦を手に入れ、それを日本人が「えぞ錦」と呼び、珍重していたという事実もある。つまりアイヌの立ち位置から考えると、アイヌの存在を日本との関係だけで縛ることなどとうていできないひろがりが見えてくるのだ。

フランス語の読者に向けて書いた序文は、書き手の私自身にそうした認識をはじめてくっきりと与えてくれた。アイヌは、日本の私たちの意識の枠をはずし、外に大きくひろげてくれる存在なのだった。日本人として、アイヌに対しての罪深さを感じるあまりに、先住民アイヌが本来持っているひろがりが見えなくなっていた。「先住民」の存在を認め、その立場からの視線を得ることは、もうひとつの世界、あるいは時間を知ることになる。「先住民」の復権とはそういう意味だった、と私ははじめて知らされた。現在のニュージーランドでも、台湾でも、私が直接知ったかぎりでは、すでに複数の価値観を受けいれながらも、全体でひとつの社会を作りあげつつある。

日本政府がアイヌを日本の先住民族だと正式に認めたのは二〇〇八年、それで「アイヌ文化振興基金」というお金がアイヌのひとたちに渡されるようになったが、国連で議論されつづけた「先住民の権利」の意味、つまり今までの世界で「強者」によって踏みにじられてきた「先住民」の犠牲に対する根本的な反省がないまま、お金だけばらまけばいいんだろう、という対策しか取ろうとしない日本政府の態度は、「従軍慰安婦」の問題同様、むしろ悪い方向にしか影響を与えていないように見える。

学校現場で、アイヌの歴史、アイヌ語およびカムイ・ユカラの授業を取りいれるとか、北海道の地名表示はすべてアイヌ語との併記にするとか、NHKでアイヌ語講座をはじめるとか、まずはそんな措置が取られるべきだろうし、なによりも学校で、「先住民」の意味をしっかり教える必要があるだろう。これは「珍しい文化」の話などではなく、普遍的な人権と政治の関わり、人権と利権のどちらを尊ぶのかという問題なのだ、と。

そして日本人はまず、アイヌを日本という国に縛りつけて考えることをやめなければならない。それができてようやく、日本人もアイヌとこの日本列島で共生できる出発点に立てるのではないだろうか。

（「社会運動」415、二〇一四年一一月号）

「女作家」が台湾に集まった

いとも美しい海辺に、台湾の原子力発電所は建っていた。マイクロ・バスをわざわざ降りて確認したわけではないけれど、その場所の美しい海と、大都会である台北とそこがあまりに近いことにショックを受けながら、私たちは原発を見やった。といっても、左側の車窓に見える原発は、建物のてっぺん辺りが塀越しに少し見えるだけだったので、広大なその敷地を厳重に囲むコンクリートの塀を私たちはながめた、と正確には言うべきなのかもしれない。

夕方の海沿いの道を走るマイクロ・バスには、台湾、そして韓国、日本の文学関係者が二十名ほど乗っていた。大学で開催された「女作家会議」の日程を終え、翌日の遠足で、私たちは映画『悲情城市』で有名になった観光地九份《きゅうふん》を訪れた。観光客が押し寄せているため満員電車のような混雑のなか、希望者はそそり立つような石段を登ったり下りたりしたのち（当然、私は希望者ではなかった）、眼下に見える海をながめながら、お昼をのんびりといただいた。あそこに見える岬の向こうに、原発があります、これからわたしたちはその近くを通ります、と台湾の教授が教えてくれた。

九份は、むかしの日本時代に金の鉱山で栄えた町で、その場所にしても台北にほど近い。なのに、原発はもっと台北に寄った場所にあるという。私たちはマイクロ・バスに戻って、台北の北側にある淡水に向かった。その途中、本当に私たちは原発を自分の眼で見届けることができ、バスのなかはざわめいたのだった。ウソでしょう！　こんなに台北に近いなんて、とひときわ青ざめているのは、日本の私たちだった。これじゃ原発になにかあったら、台北は壊滅状態になってしまうではないか、と。

台湾の参加者たちは日ごろからそうした原発に対して反対運動をつづけているから、今さら青ざめたりしないし、韓国の参加者たちは少なくとも、日本の私たちの眼には、あまり切実な恐怖感におそわれてはいないように見えた。

私たちが訪れたときはちょうど台湾の統一地方選挙の真っ最中で、はじめは気がつかなかったが、町の至るところに候補者のポスターが貼られていたし、日曜日ともなると、河原で大勢のひとたちが候補者応援のためなのだろう、そろいのジャンパーを着て集まっていた。選挙の結果は、東京に戻ってから伝わってきた。つまり政権与党である国民党の大敗。台北市の市長も、政治的には素人のお医者さんが選ばれたという。原発を推進したがっていた国民党が敗れたのだから、これから台湾の原発は廃炉の方向に向かわざるを得なくなるのかもしれない。しかし巨大な利権が絡んでいるのだから、そう単純な話ではないのだろうが、と考えるぐらいには、日本の私もいつの間にか、原発を巡る世界経済の仕組みを知るようになっている。そのこと自体も、悲しいと言えば悲しい話ではあるけれど。

この春、国民党政権が強引に進めようとしていた大陸中国との「サービス貿易協定」に反対する学生たちが、台北の立法院（日本での国会）を占拠するという大きなできごとがあった。一カ月近くもつづいたこの占拠は「ひまわり運動」と呼ばれ、ネットで中継されつづけた。私も台湾の知り合いに教えられて、ときどき、この様子をネットで見ていた。結局、この「サービス貿易協定」の審議は延期されることになった。これは大陸の資本に対する警戒と、国民党の強引な態度に反撥した、学生たちの民主運動だったと思うけれど、私が胸を打たれたのは、知り合いの教授たちが自分たちの学生たちを支えようと一心に努力し、立法院まで出かけ、講義の「出前」もしている姿だった。

おとな世代と学生世代が互いに信頼し合い、とても自然につながっている。そんなの当たり前じゃないか、と台湾のひとたちから言われそうではあるものの、日本社会に住む私にとって、それは「当たり前」の姿ではなかった。日本でどれだけ、教授たちに代表されるおとなたちと、学生たちに代表される若者たちが信頼し合い、いざというとき助け合う協力関係ができているか、そう考えると、本音を語る対話すらほとんどできていないのではないか、と気がつかされる。これでは民主社会の基本もできていないということになる。むろん台湾だとて、いわゆる新自由主義の波にさらされ、国民党はちょうど日本の自民党のように、経済発展のために大企業を優遇し、大陸中国の巨大資本も歓迎する政策を推し進めようとしてきた。その経済発展にすがりついて、もっとカネを儲けたいというひとたちは、日本同様、あいかわらず多いのだろう。

とはいえ、九〇年代からの民主化が、現在の台湾のひとたちのアイデンティティとなりつづけている事実は見過ごせない。台湾の「原住民」たちの権利を巡る議論も、民主化運動のなかで活発になって、「名前を取り戻せ」運動から実りを見せはじめ、その後、すぐれた文学者が続々誕生して、「原住民文学」と呼ばれるジャンルまでできた。「同性愛」についても同様で、「同性愛文学」というジャンルが確立されている。山間部と蘭嶼《ランスー》島に住む「原住民」は現在十八部族が正式に認定されているようだが、それぞれ言語がちがい、文字を持たない。南部を中心に、閩南《びんなん》語を話す台湾人（内省人と呼ばれる）が住み、戦後、蔣介石とともに大陸から渡ってきた、北京語を話す外省人たち（出身地はばらばら）が台北を中心に住んでいて、ほかにインテリが多い客家人も混在する。
　このひとたちがみな、いつも仲良く暮らしているわけではない。けれどいちいち実際にぶつかり合っていては、日常生活さえ送れなくなる。それで不満や嫌悪感やもろもろマイナスの感情はいったん呑みこんで、みんなのものである社会を守っていく、その暗黙のルールが台湾ではできあがっていて、世代を超えた信頼関係も可能になっている、ということなのかもしれない。まわりの他者を認めないと、自分だってだれかにとっては他者なので、自分自身の立場に差別が跳ね返ってくる。

　私が台湾を頻繁に訪れるようになったきっかけは、自分の小説を書くためではあったけれど、時期的にちょうど、民進党に政権が移ったのはよかったものの、工事中の原発は凍結させると約束していたのにこれを破り、贈賄などの腐敗も暴かれはじめているころだった。民進党の「裏切り」に多くの台湾人は腹を立てて、ついに国民党が政権を取り戻した。その辺りの事情は、日本の民主党政権に対する怒りと似ている。ところが、台湾は日本とちがっていた。利権とは縁のない若い世代が中心となって、根強く、大企業優先政策の国民党を批判しつづけ、「ひまわり運動」に象徴されるように、より民主的な社会を求める思いをはっきりと示しつづけたのだ。

とりわけ日本の原発事故以降、「反核運動」はびっくりするほどの高まりを見せ、作家や編集者たち、アーティストたちも、日本での金曜抗議集会に連動した台北の金曜集会に参加しつづけているらしい。かれらのコーナーができていて、そこに行けば、だれでも気軽に議論に参加できるというのだから、こんなところにも芸術家たちと一般のひとたちとの垣根の低さを感じさせられる。日本では、相手がだれであれ臆せず、議論をふっかけて楽しむという習慣が根付いていないので、おそらく、これを真似することはむずかしいだろう。

最初に台湾に行ったとき、私はひどく奇妙な思いになった。日本と台湾は国交がなく、国際政治的にも大陸中国の一部だとみなされているが、それが建前に過ぎないことはだれもが知っているので、現実には一国としての扱いが通用している。けれど今回の「女作家会議」でもそうだったように、台湾、韓国、日本に加え、大陸中国からも作家たちが参加するということは考えられないままでいる。逆に、北京などでの催しに、台湾が一国の資格で参加する事態も起こり得ない。それでも実際には、大勢のひとたちが台湾と大陸を行き来し、経済活動にはげんでいる。

また日本人にとって、台湾はかつて植民地だったところでもあるので、その過去について見て見ぬ振りはできない。以前、総統府内がはじめて一般公開されたとき、見物に出かけた。パスポートを預け、荷物検査もして、日本語グループにわけられ、日本語の老ガイドがつく。総統府は国の最高機関なので、さすがに、セキュリティが厳しい。ところが私たちの日本語のガイドが途中で、あの戦争は正しい戦争でした、と言いだしたので仰天させられた。元日本兵だった老人がアルバイトかボランティアでガイド業をしていたのだろうが、国民党時代であれ、民進党時代であれ、いくらなんでも総統府内で言ってはならないことばにちがいない。気をつけていないと、台湾では日本の旧軍人会のように、かつての日本の帝国主義、および植民地主義を賛美したがる物騒な組織と出くわすことになる。台湾に行くと、日本語がじょうずなひとの多いことを喜ぶ日本人が多いが、日本語を今も巧みに操れるお年寄りのなかには、宗主国の日本に協力的な家庭に育ったひとが少なくなく、それが理由で、のちの国民党からひどい目に遭っている。結果、日本の時代のほうがよかったという思いになる。そうした思いに、日本人の私たちはどのように寄り添えばいいのだろうか。

「原住民」のひとたちは漢族のことばなどはもともと使わないので、互いの共通語として日本語を使ってきた。しかしさすがに今は北京語による教育が普及し、私の知る蘭嶼島・タオ族のシャマン・ラポガン氏も両親の世代はタオ語と日本語、シャマン氏自身は親から聞いた日本語を少しだけ、そしてタオ語は当然として、北京語、閩南語、英語も操る。かれの娘は台北の学校で勉強しているが、タオ語はわからず、北京語で育ち、学校では、英語と日本語を勉強している。したがって、島に残っていた祖父との共通語は拙い日本語だけ、そんな事態になっていた。

矛盾だらけで、いつも政治的課題を抱えている台湾ではあるけれど、細かいことを気にせず、エネルギッシュに毎日を生きていこうとする台湾の流儀が、私は好きだ。一カ月間ひとりで滞在したとき、真っ先に思い知らされたのが、台湾ではスーパーはほとんど信用されていないという事実。ニワトリの鳴く市場がなんといっても台湾のひとたちにとって日常の場なのだった。ニワトリは買い手が現れると、その場であえなく殺される。でもこれはインドでも同じだったし、大陸でももちろん同じ。いちばん新鮮な肉を食べたければ、今までその場で生きていたニワトリを買うにかぎる。日本の魚の生け簀とまったく同じ発想なのだ。

ところで今回、台湾に出かけたのは、原発を見に行くためではなく、国立政治大学主催の「日韓台女作家会議」に参加するためだった。私にとって何回目の訪台になるのだろう。空港まで迎えに来てくれたのは、「ひまわり運動」のとき、立法院に立てこもっていたひとりだという大学院生だった。なにか聞きたくても、その話題になると、はにかんでうつむいてしまう。「ひまわり運動」に参加したからといって、ヒーローなんかじゃないんだ、とかれは言いたかったのだろう。ホテルから大学への、毎日の送迎係もかれが受け持っていた。

この会議に参加したのは、日本からは松浦理英子さんと私、韓国からは少し前に『母をお願い』（集英社）という作品が国内で百万部以上読まれ、欧米でも大ベストセラーになったという、私にとっては以前からの知り合いでもある申京淑さんと、四年前に北九州市で開かれた東アジア文学フォーラムでお会いしたことのある金仁淑さん（でもそのとき、あまり話を交わすことができなかった）、そして台湾からは孫文と宋慶齢夫妻を主人公に描いた『天の涯までも』（風濤社）で評判になった平路さんと、レズビアン作家として高い評価を得ている陳雪さん（『橋の上の子ども』現代企画室）が参加し、さらにそれぞれ現代文学の研究者もひとりずつ同行した。日本からは立命館大学の中川成美さんが私たちに付き添ってくださった。陳雪さんとも、私はすでに顔なじみだった。

女性作家だけが集まって語り合うといっても、テーマを女性に絞るという意味ではない。それぞれが自分の作品について語り、そこで伝えたかったこと、これから伝えたいことなどを語る。女性作家の存在は今では当たり前すぎて、韓国でも、台湾でもなんの意味も感じなくなっているかもしれないが、その歴史がはじまったのはつい最近のことで、しかも長いあいだ、存在そのものが反体制的とみなされていた。日本では政権与党が「女性の活用」などと言いはじめていた矢先で、それにいちじるしくムカついていた私は、女性の本質は体制に都合良くできていないんだぞ、本当に女性が活躍しはじめたら、少なくとも現在の社会構造が変わってしまうほどの破壊力を発揮するはず、ととりあえずこんなことを会議で言わずにいられなかった。そしてふと正面の壁に飾ってある横断幕を見ると、「女性がアジアを変える」という意味の中国語が書いてあった。

そう、三カ国に共通した男性的構造の社会——原発が大好きで、経済発展への夢が捨てられず、身内の教育と健康のためにはいくらでもお金を払い、そのお金がない連中は使いものにならないので早く死んでもしかたがないと心のどこかで思っているような、カネ中心の社会——が今もつづいている以上、女性作家の存在意義は今もちっとも変わっていないと言えるだろう。

それにしても三カ国の会議ともなると、通訳をどうするのかと思っていたら、たとえば韓国の作家が話すときにはまず、北京語への通訳の声が会場に流れ、それを聞きながら、日本の私たちの耳もとで担当のひとたちが逐次通訳してくれる。韓国側でも通訳をつとめるひとたちのひそひそ声がいつもひびいていた。こうしたアナログといえばかなりアナログな方法も、「女作家会議」にはふさわしかったのかも、と今考えたくなっている。

（「社会運動」416、二〇一五年一月号）

「女」と「男」の根源的課題

あのときから、すでに何年経っているのだろう、小説家の田中澄江さんと同席する機会があった。東京女子高等師範学校（現在のお茶の水女子大学）で私の母より一年先輩だったという、たったそれだけのご縁なのに、ちょっとした親しみを若輩の私に感じられていたようで、あれこれおもしろいお話をしてくださった。

そのうち、田中さんはご自分の顎をふしぎそうに撫でながら、ふとつぶやかれたのだった。

あたし、どんどん男になっていくみたい。

それを聞いた私は、当然、びっくりして聞き返した。

どうしてですか。そんなはず、ないですよ。

田中さんは私に向かって顎を突き出し、あくまでも大まじめにおっしゃった。

だってねえ、ほら、また、ここにひげが生えてきた。口ひげもめっきり濃くなっているし。たしかに、太いひげが一本顎に生え出て、口のまわりも黒ずんでいる。

この調子だと、今にひげもじゃのおじいさんになりそうで、……まあ、どうなろうとべつにかまわないのよ。でも今さら男になるなんて、ちょっと困っちゃうわね。

私はうなずき返しながらも、ついに我慢ができなくなり、大笑い。

ひげぐらいじゃ、男になりませんよ。安心してください。ホルモンのちょっとしたいたずらですもの。

このようなつまらないことを私は言ってしまったのだったが、何度思い出しても、あまりの凡庸さに顔が赤くなる。田中さんとしては、女と男の意味のちがいについてお考えになっていたにちがいないのに。

当時の私はまだ若くて、自分が女であるという意識が強すぎたせいなのだろうか、田中さんのようなすぐれた女性作家でも、年を取って自分が男に似てしまうことをこんなに恐れるものなんだな、と浅薄にも受け止めてしまっていた。女と男の区別など、少なくとも人間にとってひどく曖昧なものなのだ、とはよもや思いつかず、田中さんの「哲学的な戸惑い」を勝手におもしろがっていただけなのだった。

田中澄江さんはここでわざわざ私が言うまでもなく、「女らしさ、男らしさ」という概念からみごとに距離を取りつづけた作家で、もしかしたら、この年代のひとたちのほうが、私たちよりも男女の概念に縛られずに生きようとしていたのか、と考えたりするけれど、私自身の母を見ると、そうは言えそうにないので、やはりこれは田中さん個人の意思、あるいは天分の問題なのだろう。

田中さん自身がお書きになっているエピソードをひとつ、ここで紹介しておきたい。

田中さんは劇作家を目指していた田中千禾夫さんと出会い、たがいに創作活動をつづけることを条件に結婚した。ところが、それからこの若い夫婦は悩みはじめる。男女が結婚すると、子どもが生まれてくるものらしい。しかし、自分たちには子どもが生まれない。自分たちとて、子どもをひとりぐらいはほしい。では、どうすればよいのか。理由を知りたくて、千禾夫さんはドイツに留学していた医師の弟に手紙を書く。弟はあわてて、兄夫婦に分厚いドイツ語の医学書とともに返信を送る。その手紙を見て、若夫婦は仰天し、涙を流す。なんということだろう、こんな行為をしなければ子どもができないとは。これこそ、われわれ人間の罪深さというものだろう。覚悟を決め、若夫婦は子どもを作るためにその「罪深い行為」を行う。

私にはこの話の真偽のほどはわからない。今聞かされると、いやみなほどカマトトな話にちがいない。性欲の楽しみを人間の生からまったく無視してしまうのもいかがなものか、とは思う。けれど、それはそれとして、今のようにセックスについて耳学問でなんでも知っているつもりになって、ゆがんだセックス観に振りまわされ、ぼろぼろになってしまうのも切ない話で、どちらが少しはましなのか、判断がむずかしくなってくる。むかしの若夫婦の、今となれば牧歌的な「無知」も捨てたものではない、と思えてくるのだ。

最近になって、私がこんなことをしきりに考えずにいられないのは、当時の田中澄江さんの年齢に私自身が近づいてきたからにほかならないのだし、それに加え、女たちをもっと安価にこき使おうとして、「女性がかがやく……」などと、政権与党の政治家たちがおそろしく不愉快で、浅ましい日本語をしきりに言いたてるのを聞くにつれ、ああ、私が学生だったころから女に関する環境、そして認識が、この日本という国ではまったく変わっていないかったんだ、と愕然とさせられているからでもある。

昨年の都議会での、若い独身女性の議員に向けられた「あんたこそ、早く結婚したら?!」といった「ヤジ」を巡る騒動にしても、あるいは、子どもが生まれて、母親になった女性は、当然、仕事の現場から去るべきです、と某女性作家が述べたとされる発言にしても、アナクロがひどすぎて、耳を疑わずにいられない。

こうした例を挙げはじめれば、政治的な場面に限っても、おそらくきりがなくなるほど、頻出しているのだろう。なにしろ、現在の政権は「日本会議」なる団体に事実上支配されていて、この右翼団体は国家神道と戦前の軍国復活を夢見ているらしく、それにはまず家庭の秩序を取り戻さなければ、とばかりに、「非嫡出子」と「嫡出子」の区別は温存しなければならない、「夫婦別姓」についても、絶対反対だとしている。驚いたことに、結婚したからといって、働いている女性たちがいちいち名字を変えていたら仕事にならない（女性のほうが圧倒的に、名字を変える例が多い）という悩みは、今も変わっていないようなのだ。もうすぐ法律が変わる、もうすぐこの社会も変わる、と多くの女性たちが期待を込めて、待ちつづけているにもかかわらず。

こうなると、この四十年間、いったい、私自身なにをしていたんだろう、と強い悔悟の思いに駆られもする。

四十年前の私はまだ学生で、アメリカでの公民権運動の話に胸をときめかせていた。個々の性を結婚生活から解放しよう、という考えにも深くうなずき、戸籍とか結婚制度はやがて消滅していくんだな、と思ったし、家族は血のつながりによるのではなく（当時の私は「血のつながり」にうんざりさせられていたので）、自由に選べるものになっていく、と信じていた。

お金を稼ぐのは、男であろうが、女であろうが、自分たちの事情に合わせて考えればよいのだし、ふたりでめいっぱい働くとしても子どもは安心して保育園に預けられる社会になっているだろうし、保育園が増えれば増えるほど、預ける側の選択肢がバラエティに富んでいくことになるだろうし、子どもを育てるカップルはなにも男女に限ることはなく、同性愛のカップルも参加できればいいのだし、養子がもっと増えれば、子どものできないカップル、親のいない子どもの両方が救われるのに、とも思っていた。

そうした期待を胸に抱きながら、子どもを保育園に預け、小説や随筆を書く仕事をつづけてきたのだったけれど、私にはどうも中途半端なところがあって、まわりに強く言われるとその気になって婚姻届を出してしまい、やがて今度は同じ相手との離婚届を出す羽目になってしまった。しかもそのときは、別の相手とのあいだに二番目の子どもがおなかに宿っていたので、気がついてみれば、いわゆる「三百日規定」によって、二番目の子どもの父親は離婚届を出した相手となってしまい、それはいくらなんでも困るので、赤ん坊の出生届を出すことができなくなった。

そのときは二番目の子の父親とともに家庭裁判所に通って、前夫が私たちとの協議に応じてくれるのを待ちつづけなければならなかったのだけれど、家裁の調停員に何度も、別居してから前夫と一度もラブホテルなどに行ってないですね、と質問されるに及ぶと、そのばかばかしさに文字通り、体が震えたし、なぜ、夫以外の男とつきあったりするのか、そのような女はろくな母親にはなれない、などと説教をはじめるので、怒るのを通り越して、その古くさい道徳臭の漂う言い分にあきれ果ててしまった。

私にとって二人の子どもは私が責任を持って育てるということにおいて、まったく対等であり、育児の経済的な負担はそれぞれが話し合って決めればよいことだと思っていた。そこには女も男もない。ああ、これが日本の現実なんだなあ、とがっかりしたが、それでももうすぐ、日本だって変わっていくんだろう、と思い直したのだ（なにしろ、私の理想は三人の子どもの父親がそれぞれちがう偉大な女性ピアニスト、マルタ・アルゲリッチのように生きることだったのだから）。

それから幾歳月、私自身は七十歳に近い年齢になってしまい、そして世間では白々しくも「女がかがやく……」などと叫んでいる。やれ、保育所が足りないだの、少なくとも三歳までの子どもは母親が家庭で育てるのが理想的であるだの、結婚制度からはずれた女子どもは不幸になるに決まっているだの、今はいったい、どんな時代なの？　と疑わずにいられないような古びたことばが行き交っている。

なんということだろう、なにも変わっていない。いや、事態はより悪くなっている。マルタ・アルゲリッチどころの話ではない。戸籍制度に疑問を感じるひとの声は聞こえてこないし、肉体的に女であっても男社会の望む性的役割にしっぽを振りつづける女たちは、どこにでもたむろしていて、今のままの社会では息苦しくてかなわない、子どもを育てるのもむずかしい、ともがく女たちを見下している。

ところで、私と同い年の産婦人科医である女性は、中学高校が女子校だったし、大学は女子医大で、家族にも男はいなかった、ということもあり、とにかく男ぎらいだった。けれど、大きな病院で働いていると、ときどき内科などから手を貸してくれと言ってくる。それでうっかり白衣を着て内科に行くと、男の患者がまわってくる。かのじょとしては男のはだかに触るのが気味わるくて、当然、そんなことは患者にいえないから、診察のあいだ、必死にがまんしつづけなければならないから、ますます男ぎらいがつのってしまう（そうは言いつつ、かのじょは結婚しているし、息子をひとり得ているのが不思議なのだけれど）。

結局、かのじょは自分の不妊専用クリニックを立ち上げ、今に至っているが、かのじょの話を聞き、笑いに笑ってから、私はふと思った。かのじょのこの「男ぎらいの話」がなぜ、かくもおかしいのか、男性にはわかりにくいのかもしれないな、と。

たとえば、話の男女を逆にしてみると、わかりやすくなるのかもしれない。ある男の医者が女ぎらいで、女の患者から逃げまわり、ついに男専門のクリニック（どんな部門があるのかわからないが、なにかあるにちがいない）を開くことになった。……

こんな話になると、まったくつまらないものに変わってしまう。この男の医師はあまりにイケメンなので、よほど女にこりごりしているのか、それとも気の毒に、なにか病気を持っているのか、いずれにしろこの話を聞けば、男の医師のなんらかの個人的事情が「女ぎらい」をもたらしている、とだれもが考えるにちがいない。

しかし私の知り合いの場合、個人的事情が多少あるにせよ、それが決定打になっているわけではない。だとしたら、私だって大笑いに笑いはしない。女医とみると、なんだ、こんなやつ、と言わんばかりにひねくれた言動を繰り返す男の患者の様子がすぐに思い浮かぶから、私たちおばさんはおかしくなって笑いこけるのだ。社会的にも、地位が保証されている男に、こうした患者は多いだろう。小柄で、目鼻立ちも美しいかのじょを困らせることに、男の患者たちは快感をおぼえ、一方で、妙に甘えたがる。

かのじょの困惑、そして嫌悪は、私たちおばさん一般にも、じつは共有できる悩みでもあるのだ。男たちって、どうして自分たちがどうしようもなく甘えたがりで、いばりんぼだと気がつかないのかしらね、せめて少しでも、気がついていれば、話のしようもあるのに、と私たちはため息をつき、また、くすくす笑いたくなる。

「女」と「男」の意味を、私たちはどのように捕らえればよいのか。思いつくままに、身近な例をいくつか挙げてみたけれど、家族、育児、女性の就労等々の、さまざまな問題を考える際、そもそも「女」と「男」について私たちはどんな概念を持って生きているのか、それをしっかり見つめ、整理しておく必要がまずはありそうな気がする。

私たちが住むこの日本社会では、とりわけ、肉体的な性と社会的な性を混同している場合が多いように私には思えてならない。だから、都議会でも、信じがたいほど次元の低いヤジが飛び出てくるのだろうし、女の医師の悩みや少子化の問題も解消されず、シングルマザーに救いの手は届かず、子どもの教育環境は改善されず、国会の世襲議員は減らず、かつて戦争への道を選んでしまった戦前の日本のような軍事政権に、もし今の日本が傾斜していったとしても、だれもその傾斜を正すことができなくなっているのかもしれない。

「性」を巡る問題は、ことほどさように、幅が広く、そして人間に固有な根源的課題である、と少なくとも、私たち日本社会に生きる者は、これを最も重要な責務として、自覚するべきなのではないだろうか。田中澄江さんのような、私の母の世代はそうした自分たちの責務を多少なりとも知っていたのに、戦争を経て、日本社会は経済発展のために、「性」について真剣に考えることをやめてしまった。それがどれほど危険な賭けだったか、私たちはたった今、直面しているのかもしれない。

（「社会運動」418、二〇一五年五月号）

祖父と曾祖父の話

日本の学校はどうしてこうもお粗末なんだろうと今までも落胆しつづけてきたし、日本人の歴史観についても、なんていい加減なんだろうと呆れることが多かった。けれどその自分はまだまだ甘かったのかも、と最近、思い知らされるようになっている。

言うまでもなく、三・一一以降の日本社会の変化をおそろしく感じ、さまざまなことがらを一から考え直さなければならなくなっているらしい、そう受け止めての悲観的な感想ではある。

日本という国は、いわゆる近代化以前から、識字率が非常に高かった、とのお国自慢めいた話をよく聞かされる。

お寺さんや庄屋さんの家で、村の子どもたちに読み書きを教えていたし、武士階級においては、それぞれの藩が経営する「学校」が用意されていた。おそらくは、藩主への忠誠心を養うための官僚作りがその眼目だったのだろう。人間とはなんぞや、と論じ合い、自由、生命などの意味を考えるのが、藩校での最高の喜びだった、というような話を、少なくとも私は聞いたことがない。

庶民向けの「学校」で教える「読み書きそろばん」は自分の身を守る道具のようなものとして認識されていただけで、さまざまな課題について自由に論じ合うことはなかったのだろうし、社会的に求められてもいなかった。

そうした性格づけは明治になっても変わらず、各「帝国大学」は官僚作りの教育機関として機能しつづけ、早稲田とか慶応といった私学はより実務的な経営学、金融学などの「学問」の世界だった。そしてそれぞれの藩校は大学受験を目的とする受験校になっていく。がっかりすることに、その意味合いは今もあまり変わらず、未だに、哲学とか文学が大学でいちばん大切な学問として位置づけられてはいないように見える。

「学校」について、私はもしかしたら今まで根本的な思いちがいをしていたのかもしれない。そんな思いに駆られる。

なぜ、私は現在の日本に、自分が期待するような「学校」がちゃんと存在する、と何の根拠もなく思いこんでしまっていたのだろう。

なぜ、大学という場には、自由な思考を目指すひとたちがいて、人間の価値を金銭ではからず、ことばの意味を考え、人間としての希望、あるいは理想を論じ合うひとたちがいるのだと、いつからか信じてしまっていたのだろう。

ごく少数の例外を除けば、日本にはどうやら、私の期待する、「哲学」を論じる場としての「学校」はもともと存在しなかったのだ。

ところで、私の母方の家は妙に教育熱心な家だった。祖父は旧制第一高等学校の一期生として、柳行李の荷物を背負い、わらじばきで小仏峠を越えて、甲府から東京に出てきた。そのあと、現在の東京大学の一期生として、地質学教室の学生になった。当時はドイツ人の教授に指導されていたので、たぶん、講義は英語かドイツ語でされていたのだろう。

祖父ももちろん、卒業後、官僚になるつもりでいた。祖父の家は代々、庄屋だったので、村の小さな「学校」の役目も果たしていた。けれど母から聞いた話によれば、最低限の「読み書きそろばん」的教育を村の子どもたちにほどこしていただけで、決してそれ以上のものではなかった。

曾祖父は「悪しき世襲貴族」(と言うほどのものでもなかったけれど)そのままという人物で、教養をみがくことには無関心で、愛玩用の鳥や犬を飼い、小鳥を飼うための鳥かごをいくつも作り、猟にもしばしば出かけた。

遊んでばかりいる、軟弱なじいさまだった、と私の母はこの曾祖父の話になると、よほど深い恨みがあるのか、ひとりで腹を立てていた。あのじいさまさえ、もう少ししっかりしてくれていれば、祖父はあんなに苦労しなくて済んだだろうに、と。

江戸幕府が倒され、新しい政治権力者がのさばる時代になっていくのと重ね、この曾祖父はついに、それまで引き継いできた土地と家を手放さざるを得なくなった。どのていどの土地があったのかは聞いていないが、農地を売り払ったお金で、曾祖父は甲府市内の土地を買い、移住した。そのときとうとう、母の家は農業と縁を切り、都会生活者の仲間入りを果たしたのだった。

ご先祖さまから受け継いだ土地を売ることに、当時の曾祖父や祖父たちがいったい、どのような感慨を持ち、どんな未来に夢を託していたのか、それがどうにもわからないので、我ながらもどかしくなる。

英米やフランスなどでは、「家族ノート」とでも呼べばいいのだろうか、古い人物から現在の人物に至るまで、それぞれが確かにこの世に生きた「証拠品」を集め、一冊のスクラップブックを作って、親たちが自分の子どもたちに渡すという慣例が予想以上に守られつづけている。

知り合いの「家族ノート」をのぞかせてもらったところ、これがじつにおもしろい。時間が経てば経つほど、「証拠品」ひとつひとつに資料としての価値も出てくるのだ。時代背景を示す新聞の切り抜き、写真、手紙、映画の半券、学校の成績表、バスや列車の切符、レストランのレシート、音楽会のプログラム等々、よくぞこんなものまで保存しているものだ、と私などは感心させられる。そして過去に対する意識のちがいが、こんな風にあらわされるんだな、と納得させられる。

「家族ノート」は証拠品の寄せ集めなので、ごまかしようがない。事実が事実として受け継がれていく。日本ではノスタルジーで美化されたストーリーである回顧録、自伝のようなものがとても好まれているけれど、言うまでもなくそんな類いよりもずっと信頼性が高く、普遍的な価値がある。

母の家に話を戻すと、その後、祖父は地質学の専門家になり、姉たちのひとりは甲府に学校を創設し、もうひとりは東京で教育を受けて、女子校の教師になる。

これだけでも十分、教育一家たる資格はありそうだ。ところが、農業を捨てて、町屋に暮らす決心をつけた曾祖父が、とりわけ人間性を深める教育に価値を置いていたという気配はどうにも見つけられない。武士階級が消えうせた今後の社会への投資として、官僚か教師という職を堅実なステップとして考えていた可能性が高い。

頼りになる土地もなく、地位の高い親戚もいないし、経営の才も芸術の才もない。これからの時代は城勤めの士族ではなくても、勉強次第で役人になれるらしい。娘たちにしても似たようなもので、元は庄屋だったとはいえ、今はすっかり没落した家にいかなるよき縁談も期待できない。

せめて、家長の兄が官僚になってくれれば、そのつながりで縁談は来るかもしれない。あるいは女子教育に従事する身にでもなれば、社会的に恥ずかしくない結婚が可能になるかもしれない。曾祖父はこんなことを考えていたのではなかったか。

教育とはつまり、将来への現実的な投資にほかならない。これからは、そうした投資が必要になるほどの競争社会になるということだ。夢とか理想をのんきに語っている場合ではない。田舎貴族としてのんきに育った曾祖父は、彼なりに必死に考えた。教育とは、兵隊になる訓練でもある。武士階級がいなくなり、代わりに、近代兵器を持つ軍隊の国になったのだ。そして軍隊とは、官僚によって統率される集団でもある。我が家の家長はぜひとも、その集団のはじっこにぶら下がっていなければならない。我が家が生き残るために。

若き祖父は東大の地質学教室を卒業してから、官営鉱山の監督として岩手県に赴任した。しかし、現場にはすでに朝鮮人労働者が混じっていて、その労働条件は聞くだにおそろしいものだった。鉱山経営の非人道性を糾弾しつづけていた田中正造の名前が祖父の耳に入っていた。田中正造の真似はとうていできない。けれど、田中正造を罪人扱いする官憲の側に立つこともできない。近代日本の工業化の実態は、このていどのものだったのか、と祖父は思い知らされる。

祖父は早々に辞職願を出し、広島県の旧制高校の教授になる。ところが朝鮮半島にフィールドワークのために連れていった学生のひとりが彼の地で疫病にかかり、命を落としてしまう。祖父は旧制高校の職を辞し、地方の中学に赴任する。この時代が、母にとっていちばん楽しかったらしい。

そこで何年か過ごすうち、おまえは長男なのだからそろそろ両親のもとに戻れ、と曾祖父から命じられる。祖父は郷里に戻って、県の嘱託として働きはじめる。県内の動植物の調査とか、山や洞窟の調査が祖父の新しい仕事で、案外、これは祖父の気持ちを慰めるものだったらしい。金儲けとは直接縁がない仕事ではあるものの、富士五湖や八ヶ岳の観光地化を進めることによって、娘の身売りをするしかなかった県の貧しい人たちを、結果的に救うことになった。

明治三年に生まれた祖父は、昭和はじめに、脳溢血でこの世を去ってしまう。

このように祖父の生涯を急ぎ足でたどってみると、祖父はかなりのロマン主義者だったからこそ、役人にも教育者にもなれなかったのだろう。当時の、というか、今もその本質は変わらないと思うけれど、日本の教育の最高目標は役人育成なのだった。日本の学校で個性など尊重されるはずはなく、家族や教師の意味も問い直されはしない。

明治期以来の、日本の女学校を振り返ってみても、そこに女性についての新しい理念などまったく存在しなかったことに気がつかされる。キリスト教を精神的柱としているミッションスクールは別として、日本の女学校が目指したのは「良妻賢母」だったわけで、その多くが裁縫学校から発展した学校で、私の大叔母が経営していたのも、「裁縫」という女の作業をシステム化させようとした裁縫学校のひとつだった。

私の母方の家では、財産を失っていたがために、男女ともに「教育」に関わることになるが、父方のほうは逆に財産を殖やしていたので、政治の家に変貌していった。政治に高い関心があったわけではなく、世界の歴史に詳しかったのでもなく、単なる田舎の地主だった男がその財産ゆえに、東京に出てきて、貴族院議員というものになっていた。税金の支払額が高ければそうした特権が許されるという、今となると信じがたい法律がまかり通っていた社会だったので、祖父もそれに従っただけだったのだろう。

江戸幕府が倒されて、巨大な官僚システムだった武士階級が消え、その空洞をうめるべく、政治の素人が税金の支払額で政治家となるような「近代国家」が生まれた。そんな「近代国家」でも、むろん、実務担当の人間は大勢、必要なので、農家の長男だろうと、その勉強次第で官僚になれる、という「近代社会」も出現した。

それにしても、日本の「近代化」とはなんだったのだろう、とここで私は考えこんでしまう。近代というものが人権思想を核とするものであるならば、人権思想の薄い日本は、未だに近代ではないということができるのかもしれない。あるいは、近代が子どもの教育を大切に考える思想を胚胎するものならば、これもまた、今の日本の状態を「近代」と呼ぶのにためらってしまう。

私は小説を書く人間として、文学の価値を抜きにした人間社会を想像することができない。ギリシャのサッポーの時代から、女性たちは自分の詩を作り、仲間たちにそれを聞かせてきたのだし、文学があるからこそ、政治があり、学校も生まれた。

目下の日本で言われている「政治」はじつは、「金権」のことなのではないか。「学校」は「軍隊」という意味なのではないのか。子どもたちを制度に縛り付け、制度は「金権」のために作られていく。少なくとも、そのような社会では子どもの幸福感は薄いだろうし、税金を支払う国民の不満もたまっていく。

たとえば、「近代産業の遺産」と称して、半島の犠牲者が多い長崎の軍艦島とか九州の炭鉱（九州のみならず、ではあるけれど）などを、ユネスコの世界遺産に得々として登録しようというような日本社会は、自ら変わるために、一度、もがいてみなければならないだろう、と思う。

小説と歴史の関係をもっと考えてもらえたら、とも願っている。小説は歴史とちがって、想像力の産物にちがいないけれど、ファンタジーに浸るために読むものでもない。より繊細な現実に近づくために、私たちは小説を読んできたのでなかったか。

愛読者の多いイギリスのジェイン・オースティンの小説をもし、日本の読者である私たちが知らなかったら、当時のイギリス社会に生きる女性たちの本音にわずかなりとも近づくことは不可能だったろう。

どの小説にしても、おなじ働きを私たちにもたらしている。そしてそのおかげで、私たちは文学上のコスモポリタンとして生きることが許されている。

私の母方の祖父は論語を片時も手放さなかった堅物なのだが、新聞に連載されていた中里介山の『大菩薩峠』をも愛読していたらしい。

そんな祖父が、私はきらいになれない。

（「社会運動」419、二〇一五年七月号）

II

北京、湘西、そして新疆ウイグル──9・11と日中女性作家シンポジウム

二〇〇一年九月に北京で行われた「日中女性作家シンポジウム」についての報告が、ここで私に与えられた義務ということになっているのだが、このシンポジウムの開始日、つまり九月十一日は例のアメリカでのテロ事件が起こった日に当たり、たまたまのことながら、北京でその報道に接した経験がそれからずっと私の頭に強く影響を残していて、そのことを語らずにすませることがむずかしくなっている。北京でのシンポジウムが終わったあと、これも偶然、有志のグループで「新疆ウイグル自治区」に行き、タジキスタンとパキスタン国境近くのカラクリ湖やホータンまで足をのばした。その経験も、私にとって今となっては、やはり重い意味を持つようになっている。

帰国後、十月八日にはじめられたアフガニスタンへのアメリカの武力攻撃に引きつづき、

今後、一体、どんな混乱がこの地球上に起こりつづけるというのか、そんな不安のなかにも、新疆ウイグルというイスラム文化の広大な地域をその領土として抱えている「中華人民共和国」の存在感が消えないままでいるのだ。

九月十一日をなぜ、日中女性作家シンポジウムを開始する日に選んだのだろう、とそんなことを北京に出発する前夜にも私は考えていた。大型台風がちょうど、翌朝に関東地方を直撃するというので、やれやれ、ほんの一日でも出発の日がずれていたら、と溜息をついていたのだ。

二年前のことだったか、中沢けいさんに呼び出されて、東京のあるホテルのロビーで社会科学院の日本文学研究者にお会いしたのが、私にとってのシンポジウムに向かう第一歩だった。北京・社会科学院の外国文学研究所で発行している「世界文学」という雑誌で、日本の現代女性作家特集を組みたい、さらには出版社からシリーズで単行本も出していきたいという話だった。川村湊さんがその構成などについて、全面的に協力しているという。別れ際に、ぜひ、北京に来てください、とその中国人の研究者に言われ、はあ、まあと曖昧に答えてごまかしていたが、そのまま、そんな話は忘れてしまっていた。

それから、予定通りに雑誌は発行され、さらに何カ月か経ったある日、川村湊さんから北京で行われる女性作家シンポジウムに参加しないか、と唐突に聞かれた。以前に聞いていたあの日本の現代女性作家シリーズがいよいよ全十巻として、本当に中国で出版され、合わせて、中国側の女性作家のシリーズ十巻の刊行も決定した。その記念事業として北京で双方の女性作家が参加するシンポジウムを開くことになったというのだ。全二十巻の現代日中女性作家シリーズとは、日本ではまったく考えられない、かなり驚くべき出版事業ではある。へえ、と感心しながら、いつの間にか、私も参加することになっていた。

中国で今、活躍している女性作家は文化大革命後の世代になり、主に四十代、三十代の若い年齢層なので、日本側もぜひ、それに合わせた若い世代に参加していただきたい、という中国からの要望もあり、四十代の女性作家を中心に声をかけ、その結果、北京で出版されたシリーズの収録作家として、多和田葉子さん、松浦理英子さん、中沢けいさん、小川洋子さん、ほかに、歌人の道浦母都子さん、茅野裕城子さん、中上紀さんという顔ぶれになった。中国側の要請に応えたら、たまたまこのようなメンバーになったとしか言いようがないのだが、今、振り返ると、なかなかすばらしい顔ぶれだった、と偶然の結果に感心する心境になっている。なんと言ってもまず、このように若い女性作家だけが集まる機会は国内でもめったにないのだ。そして地道に、かなり孤独にこつこつと創作をつづけている女性作家たちがこのような外国のシンポジウムにそろって参加することも珍しいことだったのではないか。

もっとも、中国側でもこのように国内の女性作家が集まるのははじめてのことだったらしい。中国は大きいので、距離的に言えば日本よりも遠い国内のいろいろな場所から、それぞれの女性作家が北京に駆けつけたことになる。

中国側のメンバーは、張抗抗、残雪、池莉、遅子建、徐坤、林白、方方、陳染の諸氏で、日本ですでに何冊も作品が出版され、よく知られている残雪さんを例外として、私たちには未知の作家ばかり。「予習」でそれぞれの短篇を読んだだけの印象では、今まで文化大革命で押さえられてきた創作欲が、のびのびと、自信を持って、それぞれの個性に応じて発揮されているという手触りがあった。文革時代に「性差」を徹底して否定されてきた反動で、今、女には女の感性があり、文体もある、という主張が、大きな波になっているらしい。個人的な内面を描いた小説がいかにも新鮮に、先進的文学として受け止められているのだろう。重苦しい「イデオロギーの時代」が終わり、外の世界への窓が開いた開放感が全体に陽気な行進曲のように響いている。

でもこれからは、どうなるのだろう、とじつは今の時点で、思わずにいられなくなっている。

九月十一日以降の世界情勢のなかで、その行進曲が今までのように中国でも陽気につづけられるのかどうか。日本に戻ってから一カ月以上経った今、中国の代表的作家である彼女たちがもしかしたら、今後、感じはじめるかもしれないとまどいを、人ごとではなく推しはかりたくなっている。世界の状態が変われば、「個人の内面」の意味づけも変わらざるを得なくなる。束の間の楽天的な開放感だった、と彼女たちはそのうち、思わないわけにはいかなくなるのではないか。

今、アメリカは言うまでもなく、中国も、日本も、地球上のどこもかしこも、地球そのものの軸が傾いてしまったような、そんな変化を私たちは迎えてしまっている気がしてならない。中国は七年後のオリンピック開催まではなにがなんでも、今の路線を守りつづけ、経済成長もつづけるのだろうが、地球の軸が傾いてしまったとき、中国だけがなんの変化も受けずにすむというわけにはいかない。そう言えば、長い間、軍政下で押しつけられてきた韓国でも、自由を取り戻し、経済的に急速に豊かになった九〇年代から個人的な文学が拡がり、政治性が影を潜めるようになったらしい。けれども、ある韓国の六十代の作家が厳しい口調で述べていた、われわれには南北分断の問題があるかぎり、最終的に政治性と縁を切ることはできないのだ、と。

私たちが北京で顔を合わせ、親しみを感じた中国の女性作家たちは、個人的内面性、としきりに言いながら、けれども現実には、「イデオロギーの時代」からの社会科学的な問題把握の姿勢がまだ、存分に生きていて、日本の立場から見ると、ちょうど今、そうした社会意識と個人の感性がほどよくミックスされ、それで力強い作品が産み出されているように見えるのだ。すでに、そのバランスが個人的感性に進みすぎている例も多くなって、反省を促す声も出ているらしい。でも中国の経済成長が進みつづける間、その傾向は止まらないだろうし、その経済成長はアメリカを中心としたグローバリズムのなかでしか保証はされていない。

もともと自分の生きている世界の成り行きに少しも楽観的ではない日本の参加者たち、そして残雪さんや、地方に伝わる神話や伝承に注目する遅子建さんや方方さんなどの作家は、これからも特別なとまどいは感じずに、今までの自分なりの創作をつづけていくにちがいない。けれども時流に乗っているほかの、もっと若い世代の、中国の女性作家たちはこれからなにを感じ、どのような作品を書きつづけることになるのか、どうしても、そんな取り越し苦労かもしれない心配をせずにいられなくなる。

さて、九月十一日の朝、予報通り、大型台風は関東地方を直撃し、これでは飛行機は飛ばないかもしれない、となかばあきらめながら、とにかく成田に向かった。意外にも飛行機は順調に飛んでいる。けれど集合時間を一時間過ぎても、参加者のほとんどが現れない。

台風で成田エクスプレスや横須賀線などが運休してしまい、成田にたどり着くまでが大変だったらしい。飛行機の出発時間ぎりぎりにそれでもなんとか、同行予定の研究者ひとりがついに間に合わなかったのをのぞいて、全員がゲートにすべり込むことができた。離陸後の二十分くらいはさすがに大きく揺れたものの、あとは平穏な飛行がつづき、無事、真夏のように暑い、快晴の北京に着陸した。

私たちの宿は、十年ほど前、北京で開催された「世界女性会議」のために建てられた「中華婦女活動中心」という立派な施設で、中国政府厚生省管轄の宿泊施設だとか。そこから、シンポジウムの会場になる社会科学院の建物はすぐ隣り、けれどもこれは隣りのブロックという意味で、北京ではひとつのブロックがやたらに大きいので、ちょっとした距離がある。夕方にまず、その社会科学院まで歩き、記者会見をして、互いの女性作家がそこではじめて顔を合わせた。それからまたあわただしくホテルに戻って、開会式に出席した。

あとで思い合わせると、ちょうどそのころ、アメリカではハイジャックされた二機の飛行機がニューヨークの世界貿易センタービルに突っ込んでいたのだ。

もちろん、その会場にいた人はだれ一人としてそんなことは夢にも知らず、なごやかに開会式は終わり、そのあと、中国側の参加者と簡単な打ち合わせをして、中国の新聞記者のインタビューも受けてから、何人かの日本人の仲間で下町の居酒屋に出かけていった。

十二時頃だったか、白酒や、紹興酒、ビールなどでいい気持に酔っぱらい、みな平和そのものの気分で、ホテルに歩いて戻った。そしてそのまま、私はすぐに眠ってしまった。

翌朝、電話で起こされた。目覚まし時計を見ると、すでに九時十分過ぎになっている。寝ぼけた頭で、しまった、寝過ごしてシンポジウムに遅刻した、とうろたえながら受話器を取った。九時がシンポジウムの開始時刻だと思いちがいしたのだ。電話は知り合いの、日本在住の中国人作家である唐亜明さんからだった。彼はボランティアとして、シンポジウムの通訳などの手伝いをしてくださることになっていた。

もしもし、大変なことが起こったのを知っていますか、と彼は言う。その瞬間、そうだ、シンポジウムの開始時間は十時、そしてホテルのロビーでの集合時間は九時半だったと思い出し、とりあえずほっとしながら、でも、大変なことって、シンポジウムの参加者のだれかが倒れたとでもいうのだろうか、と不安になりながら、いいえ、なにも知りませんが、と答えた。本当に大変なことが起きたんですよ、と彼は話しはじめたのだが、声がどうも普通ではない。胸がどきどきしはじめた。でも話の内容は、その私の悪い予感をもはるかに越えていた。

とにかくCNNを見ればわかりますから、と言われた。あわててテレビをつけてみたが、回しても回しても中国の各地方のテレビ局が出てくるばかりで、のんびりした農村便りとか、時代劇とか、地方の議会のニュースとか、そんなものしか放送していない。すでに九時半の集合時間が迫っていて、私はまだ、着替えもしていないし、顔も洗っていない。急いで着替え、洗顔もして、その間にようやく、CNNが見つかった。そうして、飛行機がビルに突っ込む例の画面が眼に入った。体が震え、それでもとにかく、すぐにロビーに降りなければならず、テレビを消し、大急ぎで部屋を出た。そして、ロビーに集まっていた人たち相手に、おそろしいことがアメリカで起きたみたい、と私は自分でも茫然としながら伝えたのだった。すでにそのニュースを知っている人もいた。それにしてもニュースのあまりの重さにだれもが絶句するのみで、溜息を洩らしながら、ホテルの外に出て、快晴の空のもと、静かな北京の表通りを歩き、社会科学院の建物に入り、そのままシンポジウムの態勢に入った。

中国側の人たちはにこにこと、平和そのものの顔をしている。なにごともなかったかのような雰囲気のなかで、日本側の私たちもとにかく、シンポジウムの間は、アメリカの事件は忘れなければならない、と自分に言い聞かせなければならなかった。

翌日の夕方、二日間にわたったシンポジウムが終了して、社会科学院の副所長が最後の挨拶をしたとき、アメリカでは大変、恐ろしい事態が発生した模様で、心が痛むのですが、とはじめて、この事件についての言及があった。それでここに集まっているレベルの人たちは当然、とっくに事件について知っていたのだな、と納得させられたが、それにしても私の眼には、中国側の人たちは不思議なほどの冷静を保ちつづけていた。とは言っても、シンポジウムに全力を注いでいた私たちにしても、人から見れば同じように見えたのかもしれない。シンポジウムに対する緊張とテロ事件に対する恐怖の板挟み状態が、実情だったのだけれども。

ところで十二日の朝、はじめて電話でテロ事件のことを聞いたときに自分が感じたあの恐怖はなんだったのだろうと、そのあと、ウイグルを経て日本に戻り、アメリカの武力攻撃の開始を報道で知って以来、そのことが気になりはじめた。

「世界貿易センタービルが二機のハイジャックされた旅客機の激突により、完全に崩壊、もう一機の飛行機によりペンタゴンも襲撃され、かなりの被害が出た模様、なお、まだ残り七機ほどの飛行機がハイジャックされているらしいが、未確認。」

私がそのとき聞いた情報は以上のもので、まだ、テレビも見てはいなかった。そうして私は世界貿易センタービル、および、ペンタゴンの惨事への驚きを、じつを言うと、一瞬のうちに通り越し、必ずこれは、世界中を巻き込む壊滅的な戦争になってしまうと思い、そのおそろしさに全身が震えたのだった。

普通で考えれば、こんな反応は非常識というべきで、まずは大惨事に仰天して、世の中にはそんなこわいことも起こるのか、と惨事の犠牲者のことを考えたりするところなのではないか。でも、私がそのとき、「壊滅的な戦争」になってしまうにちがいない、と反射的に思ったのは、たぶん、今まで世界中に重苦しく淀みつづけた「アメリカ」に対する怨念の深さを、私如き狭い世界で生きている人間にすら実感できていたからだったにちがいないのだ。

ああ、こんな形でその怨念が実体化されてしまったのか、という衝撃と、そしてアメリカは当然、それに対して憤怒を持って応えるのだろう、ととっさに私は受け止めていた。それは自分の住む世界がめちゃくちゃになってしまうという恐怖でもある。こんな形で怨念が噴き出たらいけない、と思った。いつかなんらかの形で、怨念が噴き出るに決まっていると思っていたからこその反応なのだった。それほどの怨念が溜まりに溜まっていることを、私の体は感じつづけていた。むろん、世界中の多くの人たちが同じことを思っていたにちがいない。この怨念はすでに自明の事実として、私にも認識されていたのだ。

私はそのとき、「イスラム」とか、「ビン・ラディン」というような発想は持たなかった。もっと幅の広い領域にまたがって淀みつづけている怨念が、予想もしていなかった新しいひとつの力になって、アメリカを攻撃した、と受け止めていた。

今、振り返って、自分で胸を突かれるのは、そうした自分自身のとっさの反応についてなのだ。

その瞬間から何日経っても、そして日本に戻ってきて、アメリカの武力攻撃が「予想通り」にはじめられ、アメリカで生物兵器に対するパニックが起きていると聞いても、「テロリズムに対する恐怖」は正直に言って、自分でも奇妙なほど、実感されないままになっている。とは言っても、むろん、テロリズムを肯定するつもりがわずかなりともあるわけではない。もっと絶望的な「世界戦争」に対する恐怖の前で、私の意識が限界に達しているからなのだろうか。

さらに、世界のどこかに存在するのであろうテロリストの組織について考えるよりも、「アメリカ」についてしきりに考えている自分にも気がつかされる。これもおそらく、世界中の多くの人たちの反応にちがいないのだ。「アメリカ」について考えるとは、つまり、これから世界はどうなるのだろう、とその方向に「恐怖」を感じるという反応の現れでもある。十年前の湾岸戦争の時から実体化されてきた「恐怖」ではあるものの、今の時点から思うと、あのときはまだ、一応、近代国家間の戦争という枠があっただけに、「戦争反対」と言えるほどの牧歌的な余裕が日本の私たちにもあった、と思わずにいられなくなる。あのときは今のような事態を呼び起こす発端を作ってはいけない、という思いで私たちは「戦争反対」と言えたのだが、今は、その残酷な結末を見せつけられ、絶望感に言葉が押しつぶされてしまう。「戦争」ではなく、世界中に伝染している「怨念の狂気」に対して、とにかく同じ思いのひとりひとりができる限り、「正気」を守りつづけるしかない。

九月十一日から二十五日まで、中国に滞在していたことがもしかしたら、私自身の感覚になんらかの影響を与えているのだろうか、とも思う。多少の影響はあるのかもしれない。じつはその六カ月前、北京にも行ったことがないくせに、どういうわけか、私は中国湖南省の西のはずれ、「湘西」と呼ばれる「土家族《トゥチャ》苗族《ミャオ》自治州」を訪れている。そのとき、ある町の文化広報局長が歓迎の宴席を設けてくださったのだが、一言、日本政府がアメリカ寄りの立場を取りすぎることに我々は不満を感じている、という公式的な「お小言」をいただいた。

「土家族苗族自治州」にあるその町の局長は漢人で、同席していたほかの人たちは全部、ミャオ人かトゥチャ人たちだった（中国ではたとえば、漢族というように「族」という言葉が一般的に使われているので、中国の言い方に倣って使う場合は、「族」を使用し、自分の日本語の文章として使う場合は、「人」を使うことにしたい。そうしないと、「タジク族」、とか「アイヌ族」などという表現が可能になってしまうので）。局長がつづけて、日本にはしかし、個人的には大変興味がある、日本語も少し学んだこともある、と突然、はにかんだ顔になって言いだすと、その場の「少数民族」（そこでは立場が逆転して、多数民族になってはいるのだが）の人たちは、なに、えらそうに言ってんだか、ミャオの言葉をひとつもわからんくせに、と一応は友好的な雰囲気で笑いだしたのだった。

そんな場面も思い出す。

湘西のような「田舎」に行くと、北京、上海はあまりに遠く、せいぜい武漢から観光客が「外国人」のように訪れるぐらいで、町で行き会った武漢の学生たちは見事に今の日本の学生たちと変わりがなかった。そういえば、シンポジウムに出席した女性作家も武漢出身の人が多かった。よほどの大都会なのだろうか。

中国の国内で、最近、こうした大都会の人たちはまるで、敗戦直後の「アメリカ人」のような豊かな生活のにおいを振りまき、国内の最貧地区のひとつである「少数民族」の町をノスタルジックな気分で、珍しげに見物している。もちろん、私たちの立場も同じではあるのだけれど。そんな私たちが日本人だと知り、街角で歓声を上げて喜び、ぜひ一緒に記念写真を撮らせてと言ってきたのは、武漢の学生たちで、地元の人たちは日本人と聞いても、北京人と聞いても、アメリカ人と聞いても、所詮、どっちでも同じことだ、という顔しか見せなかった。

私たちの乗っていた車の運転手さんは、はじめて日本人を見たけれど、おれたちと同じ顔をしているんだね、とがっかりしたように言っていた。へんてつもない顔ですみません、とこちらは申しわけないような気持に誘われた。日本人もアメリカ人も、その経済力において、同質の人たちというイメージが、運転手さんにとってはあったのかもしれない。かつて日本人が外国人というとすべて、「アメリカ人」だと思っていたのとあまり、事情は変わらない。

あまりに自分たちとはちがう生活、文化だと、親しみも興味も湧きようがない。生活のじゃまさえしなければ、そして不愉快なことさえしなければ、お金を信じられないほど落としてくれる「外国人」にいやな顔はしない。「外国人」は「金持ち」なのだ。そうした感覚は、私の子供時代にも覚えがある。

現在の中国は、国内でそのような「外国」を抱えている。そうして、その最貧地区のひとつに中央から配属されている漢人の文化広報局長は、マニュアルに従ってアメリカ追随の日本政府を責める。官僚の彼は少数民族の貧しい田舎を軽蔑しながら、それでも権力者ではあるという、少し、屈折した満足感を抱いているようだった。

私にアメリカでのテロ事件の第一報を伝えてくれた唐さんのご親戚は息子や娘たちをア

メリカに留学させている。それで、テロ事件に対するショックは人ごとではなかったらしい。そうした「知米派」の中国人がいる一方で、一般の中国人は、アメリカに対していい気味だという思いを抱いている、という。アメリカはあまりに傲慢に、自分勝手なことをしすぎた、これで少しは反省するだろう。そのような期待が、中国の庶民の間に拡がったらしい。江沢民も外交上、テロの被害に胸を痛めている、と口では言いながら、どうしても顔がうれしそうにほころんでしまうので、だから、彼はテレビの画面には他国の首脳とはちがって、絶対、顔を出さないのだ、などという笑い話も流れていた。

とにかく、北京では表面的には平穏な毎日がつづいていた。

一般のテレビではまったく、テロ事件の報道をしないので、騒ぎようもない。新聞では十二日の夕刊にようやく、事件が報じられていたが、一面に載せられている世界貿易センタービルのカラー写真は横十五センチ、縦が二十センチほどのもので、中国の新聞としては大きな扱いなのかもしれないが、日本の新聞などと比べたら、ずっと地味な印象ではある。そして、こちらは中国語が読めないので、普通の中国人よりももっと、私たちはテロ事件についての情報から隔離されつづけていたことになる。ホテルのテレビでCNNを見ることができるといっても、英語をよく聞き取れないし、第一、部屋でテレビを見ているひまがなかった。

結局、私たちは中国にいる間、テロ事件について、とりあえず最低限の情報で我慢しているほかなかったのだ。ニューヨークの被害がいかに悲惨なものであったか、その実感があまり湧かないのも、あるいは、こうした情報不足によるのかもしれない。けれどもそのため、一方では、日本からも、アメリカからも、テロリストからも、そして中国からさえも遠く離れた、不思議に平穏な時間のなかにいることができた、とも言える。毎日、中国の新聞からできるだけの情報を得たいと願っていたのだから、当然、かなりの不安は引きずっていたのだが、まわりの風景とウイグルの人々の平和な様子を見ていると、現実と非現実が逆転していく、妙な安心を味わうようになっていた。日本に戻ってから、そのように痛感しはじめている。

そう言えば、北京と田舎の間には百年どころか、千年のちがいがある、とシンポジウムに出席していた女性作家の一人が半分、冗談のようにして言い、会場の笑いを誘っていた。もちろん、その言葉が決して大げさではない、という思いからの笑いだったのだと思うが、それでは、その千年のちがいをどう考えているのか、という意見は残念ながら聞くことはできなかった。

お湯も出る水道の蛇口に、村にひとつの共同の泉。

全自動の洗濯機に、川での、砧《きぬた》を使っての洗濯。

最新式エアコンに、洗面器のような形の、鉄の火鉢。

高層ビルのマンションに、石積みの家。

欧米のブランドもののハンドバッグに、竹を編んだ背負い籠。

ぴかぴかの自動車に、ロバのひく大八車。

貴州省に近い田舎道を走っていたら、頭にうずたかい紺色のターバンを巻き、刺繍の美しい民族衣装を着て、竹の籠を背負ったミャオの人たちがおびただしい数で集まっている市に偶然、行き合わせた。山の村から一台の軽トラックに定員の十倍ほどの人数が荷台からこぼれそうになって乗り合わせ、帰っていく。食料品、衣料、靴、道ばたに布を広げただけの「店」では、なんでも売っている。占いのおばあさんもいる。若い恋人たちの姿もある（それでも見たところ、若者の姿は少ない）。それこそ大昔から、こうした市は村の楽しみであり、必要な交易でもありつづけたのだろう。

けれども、一日が終わって、それぞれの村人が家に戻ると、白黒のテレビではあっても、とにかくテレビを持つ家があり、中央政府の方針に基づいて村ごとに設置されたパラボラアンテナを介して、各戸の家のテレビで北京、上海などの番組を見ることができるようになっているのだ。そこに映る欧米の白人のように肌の白い、髪も染めた、化粧の濃い女たちの姿を、一体、山村の人たちはどのように受け止めているのか、遠い外国の、幻想のようなものだと割り切って見ているのだろうか、と気になってしかたがなかった。

土と同化したような家が山の斜面にしがみつくなかに、東京の真ん中に建っていても違和感のなさそうな、モダンな二階建ての真新しい白い家がところどころに建っている。広州に出稼ぎに行った人が建てた家だということだったが、広州で人生をあやまってしまう人も多いらしい。逆に、少数民族の保護対策で、北京大学などに突然、入学させられ、エリートになって、故郷の行政官として戻ってくる、という場合もある。シンポジウムに参加した方方さんの小説に、そうした青年の奇妙な立場が描かれていた。

千年の距離があるとしても、互いに隔絶されていれば、それはそれで問題が少ないのだろうが、今の時代、それはあり得ない。常に、貧しい側は若い人たちを中心に、豊かな側に誘惑を感じ、劣等感を味わいつづけなければならないし、豊かな側は貧しい側に優越感とともに、好奇心を抱きつづける。私の印象では、ウイグルの小さなオアシス都市と北京の間にはさらに、千年ではなく、二千年以上のちがいが横たわっているとしか思えなかった。これは貧しさという意味だけではない。古代メソポタミア文明からの流れが、ウイグルでは「文化」としてまだ生きつづけている。

村に建つ新築の家も、町に今、続々と建てられているビルも、私たちには見慣れた現代風スタイル、つまり、無趣味な四角いただのコンクリートの箱なのだし、湖南省の中心である都会、長沙では、マクドナルド、ケンタッキーの店が町の中心で、けたたましい「ちびまる子ちゃん」のテーマソングとともに客を引き寄せていた。長沙よりももっと近代的な都会のウルムチでは、北京より少し小規模ながら、欧米ブランドの店が並び、高層ビルが「西新宿」のようにそびえ立っている。最近の「都会」は、どこもあまりに凡庸な同じ記号に充ちている。

「田舎」はそれぞれの特徴を守っているので、それゆえに「田舎」なのであり、「都会」は、「外の世界」と共通の記号に飾られるから、「都会」なのだ。グローバリズムの現在では、そうした公式が中国においても浸透している。北京ではマクドナルドなどはもう通り越して、「禁煙」のスターバックスコーヒーが何軒もあるので、それだけ、桁外れの「都会」だということになる。

車、ジーンズ、テレビ、こうしたものにどうして、地球のどこの人たちもかくも強烈に、共通して引きつけられてしまうのだろう、とずいぶん前に、北京で行われた国際マラソンをテレビで見ながら、嘆くようにして思ったことがあった。文革以来、たぶんその時はじめて、北京の町を日本の私たちはテレビで見ることができた。そして、北京の変貌ぶりに目を見張ったのだった。

今度のシンポジウムでは、昼食として、毎日、マクドナルドのハンバーガーとコーヒーが配られた。こちらが前もって、昼食には豪華な正餐は必要ありませんから、と頼んでおいたのに応えての配慮だったにしろ、そして社会科学院の人があとで、あれはひどすぎました、と恐縮していたにしろ、なんとなく私たちにとって、ある感慨を持たずにいられない昼食ではあった。

このシンポジウムについて、もう少し、報告しておかなければならない。それぞれの状況のちがいから、ずれがいろいろ生まれたとしても、とにかく日中の女性作家がひとつの場所に集まり、顔を合わせただけでも大きな意味があったと、私は基本的に思っている。直接に顔を合わせ、ほんの少しでもなにかの感触が得られれば、それでとりあえず十分なのだ。

日本側にも言えることだけれども、複数の作家がいれば、その数だけ別々の文学に対する考え方があるわけで、中国側の作家についても、ひとくくりにして言うことはできそうにない。それでもたとえば、自分は北京・社会科学院が参加を要請するほどの作家であるという自負は、中国の女性作家としてはなんといっても強かっただろうと想像できるし、一方で、だからこそ、そうした官僚主義的なシステムに唯々諾々としてしっぽを振るような作家ではない、と反撥も感じているように見えた。従来の社会科学思想に縛られた文学ではなく、芸術のための文学をこそ自分たちは目指している、もはや、自分たちは"Red China"の殻を突き破り、「グローバル」な小説を目指しているのだ、と多少、肩をいからせている印象もあった。

日本側は、直前に変更があった各セッションのテーマに添って、ホテルの部屋で睡眠時間を削り、準備しておいたペーパーを書き換えたり、まったく新しく書き下ろしたりして、シンポジウムに備えた。それぞれの発表の時は適宜、アドリブも入れながら、自分の文学観を平易な言葉で中国側に伝えようとつとめた。一方の中国側は用意していたペーパーをそのまま、テーマはまったく無視して、読み上げるという態度をつづけていた。非常に立派な内容ではあるのだが、こちらはすでにそれは読んできているので、もう少し、作家の肉声を聞かせて欲しい、と思わずにいられなかった。

でも中国側では、あとで知ったことだが、日本の自由な態度にかなりショックを受けていたらしい。ひとつにはその場が社会科学院であることに対する意識のちがいだったのだろう。私たちは社会科学院に対してなんの緊張感も持ってはいない。そして、なによりも日本では、作家という存在はなにひとつ肩書きなしの、一個人に過ぎないという「常識」がある。中国側ではたとえば張抗抗さんなら、「国家一級作家」、「黒龍江省作家協会副主席」という肩書きがある。「専業作家」となるには、各省の認定が必要で、これも公的なひとつの肩書きなのだ。つまり作家とは、日本ではあくまでも「私的」な存在であり、そこにこそ存在意義があると信じられているけれど、中国では「公的」な存在で、社会的な責任がそこには伴うとされている。時代が変わったとは言え、基本的な枠組みは変わっていない。中国側にとっては、あくまでもそれぞれの発言は「公式発言」にほかならなかったのだ。このちがいは大きい。けれども実際のところ、このちがいをより敏感に感じて、内心、さまざまに揺れ動いていたのは、どうも中国側だったのではないか、という気がする。

松浦理英子さんは性愛をテーマにして語ったのだが、そこで性の快感とはなにか、「飛び出たところと引っ込んだところが組み合わさる」ばかりが快感ではない、性交における支配関係も考えなければならない、というような、私たちにとってはごくまっとうな発言を、中国側の作家たちが歯をくいしばるようにして、必死になにげない態度で受け止めようとしているのが感じられた。しかも同時通訳が羞恥心からか口ごもってしまうので、ますます、意味が通じなくなってしまったらしい。それでも中国側の作家たちは顔を赤らめずに聞きつづけようと緊張しきっていた。

そして翌日、池莉さんは前もって用意していたペーパーを突然、投げ出し、アドリブで中国の文芸評論に対する不満を述べはじめたのだ。これは中国の慣習から見れば、かなり大胆な「自由発言」だったのではないか。社会科学院の研究者が「謙虚に」その発言を受け止め、そのうえで研究者の立場もどうか理解して欲しいと述べたのも、もしかしたら画期的な一場面だったのかもしれない。そうして、そこから一気にシンポジウムが活発になりはじめたのだ。

自分の義務が終わった時点でさっさと姿を消してしまう作家もいる一方で、最後まで、よくわからないけれどもすごくおもしろそう、と目を光らせて残り、さかんに発言をするようになった作家もいた。私たちだって、本当には、彼女たちの世界はよくわからない。でもなにかを文学に信じようとしている人たちがここ、この場にいる、という手触りは互いに感じていた。そのように、私には思えた。女だけのシンポジウムという条件がその感触を率直に引き出す助けになっていたのではないか、とも思う。女だからいつもそうなるとは限らないけれども、少なくとも今回のシンポジウムではそれがプラスの要素として働いていた気がする。

やはり、たまには女性作家だけのシンポジウムがあってもいいな、と私は最終的に思うようになっていた。ほかの参加者も似たような思いを持ちながら、各地に去っていったのではないだろうか。

十五日、いよいよシンポジウムの全日程が終わり、まっすぐ東京に戻る人、北京に残る人もいるなかで、私は友人たちと新疆ウイグルに向かった。

なぜ、新疆ウイグルに行くことになったのか、まったくの成り行きとしか言いようがない。せっかく北京に行くのなら、ついでに湘西を再び訪れて、春にお世話になった少数民族の人たちと会いたいと願ったのが、私にとってのきっかけだったのかもしれない。ところが地図で見ると、北京から湘西は驚くほど遠い。長沙から夜行列車も使わなければならないから、丸二日かかる。それを考えれば、北京から飛行機でまっすぐ行けるウルムチはむしろ、近いと言えそうだ。国境に近いところに行きたい、少数民族の自治区に行きたい、という思いが、「新疆ウイグル自治区」に結びついてしまった。それでシンポジウムの実行委員でもあった友人たちに声をかけてみたら、みなためらうことなく、その気になってしまったのだった。

どこであれ、境界、はずれ、先端に近づいてみたくなる。湘西も、その昔、ミャオ人（タイ、ラオスではモンと呼ばれていて、広い範囲にわたって、居住している）の激しい攻撃に対して漢人が築いたという「南の長城」があることからもわかるように、四川省、貴州省、湖南省三国の国境地帯で、ミャオ人にとって天然の要塞にもなっていた険しい山々が現在の国境の手前には控えている。漢人に完敗して、山に追い込まれたミャオの生活は、今でも、開発が遅れ、一方、外部から守られてもいる。

ウイグルの国境地帯には言うまでもなく、天山山脈、崑崙山脈がそびえている。その山々の姿を一目でいいから見てみたい、という願いもあった。

ところが私たちの出発は、アメリカでのテロ事件が起きたあとだっただけに、この時期アフガニスタン国境に近づいたら、うっかりまちがえて中国領土内に入ってきたアメリカのミサイルに当たって死んでしまいますよ、とかなり真剣に心配してくれる声が多かった。いくらなんでも、まだミサイルは来ないと思う、もしそんなことで死んだら、私たちのために合同追悼式でもあげて、心のこもった追悼文を書いてくださいね、などと冗談交じりで答えていたのだが、考えてみれば、その十五日の段階で私たちはすでに、アメリカが軍事報復に踏み切ることを疑ってはいなかったのだ。その「確信」に今ごろ、自分でぞっとする。北京への往復にアメリカの飛行機を利用した人たちが、帰りの飛行機が飛ばなくなったと当惑しているころだった。

私たちはそれでも、中国の国内は日本にいるよりもむしろ安全だと思いながら、新疆航空のロシア製飛行機イリューシンに乗り込んだ。北京からウルムチ（烏魯木斉）まで約三時間半。ウルムチからすぐにカシュガル（中国語では、喀什《カシ》）行きの飛行機に乗りかえるはずだったのが、どういうわけか、五時間ほども離陸時間が遅くなり、カシュガルにようやく着いたのが夜中の一時だった。そんな時間にもかかわらず、空港は欧米からの観光客であふれていて、しかも疲れきった雰囲気が漂っている。そのときには事情がわからずにいたが、テロ事件の影響で、ウイグルからパキスタンに抜けて、インドに至るという壮大な「シルクロード」コースをたどる予定だった観光客がパキスタンに入れなくなり、カシュガルで足止めをされ大混乱しているのだった。そのあおりで、予約していたホテルに私たちも入れなくなり、さんざんそのロビーで待たされたあげく、別のホテルに案内されたのが二時過ぎ、さすがに疲労で朦朧としていた。

とにかく私たちはこうして、新疆ウイグルにたどり着いた。

テロ事件の影響は、砂漠の移動のためには絶対必要な車の確保がむずかしくなったり、ホータン（和田）でもまた、身動きがつかなくなったアメリカ人観光客たちに予約していたホテルが占領され、私たちが別のおんぼろホテルに移動しなければならなくなったり、という形で現れつづけた。その観光客たちは部屋に立てこもってしまい、アメリカに戻りたくないとがんばっているので、ホテル側が困って、出ていってくれるように説得すると、井戸に落ちたものにさらに石を投げるのか（中国語での言いまわし）、と言い返され、それ以上、強くは言えなくなったとのこと。それにしてもひとの迷惑はどうでもいいのか、と私たちはすっかり腹を立ててしまったが、アメリカ人観光客はまわりがイスラム教徒ばかりなので、急にこわくなったというのか、本当のところはよくわからないままでいる。

しかしテロ事件の影響と言っても、この程度に過ぎなかったとも言えるわけで、どこに行っても、中国解放軍兵士の姿が特に増えているようには見えなかったし、タジキスタン国境から三十キロの位置にある第一次国境検問所を通ったときも、眠気に誘われるようなのんびりした雰囲気で、かえって拍子抜けするほどだった。

私たちはカシュガルからパキスタンに抜ける唯一の、いにしえからの道、中パ道をたどって、タジキスタン、アフガニスタン、パキスタン国境近くの、高度三千九百メートルというカラクリ湖まで行ってみた。片道五時間の距離を日帰りするという強行軍ではあったけれど、そこまで行くと、かのパミール高原のはじっこになり、標高八千メートル近くの山々の姿が見られるというので、これは行かないわけにはいかない、と覚悟を決めた。それだけの標高になると、高山病の心配もある。昔、海水浴場で貸しだされていた重い浮き袋によく似た酸素袋と、「パミールの水」というミネラルウォーターを抱きかかえて、かなり緊張した思いでパミール高原に向かった。

昔ながらの羊飼いに追われる羊や水牛の群れ、アフガンの人と同じいでたちの男性がひとり、ロバに乗ってすれちがっていく。そしてまわりの風景には緑がなにもなく、荒々しく岩山がそそり立つ。岩山とはこのように激しく、多彩で、美しいものでもあるのだと、圧倒的な標本を地球から見せつけられているような気分になった。

カラクリ湖はタジキスタン国境から十五キロ、そのまま中パ道をまっすぐ進めば、タジキスタン国境とアフガニスタン国境にしばらく沿い、それからクンジェラーブ峠を越えて、パキスタン領土内に入ることになる。中国側から観光客はすでにパキスタンに入れなくなっていたが、パキスタン側からは通行証があればまだ、中国に入れたらしい。次の日、つまり十七日に、パキスタンとの国境が完全に閉じられたと聞いた。ただし、これはパキスタン北部にいた観光客が国境に殺到したため、混乱を恐れた中国政府がとりあえず三日間に限って閉鎖した、一時的な措置だったらしい。その後、アメリカの軍事攻撃がはじまってから、国境閉鎖どころか、国境から百キロの範囲が封鎖されたと報じられていた。従って、今はカラクリ湖に近づくことはまったくできなくなっている。季節も冬に向かって、どちらにせよ、とっくに観光シーズンではなくなっているので、地元の人たちの日常にはそれほど関係はないのだろうと思うが、実際はどうなのか、私にはわかりようがない。私たちがカラクリ湖に行った十六日には、パキスタンのフンザではにぎやかにシルクロード祭をしていたとも、あとで知った。テロ事件が起きたとは言っても、まだ、そんな時期ではあったのだ。

カラクリ湖では、酸欠状態のため、目の奥が底光りしているような状態になり、体も重く、言うまでもなく、たばこなどまったく吸う余裕がない。ふらふらする視界に、空の、深い青の色、雪をかぶった白い山々の姿が凄みを帯び、パミール高原は到底、アメリカ軍などが立ち入ることのできないところじゃないかなあ、と素朴なことを思ったりした。現地の人たちは空気の薄さに体が慣れているし、地形もよく知っている。ウルムチに近い天山山脈のふもと、と言っても標高二千メートルだったけれど、そこのカザフの人に聞いたら、カザフスタンには親戚がいるのでときどき、山を越えて訪ね合っているし、外国の登山隊のガイドも頼まれたら引き受けている、という。この間は、日本人が登山隊にいたけれど、遭難して死んでしまったので、山に埋めてあげた、となんともない顔で言うので、死生観もこうした環境にふさわしいものに変わっていくのかしら、とこちらは考え込んでしまった。

ウイグル人の墓は砂漠のなかにあった。なんの装飾もない棒がばらばらの高さで並んでいるだけの墓で、私たちの目には、草の干し場か、物置小屋がこわれたあとなのか、そのようにしか見えない。ところがそのような墓でも、百メートルほど離れた場所にたった一人、体を投げ出して、熱心に祈りを捧げている老人の姿が見られた。決して、死者を疎略に扱っているわけではないのだ。動物も人間も砂漠から生まれ、砂漠に戻る。墓もはじめのうちは目印を残しておくが、やがて目印が消えるころには、砂漠に死者が同化したということになる。そんな考え方なのだろうか。砂漠のなかには、見捨てられた民家が風化した姿も見られた。泥レンガの家は一体、何年で完全に砂漠に戻るのだろう。それはホータンやトゥルファン（吐魯番）に近い砂漠のなかに残されているかつての王国の遺跡と、もちろん、規模はまったくちがうけれども、同じような「遺跡」として私たちの目には映ってしまう。

この砂漠には当然のことながら、トイレの施設などもない。砂漠の道を突き進むうちに、大空に見とれながら、広々とした砂漠のなかにさっとしゃがんで用を済ませることはなんて気持ちいいのだろう、とすっかり気に入ってしまった。いかにも清潔で、恥ずかしさも感じなくなる。トイレの思想も、環境が変われば簡単に変わってしまう。

タクラマカン砂漠と崑崙山脈、天山山脈に挟まれて生きている人たちにとって、どちらももちろん、人間にとって厳しいものにはちがいないが、一方では、島国の人間がまわりの海に西方浄土のあこがれを持つように、砂漠と山々の限りない厳しさと美しさに「永遠」を見ているのかもしれない。山々は雪解けの水を人間に恵みつづけてきた。ところが、地球の温暖化で、最近はその雪が減り、砂漠の範囲も拡大しつづけているという。かなり深刻な環境破壊がここにも起こりつつあるのだ。加えて、かの有名な楼蘭の「さまよえる湖」の辺りでは、核実験が行われていて、放射能汚染地区になっている。被曝者も出ているらしい。特別な許可がなければ、外国人は近づくことができない。このロプ・ノールだけではなく、ウイグル全域では、ガイド無しの自由な旅行は外国人に許されていない。

小さな人間たちの営みに深く傷つきながら、砂漠はけれども昔から、その小さな人間たちを圧倒しつづけてもきた。それ自体が生き物のように、常に移動し、うねり、波打ち、渦巻いている。小さな砂柱が遠くでくねくね踊るように身をよじらせる。道路にも砂の波が押し寄せてくる。それをじっと見ていると、どうしてもそれが砂ではなく、水としか思えなくなってくる。アクス（阿克蘇）に向かう飛行機から見下ろす砂漠も、海そのもののようだった。

タクラマカン砂漠の砂は驚くほど、きめが細かい。ちょっとした風が吹くだけで、空中に舞い上がり、視界が閉ざされてしまう。いつの間にか、私たちもその砂風のために、頭を布で覆い、口と鼻、目もサングラスやマスク、布で隠さなければならなくなっていた。なんのことはない、地元の女性たちと同じような姿に私たちも変わり果てていたのだ。アフガニスタンのブルカも実用的な面があるんだろうな、と思わずにいられなくなる。砂漠では、蜃気楼も立つらしいが、残念ながら、それは見ることができなかった。その代わり、ということもないが、野生のらくだは見かけた。その姿は私の目には、幻の不思議な生き物のようにしか見えなかった。海にしろ、砂漠にしろ、幻想が現実に、そして現実が幻想になる場所なのだ。だからこそ、生死を越えた場所として昔から、人間たちのあこがれと恐れの対象でありつづけたのだろう。

かのマルコ・ポーロがたどったのと同じ道、つまりカシュガルから、ヤルカンド（莎車）を経て、ホータンまで、私たちは車を走らせつづけた。そこから飛行機でアクスまでタクラマカン砂漠を縦断して、ウルムチに戻った。ウルムチのある北部と、カシュガル、ホータンのある南部とはかなり様子がちがう。北部では漢人は約五割が居住しているが、南部ではたった一割になり、圧倒的にウイグル文化の世界になる。看板を見ても、南部ではほとんど漢字を見かけなくなり、ウイグル語を表記したアラブ文字ばかりになる。

ウイグルの子どもたちはウイグル人向けの学校で外国語として、中国語を習う。漢人の子どもたちは当然、学校は中国語で、外国語としては英語を学んでいるという。けれどもウイグル人には義務教育が適用されないので、学校に行かずに働いている貧しい子どもが多い。学校に行かなければ、中国語はわからないままになる。逆に、ウイグル語がわからない漢人もたくさん存在する。

「新疆ウイグル自治区」では、文革時代からイスラム教が認められていたという話だが、こうした大小各地のオアシス都市には必ず、モスクが町の中心に立っている。イスラム教徒たちはもちろん、豚は食べない。町ではそのため、豚肉がなくては中華料理として成り立たない漢人用のレストランと、イスラム教徒用のレストランが並んでいる。バザールの食事用の屋台ですら、漢人用と、イスラム教徒用の場所が別々に存在する。漢人の少ない南部では、ナンが町のいたるところで独特の窯で焼かれ、売られている。そして言うまでもなく、羊の肉。小さな町では、切り落としただけの羊の頭が肉屋の店先に並べてあった。日本人にとっての鮭の頭のような、特別なごちそうなのだろう。小さな町に行けば行くほど、看板の漢字とともに漢人の存在が希薄になり、アラブ文字と、羊肉に群れる蜜蜂とロバの数が増えていく。

ここでは時間も二重構造になっている。公式的には北京時間が使われているが、実際の生活時間では、それより二時間遅れのウイグル時間に従っている。学校も、お店もウイグル時間で、実際の太陽の動きに人間の生活が従う結果になるのは、ごく自然なことなのにちがいない。ただ、旅行者である私たちはその両方の時間をまたがって過ごさなければならず、一日が二十六時間という毎日を送る羽目になっていた。朝は八時に起きる。すると、まだ外は薄暗い。ウイグル時間ではまだ、夜明け前の時間なのだ。それを理解するまでに何日もかかった。たいてい、朝十時に出発していたが、それはウイグル時間ではまだ、八時。でもかろうじて、運転手さんやガイドさんにとっては仕事をはじめてもおかしくない時間だったのだろう。そうして昼食は、二時とか三時、いつの間にか、ウイグル時間になっている。さらに夕飯の時間となると、毎日、夜の九時、十時で、でもこれもウイグル時間で考えれば、夕飯の時間としてそれほどおかしいわけではない。

理屈で考えだすと頭が混乱するばかりのこうした矛盾をそのまま呑み込んで、とりあえずの平衡をどうにか保っている世界、これが「新疆ウイグル自治区」の現状だと言えるのだろう。公式的には、休日は日曜日、でもイスラム教徒の安息日は金曜日。いろいろと不自由なことが多いにちがいない。なんでも二重といえば二重の世界。言葉。時間。地名。学校。宗教。食生活。音楽。そして、貧しさと豊かさ。

今のウイグル人の祖先はトルコから移入してきたイスラム教徒たちだということだが、ほかにキルギス、タジク、ウズベク、カザフの人たちも多いらしい。モンゴル系の人たちも見かけた。とてもではないが、私たちには見分けることができない。長い上着を着て、革のブーツを履いている老人はキルギス人だった。ここは古くから「シルクロード」として人々が通過していった場所であり、遊牧民族の交易の場所としても栄えてきたので、人種も固定していないし、町そのものも百年、二百年というスケールで考えると、やはりうつろうものとして存在している。通り過ぎていく人たちは西はローマ、ヴェネチアから、南はインド、ペルシャから、東は唐の国、果てはヤマトからの人たちで、かの三蔵法師の一行もそのなかにはいたことになる。街道といっても、日本の街道筋どころの規模ではない。そうしたはるか遠くの、不思議な顔をした、不思議な言葉を話す旅人たちを古代からずっと、迎え、見送ってきた人たちの意識は、今でもあまり変わらないのかもしれない。どんな珍しいものを持ってきたのかという楽しみと警戒心、遠い場所への憧れ、そして旅人たちは必ず去っていく、ひとつの運命のように。なにもかもが砂漠のように固定しない、そのように固定しないことが遺伝子のなかで固定している世界なのだろうか。

ヤルカンドではあまり、外国人観光客で泊まる人もいないのか、地元の人たちが私たちを珍しがり、あとをついてきたり、顔をのぞき込んできたり、そして、子どもたちは競って写真を撮ってくれ、と集まってきた。その様子をおとなたちがにこにこ笑いながら眺めている。ハミ瓜（メロンの原型）を食べさせる屋台では、扉付きの白黒のテレビがサービスで備えつけられていた。そこで私たちがハミ瓜を食べていると、町の人たちが集まってきて、せっかくのテレビはそっちのけで、私たちをうれしそうに見つめている。その顔があまりに無邪気で、いい年のおじさんばかりなのに、こちらも楽しくなってしまう。

もちろん、貧しいといえば、貧しい生活の人たちなのだ。

北のウルムチでは「石油」という字がよく目についたが、この石油のおかげで今や、ウルムチは近代的大都会になり、トゥルファンとの間には、高速道路までできている。けれどもこの豊かさのほとんどは「石油」に関連する漢人のものに過ぎず、ウイグルの人たちにはちっとも還元されていない、という強い不満が出てきても不思議ではない。

ただ、単なる旅行者の感傷的な感想に過ぎないかもしれないけれども、そうした「豊かさ」、「貧しさ」が本当に、幸不幸のちがいを意味するのかどうか、ヤルカンド、または、そこからさらにホータンに向かう途中のカルガリック（葉城）というような小さな町のひとびとを見ていると、あるいは、湖南省の湘西というような「最貧地区」についても同様の思いが湧くのだが、こうした「貧しさ」を前にすると、人間の欲望の不幸ということを感じずにいられなくなる。

欲望があるから、外の世界をのぞきたくなるし、所有欲も生まれる。知識が増えれば、現状が物足りなくなる。そのようにして、「文明」が発達してきた。日本人の私たちはそうした路線を休憩時間も取らずに走りつづけてきた。おかげで、すっかり日本人は豊かになり、今や、「田舎」に住む人でも一人で靴を何足も持っているし、毎日、シャンプーをして、清潔な体が当たり前、電化製品に取り囲まれた生活を送っている。第一、このようにして私たちは新疆ウイグルまで旅行できたりもする。

「貧しさ」に郷愁を抱くのは愚かしいことなのかもしれない。それでも、幸不幸の尺度は貧富の程度とまったく対応していないという事実だけは、いやでも認めないわけにはいかない。ヤルカンドやカルガリックのような小さな町ののどかな生活を悲惨と呼ぶにはためらいを感じるし、むしろ、町の子供たちの笑顔にこちらが慰められるような思いも湧く。

ヤルカンドの町で人が群れている場所があった。なんだろうと近づいてみたら、町の主要道路の、大きなローラー車を使ったアスファルト工事を、大人の男性たちがわくわくした表情で見守っているのだった。私たちの子供の頃にも覚えのあるこうした好奇心をどうして、笑うことができるだろう。でも、私たちにはやはり滑稽でもある。道路のアスファルト工事はそう言えば、私たちにとっても、「近代文明」の身近な、頼もしい風景なのだった。

ブドウ、イチジク、ハミ瓜、ザクロ、スイカ、とにかく今のところは果物が豊富で、羊の肉も、ナンも食べられる。ほかの食べものはなにもなくても、靴や服が着たきりだとしても、自動車に乗れなくても、とりあえず仲間がいて、冗談を言い合い、家族の生活があり、昔からの仕事をつづけ、外から来る人たちをおもしろがり、ちょっと一儲けもさせてもらう。それだけの範囲でもし、本当に人間が生きられるのなら、現金収入の少なさを嘆くこともない。楽しみは十分にある。日本の私たちから見ると、うらやましくなるような表情を、ここの人たちはまだ、持っている。

テレビでアフガニスタンの様子を見るたびに、ああ、ウイグルとそっくり、なにもちがわないんだな、となつかしさに襲われる。そして、ウイグルの人たちの笑顔も思いだし、その人たちが今、外からの軍事攻撃を受けているようなつらい気持になってしまう。どうか、あの笑顔を曇らせることがないように、と願わずにいられなくなる。どうして、あの貧しさをそのまま、そっとしておくことが、今の時代はできなくなっているのだろうか。どうして、それが不可能なことになってしまったのか。遊牧の人たちが古来、守ってきた生活をそのまま、私たちはどうして尊重できないのだろう。それでもウイグルの歴史をのぞいてみると、私の頭ではどんなに努力をしても把握できないほど、紀元前の時代から、さまざまな王国が生まれ、戦いがあり、また、新しい王国が生まれるという複雑な変遷を、この広大な土地は経験している。権力者も砂漠とともに、移り変わる。ここに住む人たちが今まで経験したことがないもの、たぶん、それは外から彼らの生活を取り巻く、きらびやかで、刺激的な「豊かさ」の蜃気楼だろう。外はこんなに楽しい、外はこんなにきれい、外にはあらゆる食べ物、知識が待っている、外ではお金さえあれば、なんでも可能になる、「ちびまる子ちゃん」の歌とともに、この蜃気楼は絶え間なくボリュームいっぱいに叫びつづける。

新疆ウイグルの独立派に対する中国政府の取り締まりが、アメリカのテロ事件以来、今までにもまして厳しくなっているらしい。「ビン・ラディン」につながる「国際テロ集団」であると国際社会で認定されたということで、十月からローラー作戦が行われ、この十一月には拘置されていた「犯人」たちへの死刑判決、即日処刑がはじまっている。そのことについて、直接、外国人である私がもっともらしい意見を軽々しく述べることはできないが、即日処刑という報道には、やはり苦しい思いになる。爆弾テロの罪がいくら重いにせよ。二重の世界がなんとか穏やかに共存できないものか、と祈るように思う。古代からの二つの大きな文化がウイグルでぶつかり合い、同時に、二千年以上ものちがいが横たわる古来の生活様式と近代からの「文明」も混ざり合っている、この状態は、なんという矛盾を抱え込む結果をもたらしていることか、と思わずにはいられない。二千年という言葉を使ってしまったけれど、これは「時計」と「時の流れ」のちがいでもある。「欲望」と「受容」のちがいとも言える。

文革時代に、新疆ウイグルの開発にこぞって中国の若者たちが志願した。それが中国共産党の評価が一番高い労働奉仕だったという。そのような記述を今回のシンポジウム参加者の作品でたまたま、いくつか見かけた。その結果、飛躍的にウイグルのインフラは整えられ、植林もすすんだ。つまり、ウイグルは「文明化」され、私たちの目から見れば、快適な生活に一歩近づけるようになったのだ。砂漠には、風力発電の風車が立ち並び、電話線が見事に延々と連なっている。最近は、タクラマカン砂漠を縦断する道路も完成し、ガソリン・スタンドも砂漠の真中に作られた。道路が整備されれば、物流もさかんになる。自動車もそして、欲しくなる。お金も欲しくなる。

なぜ、かくも過酷な土地が地球上にはあるのか、とつぶやきたくなるような風土でも、人は古くから生きつづけてきた。夏は摂氏五十度に達し、冬はマイナス四十度にまで下がるという。砂嵐がいったん起きれば、いくら高速道路があっても、車は動かなくなり、その場に捨て去るしかなくなる。ロバならもしかしたら連れ帰ることができるかもしれないのに。でも、ロバではタクラマカン砂漠を縦断することはできない。

なにがいいのか悪いのか、わからなくなる。

「文明」にほとほと疲れを感じている私たちは、ウイグル、あるいは湘西の田舎の生活に安らぎを感じる。

「貧しさ」とは、死の確率が高いということでもある。伝染病や飢えで簡単に人々が、特に子どもが死んでしまうのは悲しくて、おそろしいことだ。もちろん。でも、臓器移植までしたところで、必ず、人は死ぬ。死を受容しない文化では、死は恐怖になる。死は「欲望」の敵でもある。その恐怖にとりつかれている人間は、不幸な存在だろう。死とは砂漠と同化することであると信じられる、そうした安らぎに、だからこそ、私たちはうなだれずにいられなくなる。自分の子どもを失ったときに、私はそのように思い知った。

新疆ウイグルのような過酷な自然のなかでは、「受容」がなによりも人が生きていくために必要な認識だった。でも、その「受容」は「近代文明」に結びつかない。「近代文学」にもつながらない。口承の「叙事詩」の世界が生きつづける。そして「先進国」の私たちはその世界に、皮肉なことに「豊かさ」を感じているのだ。

これを書いているたった今も、アメリカの最新式の爆弾がアフガニスタンに投下されつづけている。発端のテロ事件が国際社会の「欲望」と「受容」を勝手に横取りして踏みにじった「狂気」の大量虐殺だったにしても、「欲望」の側の、とんでもなく高価な象徴が、「受容」の帰結である「貧しさ」を、破壊的な方法で攻撃すること、それは人間の行為として絶望的な過ちにちがいない。

文学の世界では、じつを言えば、この二十年ほどかけて、私たちの失った「豊かさ」をどうしたら、これからの文学の形として、今までの「文明」のあかしだった「近代文学」に再生できるか、さまざまな人たちが模索をつづけている。もう、私たちは「受容」の世界には戻れない。ノスタルジーで「貧しさ」を美化する資格はだれにもない。けれども、「受容」と「欲望」をどうしたら対立させずに、これからの希望をつなぐことができるのか、その模索のなかから、ラテン・アメリカのマジック・リアリズムが生まれ、カリブ海のクレオール文学が力強くその存在を私たちに示すようになっている。たとえば、中国の残雪さんの文学もその流れを汲むものなのだし、ほかにも、目立たないところで、多くの人たちが、井戸を掘るようにして「希望」を見つけだそうと、文学に取り組んでいる。「言葉」というもの、この、人間に特徴的な、いとも奇妙な、抽象的なシンボルから、いかに「矛盾」を越える想像力を広げていくか、「文学」とはそのようなものであり、だからこそ、「憎悪」の攻撃をつづけている人々に「文学」の存在を思い出してもらいたいと願わずにいられなくなるのだ。

最後に、アイヌの近文コタンのひとが即興で、昭和二十二年、太平洋戦争直後の、日本が荒廃しきっていた時期に歌ったという「タプカル・シノッチャ（踏舞歌）」を紹介しておきたい。これは「受容」の世界から「欲望」の世界への、忍耐と寛容の祈りである。

その昔
われらの祖翁たち
丹精して育てた
われらの国土

であったのに
先に立つ人々の
持った心がけが
悪かったので
さしもうるわしい国土も
戦に荒れはててしまった
しかしながら
憑神のつよい
われらの同胞のことゆえ
今から後は
われひと共に
よい暮しが
末の世までも
うち開けるにちがいない

（知里真志保訳。『知里真志保著作集』平凡社より）

（「群像」二〇〇二年一月号）

湘西の桃と桜と

見渡す限りの菜の花畑、そして家のまわりでは、桃、梅、杏が一斉に花開いている。あまりに典型的と言えば典型的な、こんな春の風景が、湘西では広がっていた。湘西とは、中国は湘江の西の地方、つまり、四川省、貴州省の国境に接する一帯を指す呼び方で、吉首市を中心とした苗（ミャオ）族、土家（トゥチャ）族自治州である。

なぜかこの三月、春の花に包まれながら、その湘西をうろついていた。

長沙から、昔の日本式に言えば三等車の夜行列車で朝靄の吉首市に着き、それから、李白の「蜀道の難きこと、青天に上るよりも難し」という言葉通りの、峨峨たる岩山を越え、湖南省と四川省の国境まで行った。それから、昔、二匹の鳳凰が山に飛んできたという伝承のある鳳凰を訪れ、村芝居を見たり、苗族の市場をうろついたり。さらに貴州省に近い南の万里の長城にも足をのばした。

どこに行っても、菜の花の黄色、桃、杏の花のピンクがつづき、東京より一足早く、まさに春らんまん。村では、ニワトリ、アヒル、豚、牛、それに犬たちが気ままに散歩している。畑の野菜もみずみずしくて、いかにもおいしそう。どの家の前にも、小さなイスに座り込んだ人たちがひなたぼっこをしながら、のんびりおしゃべりを楽しみ、あるいは麻雀、編み物に熱中している。子供をあやすおばあさんもいる。

四川省との国境辺りは、苗族の若い女性作家である龍寧英さんが案内してくださった。その村が彼女のふるさとなのだ。『女児橋』という短編集で一昨年、デビューした龍さんは、外から興味本位に苗族について書かれた作品に強い反発を感じ、自分で小説を書くに至ったという。中国少数民族の文学活動は、現在、若い人を中心にかなり活発になっているらしい。

川の両岸に渡したワイアーをたぐって船を動かす、なんとものどかな渡し船で川を渡ると、そこは四川省。中州の一つは、湖南省にも四川省、そして貴州省にも属さない空白の土地になっていて、争いごとが起きたときにはそこに行って、思う存分、言い争いをすることになっている。また、別の中州には、苗族の若者たちが「対歌」（日本で言う歌垣）をして、デートをしていたという茅で作られた小屋が残っていた。何年か前に大洪水があって、それ以来、この中州に人が来ることはなくなったとのこと。

そこに上陸すると、木々の若芽が光り、レンギョウも、そして桜も咲いていた。足元には、スミレが咲いている。ほかの場所では、梅や桃だったのが、ここはちがう。漢族の少ない苗族土家族自治州にいたせいか、実はあまり中国に行った気がしないままでいたが、中国といえば、春の花はやはり桃なのだ。長沙の北部にはかの桃源郷もある。じつは子どもの時からアマノジャクの私は、桜より桃の花の方が好きだと言い張ってきた。東京で花見の季節というと、背を向けたくなる。

ところが湘西をうろついているうちに、だれからも感心されずに咲いている桜に同情したくなっていた。人の手が入らない山林に、ひっそりと桜は咲いているだけで、人家の庭を飾る桃や梅に比べると、どうも影が薄い。そんな桜に私の目は引き寄せられ、ほら、桜だって咲いているじゃないか、と言いたくなった。日本人の習性というよりも、単に、外国にいると、自分の日常になじんだものに目がいくというだけの反応だったと、ここでは思っておきたい。

中州では、スミレの花にも私は思わず、歓声を上げていた。その私に、桃の花のように美しい龍さんがスミレの小さな花束を作って、プレゼントしてくれた。私がこれで、桜のような日本女性だったら、いとも美しい情景になったのだろうが、残念ながら、私は桜とは似ても似つかない中年女で、中国語も話せないから、感激しながら、ただ一つ覚えの「謝謝」を繰り返すばかりだった。

（「東京新聞」夕刊、二〇〇一年四月六日）

国境、民族を超えて

この三年ほど、国境を越えて移動するひとたちばかりを見つめ、小説を書いてきたという気がする。そのため、キルギスという中央アジアの国に行ったり、中国とロシアとの国境辺りにも行った。国境などというものに関係なく今まで生きてきた遊牧、狩猟民の世界に近づきたいと願えば、皮肉なことに、今ある国境地帯まで行かないわけにいかなくなる。生活のために移動しつづけてきたかれらは、いつの間にか設けられた厳重な国境に隔てられ、自由に動けなくなってしまった。サハリンやいわゆる北方四島に生きていたアイヌやウィルタ、ニブヒのひとたちも同じで、日本とロシア間で国境線を変更するたび、それまでの生活から逐われることになった。

遊牧文化のキルギスが独立したのは、ソ連が崩壊したほぼ二十年前のこと。当時、私はたまたまパリにいた。東欧民主化の波が起こり、「開かれた東欧」から流れてきた「移民」たちがパリに溢れ、旧ユーゴスラビアが揺れはじめてもいた。今後は民族紛争の時代になると言われていたけれど、悲しいことにその通りになってしまった。今のキルギスでも民族問題は微妙にくすぶりつづけ、それは政治的にも利用されている。

国境というもの、民族というものを考えれば考えるほど、複雑な思いになる。キルギスのどんな田舎に行っても、ソ連時代に徴兵され、戦死した兵士たちの慰霊碑が建っている。なんと多くのキルギス人が（もちろん、ほかのソ連邦に属していたひとたちも、シベリアの遊牧、狩猟民たちも）「ソ連兵」として死んでしまったことか。戦死者の家族は、キルギスが独立した現在、どんな思いでいるのだろう。ソ連兵といえば、日本では「旧満州に侵攻した悪魔みたいな連中」というイメージ一色で語られることが今も多い。ソ連兵だって日本兵同様、そのひとりひとりに家族がいて、さまざまな事情があったのに、軍隊という固まりになってしまうと、それが見えなくなってしまう。かたや、アイヌや諸民族を含んだ「日本兵」も、とんでもなく遠い南の島や東南アジアに送りこまれ、挙げ句の果てシベリアまで、そしてキルギスなどの中央アジアまで連れ去られた。

人びとは、なにか起これば、不自然な移動を強いられる。戦争とか、内乱とか、ある日突然、国境線が引かれても、そして貧しさも、恐怖も、移動の原因になる。混乱のなかでは、恐怖や憎悪といった感情は簡単に増殖して、個人の思いは呑みこまれてしまう。

ところでソ連崩壊のころ、メールというものを話として聞きはじめてもいた。私自身はやっとファクスを使いはじめた頃。そして二十年後の今はすっかりネット社会になって、ネット上の情報は軽々と国境を越えるとも言われている。けれどそれはたとえば、日本で語られる「ソ連兵」のイメージを修正するたぐいの、あるいは、戦死した「ソ連兵」の妻や子どもたちの複雑な陰影を帯びた顔が見えてくる情報なのだろうか。どうもそうとは思えない。民族や宗教を理由にした争いが地球上のあちこちで今も絶えず、難民は自分の家に戻れず、国境を越えた出稼ぎや不法移民を巡るトラブルもつづいているからには。

「国」、そして「民族」も本来、抽象的な概念だったはずなのに、それは個々の人間の命を直接支配する。「祖国」や「敵」という概念を作らなければ、「国」をまとめることができないとされてきた。ネット社会では、そうした抽象概念がさらに抽象的になってひろがり、暴力的な勢いで地上をおおっていくのかもしれない。そして日々の食べ物がなければ生きられない、ささやかで脆い生身の人間のほうは置き去りにされていく。ネット環境そのものにも、貧富の差がつきまとう。

生身の人間に寄り添いつづけたいと願う「文学」は、これからますます自分の使う言葉に繊細な注意力と重い責任が問われることになるのだろう。「国」とか「民族」にしばられない重層的な視線もさらに必要とされるだろう。そうしてはじめて、人間という肉体を持った小さな存在の計り知れない複雑さを少しは伝え合え、希望の種を拾うこともできるのかもしれない。ネット社会では見捨てられてしまいそうな、一見不器用で地味な「文学」の言葉を私たちは見失うわけにはいかない、と改めて思う。

（「東京新聞」夕刊、二〇一一年一月四日）

タジキスタンの赤ちゃん

タジキスタンで作られた映画を、この夏、はじめて見た。月夜に夢うつつのまま、身ごもってしまった十七歳の少女が主人公の「ルナ・パパ」という映画で、父親と兄がこの赤ん坊の父親探しをはじめる。この兄はアフガニスタンの戦争で知的障害が残されたという人物で、この地域のきな臭さを反映している。映画のなかでも内戦の流れ弾が飛んでくるし、突然、激しい爆撃がはじまったりする。撮影中、実際に反政府ゲリラが撮影現場に侵攻して来たこともあるという。

とにかく、物語そのものはむしろ幻想的で美しいのに、画面は理解しがたい外からの暴力に満ちている。撮影現場はタジキスタン、ウズベキスタン、キルギス三国の国境紛争地帯で、昨年、キルギスで誘拐された日本の鉱山技師たちが解放された場所でもあるらしい。

一昨年は、やはりこの地域で秋野豊氏を含む四人の国連監視員がゲリラに射殺されている。けれどもそうした事実は、大部分の村の人たちにとっては「天災」のようなもので、日々の生活の方がもちろん、ずっと重要なのだ。国境というものも、住んでいる人間には関係がないとばかりに、少女たちはウズベキスタンのサマルカンドやブハラに平気ででかけて行く。

この少女は父親の分からない子供を妊娠したということで、村ではだれも話しかけてくれない、近づいてくれないという過酷な扱いを受けるのだが、赤ん坊と言えば、私自身の連想は親戚の養子につながっていく。日系二世である、アメリカにいる従弟の一人がこのタジキスタンから内戦で孤児になった赤ちゃんを養子にもらっているのだ。それ以来、私にとってタジキスタンはすっかり身近な場所になってしまい、この辺りのことが扱われている新聞記事を切り抜いたりするようになった。今、その子は八歳、見た目はアメリカの快活な少年に育っている。養父母の従弟夫婦は子供がタジキスタン出身の人間であることを十分に尊重してやりたいと言っているが、タジキスタン出身で、日系アメリカ人として生きることになるこの少年が今後、どのような人生を送るのか、苦労も多いだろうが、無責任な立場の私にはなんとなく楽しみな思いもある。

ところでタジキスタンでこの従弟の養子が生まれた年、私はパリに滞在していたのだけれど、パリでも日本人とユダヤ系フランス人との間に、赤ちゃんが生まれた。男性の方はすでに結婚していて、生まれた赤ちゃんには法律上の父親はいない。でも母親の実際の悩みはそのことにはなかった。婚姻届を出す結婚が激減しているフランスでは、「私生児」という概念は実質上、存在しなくなっている。ピルが普及し、責任能力のある成人女性の予期せざる妊娠は、よほどの場合以外には考えにくくなっているから、自分の意志で男性と付き合い、妊娠したら、それは本人の選択によることとしか社会的には見なされない。あくまでも普通の妊娠であり、普通の子どもなのだ。そのためにも、男性女性いずれも避妊には驚くほど注意深い。私の知り合いの悩みはあくまでも、子供の父親や自分の恋人との個人的な人間関係だった。互いにゆずれない宗教の問題もからんでいた。が、ともかく今はその子も八歳。新しいパパも弟もいる。

ところで日本では、去年、ようやくピルが解禁されたにもかかわらず、避妊の状況はたいして変わっていないようで、女性の仕事と育児の両立も容易ではなく、結婚と言えば婚姻届のことだと思いこんでいる人が多い。国家の法と生活の現実を分けて考えないと、「私生児」を差別したり、女性を窮屈な型にはめて苦しめることにもなる。悲惨な内戦や宗教の対立と同様に、こうした女性と子供の問題は日本や中央アジアではよほど解決がむずかしいものなのだろうか、と改めて溜息が出てくる。

（「月刊現代」二〇〇〇年一〇月号）

III

物語る声を求めて——「東洋文庫」逍遥

ヤマンバの声

口承で伝えられた物語の世界はなぜ、私を魅了するのだろう。自分にとってあまりに当然のことを改めて言葉で説明しようとすると、急になんだかむずかしいことになってしまう。

子どものころ、お小遣いを親からもらえなかったから、こっそりただ見をするしかなかった紙芝居の、わくわくするあの楽しさから、それははじまっているのだろうか。それとも近所のお祭りのとき、見せ物小屋の前で「親の因果が子に報い……」と呼び込みの人が「うたって」いた、あのいかにもまがまがしい口上を聞いて、子どもの私が感じていたこわいもの見たさの興奮からはじまっているのだろうか。

試しにこうして、子どものころを思い出すと、そこには口承の物語がふんだんに生きていたんだな、と改めて気がつき、驚かされる。ただ、そのころはそんな言葉を知らなかっただけの話だ。

子どものころの世界は、音とにおいと手触りとでできあがっているということなのだろうか。

母親の気分次第だったと思うけれど、夜、寝る前に、私も母親に話をしてもらっていた。レパートリーの少ない人だったから、桃太郎の話と、ヤマンバの話ぐらいしか記憶に残っていない。一体、いくつぐらいまで、母親はそうした話を聞かせてくれていたのだろう。幼稚園に通いはじめると、キンダーブックをもらえたので、絵本にもなじみはじめていた。けれども、そこにどんなおもしろい話が書いてあっても、母親の口から聞く話ほどには、どきどきするような現実感がなかった。

ヤマンバの話では、母親の声から誘い出されて、どこだかわからない山の風景が浮かび上がり、そこを歩く馬子と馬の姿、そしてそれを追いかけるヤマンバの姿がシルエットとして現われる。そして馬子が逃げ出し、ヤマンバが髪を振り乱し、追いかける。馬子やあ、待てえ、馬子やあ、待てえ。このヤマンバの声が私の頭と体に反響して、私はやがて眠気に誘われていく。

山の稜線を走りつづけるヤマンバと馬子のシルエットは、その声の反響と共に、私の日常の一部になっていた。それは家のどこか、庭のどこかをひたすら走りつづけているのだ。

そのように、子どもは物語の世界を直接、体に受け入れて生きてしまう。だから、どんなことよりも興奮するし、その経験が子どもの人生を形づくってしまうから、こわいといえばこわい。

もう少し大きくなってからは、童話などで知った物語を自分で演じることに熱中していた時代もあった。古くさい話になってしまうが、そのころはまだ、「岩見重太郎」の話が子どもの世界には生きていた。この「英雄」がヒヒに捧げられる運命になっていた娘の身代わりになって、つづらのなかに隠れ、ヒヒを待ち受ける。いよいよ、ふたを開けたヒヒに飛びかかり、退治する、というストーリーなのだが、このつづらのなかに身を潜めて、夜中になるのをじっと待ち、やがてヒヒが近づいてくる足音を聞く、この部分がなんともスリリングで、自分で演じる価値もあるのだった。従って、私は必ず、岩見重太郎役で、ダウン症だった兄がヒヒの役だった。

もちろん、他愛ないといえば、他愛ない子どもの遊びではある。けれど、今振り返ってみて、子どもとはこのように物語を自分の身体で表現せずにいられない存在だった、と思わずにいられない。そうしなければ自分の物語にならない。物語とは、そういうものだったのだ。たぶんそれ故に、自分の物語を得た幼いころの興奮を、私は今でも忘れずにいる。

子どものころの経験を文学で表現するという例は、珍しいものではない。むしろ、詩でも、小説でも、ありふれたテーマだと言えるだろう。けれどもそこで表現される子どもの世界は、「無垢」、あるいは「無知」の象徴として描かれている場合が多い。日本の近代文学も例外ではなく、それはドイツ・ロマンティシズムの影響だったにちがいない。小学生のころ、学校の優等生たちが読んでいた「赤い鳥」系の話のなんと、私にはつまらなかったことか。子どもの本能で、そこを支配している「近代性」をかぎ分けていたのかもしれない。言葉が近代の論理できれいに整理され、描かれている人物たちも「近代的」論理性のなかでしか生きていない。

子ども向けの本は嫌いだった。そうは言っても、すでに母親は「お話」をしてくれなくなっていたし、「お話ごっこ」はあんまり子どもっぽいと自分で思うようにはなっていた。それで本を読まざるを得なくなる。学校の図書室で私は仕方なく、民話の本を読みつづけていた。小泉八雲のお化けの話が気に入っていた。高学年になると、外地からの引き揚げ者や空襲、原爆の被害者たちの経験談を集めた本を片っ端から読みあさった。当時は、そんな本がつぎつぎ出版され、一種の流行になっていたのだ。これも今、思えば、私は物語の声を求めつづけていた、ということになるのだろうか。

口承の物語の世界

この文章は、言うまでもなく、自分のことを書くのが目的ではない。けれども、口承の物語の世界というと遠いものに感じられがちで、たとえば、ごく身近なこのようなものなのだ、と具体的に示しておいたほうがいいのかもしれない、と思い、私の体験をまず、記させてもらった。

口承の物語は決して、現代の私たちと切り離された、異質な世界ではない。そのことを忘れてはいけないのだと思う。今の時代は確かに、紙芝居や見せ物小屋など消えてしまい(私の住む地域では、神社のお祭りで五年前に最後の見せ物小屋が以前の半分の規模ながらも奮闘していたのを最後に、その呼び込みの人が亡くなったこともあって、残念ながら消滅してしまった)、町に響く物売りの声も少なくなってしまった。子ども同士が誘い合うのも、以前は「××ちゃん、遊びましょ」という声が歌のように響いていた。子守歌、遊び歌、仕事歌、そんな歌も消えてしまった。

けれども親たちは自分の子どもに物語を相変わらず、語り聞かせていると思うし、子守歌も歌っているにちがいない。お店の呼び込みの声はまだ、消えていない。子どもたちは今でも歌が好きだし、大人たちは落語を聞いたり、小説の朗読にわざわざ耳を傾けたりする。地方では、河内音頭もまださかんだし、大衆芝居の世界も生きつづけている。こうした芸能はみな、書き言葉とは縁のない、あくまでも即興の物語の世界なのだ。

近代の文学と口承の物語とは、ジャーナリズムの言葉と個人の言葉のちがいだと言えるのかもしれない。個人の言葉の場合は、ひとりひとりの顔が見える言葉なのだ。家族や地縁に支えられている言葉でもある。だからこそ、地方の風土、習慣、伝統がそこでは生きつづけ、それを確認するための道具にもなっていく。

一方の近代の文学は、印刷術と共に発達した新しい分野で、血縁、地縁を超えて、自分の意見を発表できるという魅力から、活版印刷の普及は急速に新聞、そして文学というジャンルを作り出していった。けれどもそのためには、幅広い人たちに理解できる言葉が必要になり、共通語が作られていく。つまり、人工の言葉を使うという約束事を守ることが前提になり、それは言うまでもなく、近代国家という新しい枠組みとも、歩みを共にしている。

こうした近代の発想に私自身も育まれている。今さら、過去の地縁、血縁の世界に戻ることはできそうにない。もし、現在の小説が充分に力強く、魅力にあふれた作品に恵まれつづけているのなら、今までの近代的文学観を守って書きつづければいいようなものなのだが、実情がそうではなくなっているので、さて、どうしたらいいものか、と私たちは考え込まざるを得なくなっている。

かなり前から、ラテン・アメリカの世界で「マジック・リアリズム」と呼ばれる、その風土に昔から生きつづけた神話的想像力と近代の小説とを結び合わせた不思議な小説が出現しはじめて、日本の読者をも魅了した。つづけて、カリブ海の島々から、土地の言葉と植民宗主国のフランス語がごたまぜになった、今まではいかにも教養のない、出来損ないの言葉だとされてきた言葉を小説に活かして、その風土の想像力を描く「クレオール文学」と呼ばれる小説も現れはじめた。ほかにも、それぞれの風土の時間を近代の時計からはずして、神話的な時間に読み替えていこうとする試みは、世界中ではじまっている。

こうした流れを一言で言えば、近代が見失ってきたものをなんとか取り戻したいという人間たちの欲求なのにちがいない。そこにはもう一つ、近代の学問がとんでもない古代の口承文学の世界を見事に読み解いてくれたという「大発見」も手伝っているのかもしれない。その成果を考えると、私はいやでも複雑な思いにならずにいられなくなる。

物語を所有すること

本来、口承の物語の世界は地縁、血縁のなかで生きてきたもので、だからこそ、外の世界の物語を知る機会には恵まれなかった。自分たちの物語は書き言葉で記録しないことが前提になっているので、その場だけの楽しみとして存在していて、それが繰り返されるうち、言葉は自然に変わっていく。物語の筋も変わっていく。

物語は地縁、血縁に固定、あるいは共有されている代わりに、その内容は固定されないものとして存在する。作者というものが存在しないし、もちろん、著作権などというものもない。いくらでも変更可能な、即興的なものなのだ。

そのために、逆説になるけれども、物語は現実には流れるものとして存在していて、思いがけない遠い地域で共通の物語が語られていることに、私たちはびっくりさせられることが多い。古代メソポタミアの話が日本の神話に通じていることだって、考えられないことではない。まして、中央アジアの話に、日本の説話と通じるものがたくさんあるのは、別に意外なことではないのだ。

物語はしかし、その場では、一回ごとに消え去っていくものでもある。声としては消えて、人々の想像力の中に生きつづける。

たとえば現在の私たちにはどうしたって、『平家物語』のような昔の語り物の世界を昔の人たち同様には経験できない。『説経節』についても現在の私たちは活字で読むことができ、もちろん、それだけでも楽しいのだけれども、室町時代にはどのように実際に歌われていたのか、それはだれにもわからない。現在の「説経節」を聞いても、それはすでに「現在」のものに変わっているはずなのだ。その意味では、録音技術を持たなかった時代の音楽と似ている。そしてこの録音技術は、文学の場合で言えば、「書き記すこと」に当たる。

現在の私たちも好きな音楽をなんらかの方法で録音して、自分のものとして、いつでも好きなときに聞けるようにすることに執着する。自分で所有したくなるのだ。それと同じように、昔の人たちも歌われている物語を文字で書き記し、それを自分の場所に保存することに、特別な執着を持っていただろうし、また、それは並はずれた富と権力の象徴にもなっていたと想像できる。「書く」ことは大変な修練と手間を必要とする特別な技術だった。言葉を声から文字に「変換」させることのできる書記は、国家機密にも関わる「最高位の魔法使い」のようなものだったのかもしれない。

古代メソポタミアは小さな部族がせめぎ合っていた世界だったので、基本的に多言語社会で、すでに辞書も作られていた。かの有名なクレオパトラは数種類の言語を自由にあやつる能力を持っていたので、政治的にも支配力を発揮できたという話がある。このクレオパトラがいたアレキサンドリアに壮大な図書館があったという事実はよく知られているが、もっと昔の、古代メソポタミアの時代から、図書館は各時代の王様によって作られていたらしい。今の私たちには「図書館」と聞いても、教養主義の、くすんだ場所だとしか感じられなくなっているが、その時代には、神々の声に通じる「物語」を文字という自分たちの発明した魔術的シンボルのなかに閉じこめたもの、つまり具体的には「粘土板」を納めた場所で、それは王権の象徴にもなっていただろうし、神の領域に近づく「神殿」のような、おごそかな、神秘的な場所だったにちがいない。

古代メソポタミアの叙事詩を今、読むと、必ずと言っていいほど、それを書き記した「書記」の名前が出てくる。エジプト時代の粘土板によれば、王宮で働いていた書記の地位はかなり高いものだったらしい。王家直属の書記養成学校もあった。ラムセス二世が叙事詩が大好きな王様で、自分が戦に出かけるとすぐに、詩人に命じて、自分が主人公の叙事詩を作らせ、書記に書き記させていたという。その時代、それはただの物好きということではなく、王として神権を確認するために必要な、最優先の手続きだったのかもしれない。

そして、そうした叙事詩は神々の声によって、人間の世界の事象が歌われている。人間の世界で起こることは、神々にしかその意味を理解することができない。神々が演じる「神聖劇」として、もともと、叙事詩はうたわれるようになった。それが次第に、王権の拡大と共に、王と神が重ね合わせられるようになり、一方では、人間と神の融合した「英雄」が誕生して、「英雄叙事詩」がうたわれるようになる。私たちにとって耳に親しいアイヌのユカラの世界がそれに当たる。

ところで、私のような一介の物書きでも、なんとなくこのようなことが類推できるようになっているのは、やはり今の時代に感謝するべきなのだろう、と思わずにいられない。

古代メソポタミアの粘土板が発見されて、それをねばり強く読み解いたひとがいて、さらに、それを日本語にまで翻訳してくれるひとがいたので、現在私たちはごく手軽に、五千年前の叙事詩を読むことができるようになっている。五千年前に生きていたら、当時の叙事詩を生の形で聞くことはできたかもしれないが、それがさらにエジプトを経て、旧約聖書、ホメロスに至り、また、中央アジアからシベリア、サハリン、北海道のアイヌに至るまで、あるいは中国、東南アジアの少数民族、太平洋のポリネシア、そして日本にまで至る「英雄叙事詩」の大きな流れを知ることは到底できなかったのだ。さまざまな場所の物語をひとつの場所にいながら、活字の形ではあるものの、とにかく知ることができるのは、やはり、古代の王様でもかなわなかった特権なのだろうと思う。

失うものがあれば、得るものもある。そう考えると、今の時代の特権であるさまざまな地域と時代の物語を読まずにいるのは、現代の人間としては、あまりに貧しい生き方だと言わなければならなくなる。

旅する想像力

こんなことを私が考えるようになったきっかけは、南方熊楠の『十二支考』だったか。あるいは、ネフスキーの『月と不死』だったかもしれない。

日本の「物語」の世界をのぞくだけでも、私たちはたっぷりとその世界の広がりを楽しむことができる。まずはそんなわくわくする期待から、『神道集』、『日本霊異記』、『今昔物語集』、『幸若舞』などを読んでみる。そこにはじつは、いわゆる「日本」的な世界ははじめから存在しない。想像力の世界には、「今」、「ここ」を軽々と飛び越えてしまう大胆な飛翔がある。それをこそ、人々は物語に求め、楽しんできたのだ。現在の私たちが教えられるのは、この人間が持つ想像力のすばらしさなのではないか。「今」、「ここ」に現実には縛られて生きていた人々が発揮しつづけてきた想像力のエネルギーの前では、権力者たちの政治の世界はさっさと蹴散らされてしまう。神々と直結する想像力の世界に対しては、人間の王も自分から近づいて、その世界に侵入するしかない。

こうした世界を知るには、東洋文庫は実にありがたい存在で、『鸚鵡七十話──インド風流譚』、『王書《シャー・ナーメ》──ペルシア英雄叙事詩』、『オルドスロ碑集──モンゴルの民間伝承』など、学生のころの私には、その題名だけでも、うっとりさせられる魅力があった。

このモンゴルで言えば、『ゲセル・ハーン物語──モンゴル英雄叙事詩』と『ジャンガル——モンゴル英雄叙事詩2』、そして最近刊行された『マナス　少年篇——キルギス英雄叙事詩』、これだけのものが読めたのも、私にはなによりもうれしい体験になった。『ゲセル・ハーン物語』を読むと、アイヌのユカラとなんと共通するものがあるのだろうと感心させられる。モンゴルというと、今はとても遠い世界だと思ってしまうが、アイヌにとっては、サハリン海峡を渡り、アムール川をさかのぼれば、モンゴルはすぐそこにあったわけで、互いに影響しあっていただろうということは簡単に想像がつく。また、『マナス』を読むと、ホメロスの世界が遠い世界ではなくなり、遊牧の世界での想像力の世界が今でも中央アジアでは生きつづけていることを、直接、感じさせられる。

この英雄叙事詩にはけれども、読み方に多少の工夫が必要ではある。口で語られてきた物語には、私たちの忘れてしまった独特の形式がある。近代文学を読むように読んでしまうと、その魅力が伝わらない。私たちはそれが語られるときを想像しながら読む努力が求められるのだ。でもこれは、それほどむずかしいことではない。親や大人たちから物語を語り聞かされた記憶がある人なら、それを思い出せばよい。つまり、繰り返しが多い。独特の決まり言葉がある。そして全体に、英雄の出生にまつわる話からはじまり、いかにその赤ん坊が普通ではないか、そしてある日、少年英雄が怪物を退治しに出発するというような、ひとつの定型がある。

民話、説話の類も、やはり、約束事を読者が呑み込んでおく必要がある。文体やテーマに作者の独創性を求める近代文学とはちがうのだから、どこかこれは聞いたことがある話だと思ってはいけない。むしろ、その類似性に各地域に生きた人々の想像力の拡がりを楽しめばいいのだ。

それにしても、なぜ、人間はかくも物語を求めつづけるのだろう。私はこの事実を思うと、人間という生き物の、あだやおろそかには考えてはならない尊厳を突きつけられる気がしてならない。物語の世界を殺してはいけない、忘れてはいけない。口承文芸をよく残している世界は現在の世界では、先進文明によって追いつめられている先住民族、少数民族、遊牧民族の世界に限定されていることを思うと、痛切に私はそう思わずにいられなくなる。近代文学の限界を知った私たちにはその尊厳を思い出す必要があるにちがいないのだ。

（『東洋文庫ガイドブック』平凡社、二〇〇二年）

異界はどこにある

異界とは、「ここではないどこか」という意味で、たとえば身近なところで、昔にはやったアメリカのミュージカル映画『オズの魔法使い』の主題歌「虹の彼方に」の歌詞を、私などはまっさきに連想せずにいられない。

アメリカの退屈な田舎に住む少女ドロシーがうたうこの歌は、「虹の向こうのどこか」に行ってみたい、そこでは、夢が現実になり、悩みごともレモン・ドロップのように消えうせる、という内容で、ドロシーはそのあと、夢のなかで、カカシとライオンとブリキのロボットの仲間に守られながら、オズの魔法使いの国に出かけていく。

この映画の内容もさることながら、少女時代のジュディ・ガーランドのうたった「虹の彼方に」という歌は、日本で退屈しながら暮らしていた子どもたちの思いを、そのままにあらわしているのだった。かく言う私もそのひとりで、この古い歌を今でも、ときどき、なにかというと思いださずにいられない。それは、いくつになっても私の胸のどこかに生きつづけている、「ここではないどこか」へのあこがれゆえの愛着なのにちがいない。

「ここではないどこか」は、人間の好奇心も駆り立てつづけてきた。空のうえはどうなっているのか、地面の下はどこにつながっているんだろう、人間が死んだあとはどこに行くんだろう、海の底、山のてっぺんにはなにがいるんだろう……。

ヴェルヌと古代の想像力

ところで、ジュール・ヴェルヌというフランスの小説家は今、どのていど、読まれているのだろうか。十九世紀後半のヨーロッパにおける近代産業と資本主義の発展という時流のなかで、この作家は今で言うサイエンス・フィクション、あるいは、ファンタジーに相当する「ここではないどこか」への冒険の話をつぎつぎに発表したのだった。

海底を果てしなくさまよう潜水艦のネモ船長が主人公の『海底二万里』、巨大な砲弾に乗って月に行く『月世界旅行』、そしてアイスランドの火山口から地底を進み、最後にあのエトナ山の火口に出てしまう『地底旅行』、ほかに、海上都市、北極や砂漠、空中艇、気球など、当時、「科学的」に実現可能と考えられそうな、さまざまな冒険の話を書いている。なかでも有名なのは、『八十日間世界一周』と『十五少年漂流記』かもしれない。『八十日間世界一周』は、そのころ、急成長していた鉄道と汽船を乗り継いで、さらに地球上の時差をうまく利用すれば、この地球をなんと、たったの八十日間でまわることができるという内容で、当時の人たちにとって、この事実は驚異的な科学的発展だと感じられていたのだろう。現代では八十日どころか、たぶん、たった一日で地球を一周することができる、とヴェルヌに言ってあげたい気がしてしまうが、じつはこうした科学の力に対する楽観的な期待は、明治の日本にも大きな影響を与えていたのだ。

当時のフランスは第二帝政時代のバブル景気の末期で、パリはオスマン男爵により大改造され、今のパリにつながる華やかな都会に生まれ変わり、植民地がつぎつぎに増え、そうして新大陸では南北戦争がつづけられていた。一八七一年にはパリコミューンと呼ばれるパリの市民革命が起こり、第二帝政時代はついに終わりを告げる。商業の拡大による市民たちの経済力が政治的な力にもなっていく、そんな大きな変動の時代なのだった。こうした機運のなかで、ヴェルヌのような小説家がもてはやされていたことになる。

このヴェルヌはさらに、自分の時代よりおよそ百年前の「大航海時代」に強い関心があったらしく、ラ・ペルーズというサハリン海域まで航海して、最後にニューギニア近辺の島で消息不明になった「冒険家」についての随筆も書いている（『ラ・ペルーズの大航海』

榊原晃三訳、ＮＴＴ出版、一九九七年)。この航海中の一七八九年にフランスでは大革命が起こり、それで本国から応援艦隊を送るのが遅くなってしまったという悲劇もあった。「大航海時代」の冒険は一面、こうした犠牲も多く出していて、時代もより確実な領土拡大のステップに移り、この種の「冒険」は終息に向かう。それから百年経ち、本格的な近代産業の時代に入ってから、ヴェルヌは「冒険」への近代版の夢を、その作品によみがえらせはじめたのだった。

なぜ、ここでながながとヴェルヌについて述べているかと言えば、古代からの「異界」に対する人類の思いが、近代になってどのように変わり、また、変わらなかったのか、その実態を具体的にあらわしている存在がヴェルヌかもしれない、と私には思われてならないからなのだ。

明治の日本でさかんにヴェルヌの作品が翻訳紹介されたのも、当時の多くの日本人の「近代」への積極的な思いがその背景にあったからで、そうした受け入れには、ヨーロッパのバブル期の膨張主義も含まれていたと、今となると認めざるをえなくなる。私の親たちはその世代に当たり、したがって、私たちの世代ぐらいまではだれでもがヴェルヌの作品をなんらかの形で読んでいたのだった。

一見、無邪気な「異界」への空想だが、古代の神話として語られていたころから、想像力の楽しみとともに、つねに「異界」を征服の対象として考える政治的な欲望もつきまとってきた。そのことを抜きにして、「異界」をテーマとした「物語」の流れを語ることはできないのではないか、と思う。「異界」というテーマは人間の想像の根本につながるものであるだけに、じつはかなり複雑な「物語」を私たちに残している。

たとえば、ヴェルヌは『月世界旅行』で人類の古代からの、月への好奇心を主題に取りあげている。とは言っても、ここにはもはや、かぐや姫のような天女も、月の女神も出てこない。計算上、砲弾の推進力を利用すれば、人間が月に到達することは可能であるとして、あくまでも「科学的な」立場で月の世界まで行こうとする。

あるいは、『海底二万里』。海の底はどうなっているのかという、これも古い神話のもとになっている憧憬と恐怖の思いをもとに、当時としては驚異的な近代科学の産物である潜水艦を登場させている。ここにも竜宮城などは出現したりしない。

今の私たちが読めば、もうかなり時代遅れに感じる面はあるにしても、こうした作品は古来の神話を否定しているように見える。アメリカのアポロ計画ではじめて、人類が月に降り立ったとき、これでもう月の世界への空想がすっかり絶たれてしまうのか、としきりに私も心配したものだった。けれどもそれはよけいな心配だったようで、月の神秘が現実的には失われようが、それはそれ、人類の根源的な想像力は変わらずに、いや、かえってさかんになってさえいるらしい。最近はファンタジーと呼ばれるジャンルの読み物が好んで読まれ、小説にも「どこか別の世界」に行く話が多く見受けられる。

現実というものをはっきりと突きつけられれば突きつけられるほど、人間は息が詰まってきて、そこから想像力の世界にのがれようとする。そうしてその想像力は驚くほど、古代の神話の世界をたどり直している。人類にとってオリジナルな「異界」はじつは、ほとんど存在しえないのだ。

ヴェルヌの小説も同様に、いかに「科学的」な意匠をまとっていようが、そのもとにあるのは古来の想像力なのにちがいなく、それをひとつひとつ取りあげて、近代的な物語に作り替えていったヴェルヌはじつは、古代の想像力によく通じていた作家だったと言えるだろう。

「異界」への想像力の源となるもの

それでは、この古代の「異界」への想像力とはなにか、または、「異界」への冒険とはなにか。ここで私たちは注意深く考える必要がある。どこの世界でも、神話として「異界」についての物語が存在する。それはまず、自分たちの生きている世界はどのような場所なのか、どのようにして成り立っているのか、という確認でもあり、その世界に一定の秩序を見出そうとする人間の本能だったのかもしれない。

無数の星が夜の空に見える。ひまな羊飼いが夜な夜な、その星を見ているうちに、ギリシャ神話に当てはめた物語を作りだし、それで今も伝えられている星座の名前が定着したと俗に言われているけれど、本当はもっと古くから、あれはいったいなんなのだろう、意味もなく光っているはずはない、と人間たちは星について考えつづけていたにちがいない。それは人間の運命を占うものとして光っているのかもしれないし、そのうち、この地上に落ちてくるのかもしれない。また、天の川はどうして、夜空を流れているのだろう、とも思いを巡らせる。

古代エジプトでは、地上にはナイル川、空には天の川とふたつの川が対応していると考えていたというし、古代バビロニアでは、天の川はじつは、空の裂け目を縫いつけた縫い目であると考えていたという。それが破れたら、途方もない水が落ちてきて、この世は終わりを告げるのだ。天の川ひとつをとっても、数えきれないほど、さまざまな伝承がその地方に即して語られている。

言うまでもなく、古代ならぬ現代では、天の川は川でもなく、縫い目でもないと、一応、天体観測の発達で私たちは知らされているけれども、実際に、夜空にうねうねと光る天の川を眼にすると、そのような知識とは関係なく、古代の人たちと変わらないおそれと感動をおぼえるのではないか。

雨のあとに浮かぶ虹、雪をかぶった山の姿、洞窟の暗闇、海の底深さ、死者の魂の行方、どれもこれも、いくら現代人だろうが、古代からの想像力とあまり変わらない想像力しか持ち合わせてはいないということを私たちは感じつづけている。そうして、どこか遠くの世界についても、そこはどんな世界なのか、なにが生きているのか、宝がいっぱいあるのではないか、そんな空想を人間たちは楽しんできた。そう言えば、虹の根もとには宝が埋まっているという伝承がどこかの国に伝えられていたし、また、『ジャックと豆の木』のように空のうえに行って、そこに住む巨人の宝を盗んでくるという話もあった。

未知の世界への好奇心、期待。どうして人間にはそうした空想力があるのか、そのこと自体がとても不思議なことにちがいない。そこから神話が生まれ、物語の世界がひろがってきたことを考えると、ますます驚かずにはいられなくなる。それはやはり、人間固有の現象にちがいない。

英雄伝説の「栄光」へのあこがれ

ところで、ヴェルヌはラ・ペルーズに深い関心を持っていたと書いたが、ヨーロッパの、いわゆる「大航海時代」についても、そのころ、目的地のひとつとして考えられていた「日本」に住む私には、どうもよくわからないという思いがつきまといつづけている。それにはもちろん、東インド会社のように、現実的な資源確保の目的があったにちがいないが、その底には、「異界」探検の夢が正当な「物語」として横たわっていて、その「物語」がヨーロッパの人たちの「異界」への情熱を駆り立てていたのかもしれないと考えたくなる。

ヨーロッパからはるか遠くの日本にまで苦労して渡ってきたキリスト教の宣教師たちにしても、名目としてはもちろん、「蛮人」たちの魂を救うための布教を目的としていた。しかし、当時のローマ法王はヨーロッパ世界の政治権力と固く結びついていたので、現実的にはそれぞれの未知の国がどのていどの天然資源を有しているか、自分たちがそれを利用できそうかどうかを探って、ローマに報告する使命も宣教師たちは帯びていた。

けれども個々の宣教師たちの思いには、本当に、ただ単純な使命感しかなかったのだろうか。まれにはそんな奇特な人もいたのかもしれないが、数は限られるだろう。つぎつぎに多くの宣教師たちが大喜びで、遠い遠いアジアまで、南北アメリカ大陸、ポリネシアの島々まで出かけているのだ。そこにはキリスト教時代よりも古くから伝わっている「英雄伝説」の栄光へのあこがれが働いていたのかもしれない。未知の危険なところに遠征する「英雄」の物語は、脈々とその後の世界にも伝わりつづけ、「大航海時代」になっても、それは潜在心理として宣教師の志願者たちの思いにひそんでいたのではないだろうか。また、そうした「冒険」に身を投じる者こそが「英雄」であるとする「物語」がその当時の社会にも定着していたからこそ、「大航海時代」は情熱的に支持されていたのかもしれない。

世界史の年表をつくづくながめていると、紀元前五千年ほど前の人類有史以来、その規模こそ変化しつづけているものの、領土争いは絶えず起こりつづけていたことをあらためて、思い知らされる。そうして、古代文明発祥地のひとつである現在のイラクからエジプト、地中海の一帯においては、領土拡大のために「遠征」した英雄として、アッシリアのサルゴン大王がまず、その名前を残し、それから、マケドニアの若きアレキサンダー大王、ローマのカエサル、聖地エルサレムを奪い返すという目的をかかげた十字軍の遠征、そうして、エジプトまで遠征したかのナポレオンという「英雄」の系譜が浮かびあがってくる。

一方、ホメロスの『イーリアス』、そして『オデュッセイア』という叙事詩もある。もともとこのような「英雄」の像があったからこそ、ホメロスの叙事詩がギリシャ時代に成立したと言えるのかもしれないし、その後の「英雄」たちは、ホメロスの叙事詩を精神的な背景としていたとも推測できる。この叙事詩で、主人公は「異界」に出かけていく。そこではさまざまな怪物があらわれ、地の果てが描かれ、数えきれない艱難辛苦のすえに、主人公は故郷に戻ってくる。言うまでもなく、この話のパターンは中央アジアや、アイヌ、あるいは日本の神話にも共通している。ホメロスの場合は「文学」として成熟した物語であるとして、特別に扱われているだけで、話の基本は言うまでもなく、神話の構造となっている。

それより二千年前の古代シュメールで語り伝えられていた神話『ギルガメシュ叙事詩』を見ると、ホメロスの叙事詩の世界はここから導きだされているらしいと思いたくなる。また、旧約聖書のノアの箱船と共通した話もこの神話には見られる。『ギルガメシュ叙事詩』は二千年かけて、旧約聖書とホメロスの叙事詩の時代にまで伝えられていたことになる。さらには、『ギルガメシュ叙事詩』は中央アジアで語られていた叙事詩と重なっていたのかもしれないし、とにかく文字で書き残されていない部分については、私たちにはなにもわからないわけで、『ギルガメシュ叙事詩』以前にも、物語は当然、存在していたのかもしれないのだ。ホメロスの叙事詩はそうした途方もない物語の世界の一端をのぞかせてくれているにすぎない。

『ギルガメシュ叙事詩』とホメロスの叙事詩との本質的なちがいは、「異界」の扱い方にはっきりとあらわれている。『ギルガメシュ叙事詩』の「異界」はあくまでも神話の世界に過ぎなかったのが、ホメロスの叙事詩では、「異界」はすっかり人間くさくなっていて、今の言葉で言う「異国」に近くなっている。それだけに、怪物の住む「異国」なるものに対する「偏見」が気になってくる。つまり、『ギルガメシュ叙事詩』を手本にして、実際の他国への侵略をはじめる人はいないだろうが、ホメロスの叙事詩はかなり、他国への侵略を正当化してしまう要素を持つように思えてしまうのだ。それでこそ、ヨーロッパ世界でホメロスの叙事詩が熱心に伝えられてきたのではないか、そんなことも思う。

マケドニアのアレキサンダー大王はこのホメロスの熱心な愛読者だったというし、カエサルだって意識していたのかもしれない。そして、ナポレオンはアレキサンダー大王に自分をなぞらえていたともいう。そうした「手本」の存在を考えなければ、アレキサンダー大王がどうして、ほぼその一生をかけてインドくんだりまで遠征しなければならなかったのか、どうしてナポレオンはエジプトまで出かけなければならなかったのか、どうにも、私などにはその動機がつかめないのだ。

こうした壮大な「遠征」の英雄への夢はキリスト教世界と同化して、「大航海時代」と植民地時代を経て、現在にいたるまで、たとえば、最近のアメリカ合衆国などを見ているとその根底には生きつづけているようにも思えてならない。

再生産される物語

ところで、大遠征の英雄といえば、日本の私たちはむしろ、モンゴル帝国のチンギス・ハーンを思い起こすのではないか。このチンギス・ハーンについては、ヨーロッパ世界と漢民族の世界はさんざん、被害を受け、恐怖の代名詞とも受け止められてきたために、「英雄」としてあこがれの対象とはならなかったらしい。ところが我が日本では、ほんの偶然の結果、さいわいにもモンゴルの侵略を避けることができたために、チンギス・ハーンについてほとんど、なんの抵抗感もないまま、源義経がのち、大陸に渡ってチンギス・ハーンになったなどという「伝説」まで作りあげたり、鍋料理の名前に使ったりして、この「英雄」への愛着を今も受け継いでいる。

ここで、日本での「異界」についての物語はどうだったのか、考えてみる必要がある。神話に語られている「異界」の基本パターンはもちろん、日本の場合も同じではあるのだ。「異界」は神々の住む場所としてまず、存在する。天上の世界。地下の世界。海山の世界。死後の世界。これは人間には手を出せない世界で、ただ、人間にできることは祈ることのみ。けれども、一方で地面がつながっている未知の場所もある。そこには、妙な怪物がいるのかもしれない。それならばぜひ、自分たちがその怪物を退治しなければならない。怪物が勝手にのさばるのを許しておくことはできない。そのように考え、まわりに生きている他の部族を征服しはじめる。

よく知られているように、『古事記』などで大和朝廷以外の土地に住む人びとを「隼人《はやと》」と呼んだり、「土蜘蛛」、「蝦夷《えみし》」と侮蔑的に呼び、かれらはしっぽが生えていたとか、およそ人間扱いしていない。神武天皇によって国内の征服にいったん片がつくと、大和朝廷の神功皇后はまるでジャンヌ・ダルクのように、新羅まで出かけていき、いとも簡単にその国を「征服」し、恐れ入った新羅の王は今後、ずっと大和朝廷の「馬飼い」となりますと誓った。このように『古事記』には書き記してあるが、実際はどうだったのか、それはだれにもわからないし、大和朝廷の「物語」をいやがうえにも、かがやかしくするための「でっちあげ」と考えておいた方がいいのだろう。

古代では、王国のまとめる「歴史」は今の歴史の概念とはちがい（日本では、昔の「歴史」に戻りたがる傾向が今もあるようだけれども）、それはあくまでも、王国中心の栄光の「神話」を作ることだった。他国、他民族への公平な視野など問題外で、うそか本当か、という感覚もほとんどなかったにちがいない。古代の王さまは絶対的な存在で、本当の神の地上の体現者でもあったのだ。

けれども、人びとが「物語」に本能的に求める「楽しさ」も無視できない要素として横たわっている。大和朝廷がまとめた神話にも、その権威付けとはとても思えない、単独の「物語」として読める部分があり、それがその後の日本の説話や平安朝の物語の世界に受け継がれていったと言えるのではないだろうか。

今はそれほどではないかもしれないけれど、私の世代ではだれもが知っていた「海彦山彦の話」なども、一体、王国の話となんの関係があるのだろう、と首をかしげてしまう。海を領分とする海彦が兄、山を領分とする山彦が弟で、ある日、兄の使っている釣り針を山彦が借りて、釣りをしたところ、その釣り針をなくしてしまい、海彦にさんざんいじめられる。そのあげくに、山彦は海の底の「竜宮城」(という名前では出てこないけれど)まで行って、海の王とその娘トヨタマ姫に助けられ、釣り針を見つけるが、海彦はその釣り針では海の幸が取れないとさらに腹を立てる。それで仕方なく、海の王から授けられた宝の玉の威力で、山彦は兄を苦しめ、最後にさすがの兄も降参する。そんな話。

この山彦と海彦の対象が印象強くて、どっちの味方になるか、ずいぶん子どもたちのあいだで言い合いをしていたような気がする。私は山彦に他愛もなく、すっかり同情していたひとりだった。この話の構成に、子どものなかにも生きている山と海の単純で力強いイメージに応えるものがあったからこそ、子どもたちはすっかりこの話に夢中になっていたのだろう。兄と弟の関係で言えば、旧約聖書のカインとアベルの話を彷彿とさせる話でもあり、そのような普遍性はたぶん、これは大和朝廷とは関係のない、純粋な民間伝承の話なんだろうな、と私たちに感じさせる。

また、この山彦は海の王の娘トヨタマ姫とその後、結婚することになるが、彼女が出産するときに山彦がのぞき見ると、本来の姿巨大なワニになっていたのでびっくり仰天する。そして、正体を知られたことを恥じたトヨタマ姫は産んだ子どもを残して、海の王国に戻ってしまう。この話も言うまでもなく、私たちには『鶴の恩返し』や、『竜の子太郎』の話を思い出させるし、スカンディナビアには、ワニならぬアザラシの精である海の娘をめぐる話が伝えられているという。それはさらに、天の羽衣の話にも通じている。つまり、「異界」の女がそのしるしである「なにか」（衣とか、アザラシの皮とか）を奪われたことでその世界に戻れなくなり、人間の男と結婚し、子どもを産むが、なにかの拍子で「しるし」を取り戻し、再び「異界」に戻っていくという話。

このように、私たちがなじんでいる日本の神話のなかの、かずかずのエピソードはどれも世界中に類型を持っていて、また、日本のなかでもさまざまな物語として再生産されつづけているのだ。

海の王国は『浦島太郎』の話でも語られ、ギリシャ神話ではネプチューンという名前の神として登場し、さらには、アンデルセンの童話『人魚姫』でも語られる。そしてジュール・ヴェルヌは『海底二万里』という、すっかり神話を近代化した小説を書いたわけだが、そこでは、海の王のイメージは潜水艦のネモ船長に引き継がれている。読者の意識のなかにも、当然、それは喚起され、だからこそ、ネモ船長は忘れられない強烈な印象を今でも私たちに与えつづけているにちがいない。

死後の世界も不思議なほど、世界共通のパターンで語られている。日本の場合はウジ虫が出てきたりして案外、リアリズムの精神が感じられるけれども、それはともかく、生きた人間が死後の世界を訪れ、またこの世に戻るときには、決して振り向いたらいけないというタブーまで、ギリシャ神話のオルフォイスの話と重なっている。

地下の世界には、金銀をはじめとする地下資源が眠っている。その事実も言うまでもなく、昔からよく知られていて、それもまた、神話に結びついている。日本では、「根の国」のネズミたちがこの宝を守ってきたし、ドイツでは、小さな精霊たちが守ってきた。

ローマの詩人オウィディウスはギリシャ神話とローマの歴史を結びつけてまとめた『変身物語』で有名だが、ここでは、なにかの理由で鳥や動植物に「変身」した物語が数多く語られている。神話にはこの「変身」の要素も欠かせないわけで、日本でも、ヤマトタケルが死後、白鳥になった話がよく知られている。トヨタマ姫のワニや、『鶴の恩返し』のおつうも「変身」の話として考えることができる。説話では、怨霊や鬼の話が出てくるが、これも言ってみれば「変身」のひとつのパターンなのかもしれない。

「流浪」物語への共感

日本の場合はこのように見てみると、せっかく神武天皇の「遠征」の話もあるのに、むしろ断片的な民間伝承の話の方が親しみを持たれているのは、ヨーロッパ世界とはかなりちがうのかもしれないという気もしてくる。あるいはこれは、戦後世代の私がそのように思うだけで、太平洋戦争で敗戦を迎えるまでは日本でも、「遠征」の英雄として神武天皇があこがれをもって語られていたのだろうか。

そのあたりの事情が私にははっきりとわからないのだけれども、神功皇后のときから、大陸への遠征への夢は語りつづけられてはいたものの、そしてその夢を忘れることもなかったものの、実際には、アレキサンダー大王やカエサルに匹敵するような大陸への「遠征」に成功した「英雄」が、日本では生まれなかった。近代国家になってから、戦争に勝った分け前として、朝鮮半島や台湾などを植民地として獲得し、それで得意になっている時期もあったが、太平洋戦争での無条件降伏により、これも苦い記憶になってしまっている。

いや、日本にも「桃太郎」伝説は生きつづけているではないか、という反論があるかもしれない。桃太郎が一方的に、「異界」に出かけていって、そこに住む「鬼」を退治し、宝をぶんどって来るという話はなるほど、かなり露骨な侵略の話ではある。吉備の国で「異界」(外国)からやってきた温羅《うら》という名前の「鬼」が乱暴をはたらくので、大和朝廷が吉備津彦を派遣して退治したという「史実」がもとになっているという。とは言え、これもよくわからない話で、この場合の「鬼」とは、瀬戸内海で暴れていた海賊のことかもしれない。どちらにせよ、日本にも当然、「遠征」の英雄を求める気持ちはないわけではなかったのだ。でも結局のところ、それは主流の物語とはならないままに、いつしか、敗者を歌いあげる物語の方に、日本の庶民たちは好んで耳を傾けるようになっている。

そもそも、『古事記』のヤマトタケルの「遠征」にしても、むしろ、悲劇の「流浪」物語として受け止められているのではないか。もちろん、『平家物語』や『曾我物語』も敗者の物語だし、義経の流浪の話もヤマトタケルの悲劇に通じるものがあり、この場合には死後、白鳥になるのではなく、なんと、チンギス・ハーンに義経は「変身」してしまう。

こうした敗者の流浪の物語が根強く日本で好まれるようになったのは、大和朝廷に征服された側に語り伝えられてきた説経節などの、「流浪」の話とどこかで、接点を持っていることを示しているのかもしれない。説経節の世界では主人公たちは流浪しながらさまざまな不幸を経験することで、最後に、山の神さまになったり、どこかの神社に祀られている神さまになったりしている。また、その話の語り手自身が村から村へと巡り歩いて、物語を聞かせていたという事情も重なっているのだろう。

とにかく、日本の物語の世界では、「遠征」、あるいは「冒険」ではなく、悲劇的な「流浪」

が主流になっているのは、これも考えてみれば、不思議な現象だと言えるのかもしれない。どの世界にも、吟遊詩人、語り部はいて、叙事詩はその人たちによって伝えられているのだが、日本の場合は、そうした物語に耳を傾けて、日々の苦労をその世界に昇華させようとする庶民がとりわけ多かったということなのか。そうして日本の王権は意外に、叙事詩にはあまり興味がなく、短歌と呼ばれる叙情詩の世界に身を寄せてしまったから「英雄」伝説が育たなかったと解釈してもいいのかどうか。これは研究者でもない私には判断できることではないし、するべきことでもないだろう。

「この世界」を反映する「異界」

「異界」とは、純然たる人間の想像力の産物だったはずなのに、実際には、「この世界」の事情に左右される世界でもあるということを、ここまで私なりに考えてみた。近代になって、日本に入ってきたヴェルヌなどのファンタジーもじつは、単純な娯楽にとどまらないものであり、近代帝国主義という精神的背景をも同時に、明治以来の日本人たちは受け入れてきた、ということも探ってみた。ヴェルヌの作品が根底に持つ、「異界」への遠征征服という物語の響きは、もしかしたら、当時の日本人たちにはとても新鮮に感じられたのかもしれない。

「この世界」の移り変わりと、人間という生き物の本質的な想像力とが、「異界」をめぐる物語にはいつも、せめぎ合い、侵食し合っている。「異界」とは「この世界」の反映である、と考えれば、「異界」の物語はつねにどこか、人間くさいのは当然だとも言えるのだ。さまざまに文学のなかで語られている「異界」をのぞくのは、その意味で、私たちの世界をのぞくことにほかならないことになる。

大和朝廷では、代々、外国人が今から考えると意外なほど、政治の中枢部に起用されていて、平安朝の物語にも、しばしば「知識人」の代表として登場してくる。神話的な次元での神秘性とともに、現実的な先進国の価値をもよく知っていて、貴族たちは珍しいものを輸入したり、留学制度を設けたり、「御雇外国人」を使って利用していたのだ。一方では、そんな結構な先進国を自分のものにできたら、という欲望もうずきつづけていた。鬼とか、天狗と呼ばれているものは、容貌の著しくちがう「外国人」だった可能性もあると言われているが、とにかく、「外国」とは現実的なおそれの対象でもありつづけてきたのだった。

「異界」。どの時代にもそれは「この世界」から、おそれとあこがれと、そうして欲望の思いを込めて見つめられつづけてきた。今も、それは変わらずに存在しつづけている。そして、これからも。

願わくは、冷戦時代のアメリカのスパイ映画で共産国が「異界」として扱われていたように、そして、キリスト教世界からイスラム教世界が「異界」扱いされてきたように、私たちの「異界」への思いが政治的に利用されることだけはもう、終わりを告げてほしい。そのように、私はそっと「この世界」の片隅でつぶやかずにいられない。

(『テーマで読み解く日本の文学』(上)、小学館、二〇〇四年)

音の魔力――『うつほ物語』から

「秘曲」をめぐる物語

音楽はこわい。音楽は人間がみだりに聞くものではない。

こんな意識は、少なくとも今の日本ではまったく持たれなくなってしまっている。だれもが生活の一部として音楽を楽しみ、とくに若い人たちは音楽をなによりもの友として愛している。いつでも音楽だけは手放せない。音楽に興味を持つことが、その人の人間的な価値を示しているかのように。

けれども、人間たちにとって長いあいだ、音楽とは神々のものであり、時と場合によっては、まがまがしい魔物を呼び寄せてしまう、危険に満ちたものなのだった。いつから、どのようにして、音楽は人間が気楽に支配する、単なる娯楽になったのか。それとも実際には音楽の本質はなにも変わらないのに、現代の私たちが勝手に、不用心に、音楽の本質を忘れてしまっているだけなのか。

『うつほ物語』を読みながら、そんなことをあれこれ考えずにいられなくなる。音楽が中心テーマになっている物語はじつは、世界でもそれほど多くはない。言うまでもなくほかにも多くの興味深い要素を持つ物語ではあるものの、その点だけを考えても、これは貴重な物語だと言えるのだろう。

音楽の本質を考えつづけているフランスの小説家パスカル・キニャール氏はこのように述べている。

> 神は目に見えないが、耳には聞こえる。雷鳴に、早瀬に、群雲に、海に姿を変えて。それは声のようだ。弓は、距離と不可視と大気のなかで、ある言葉の形をまとう。声とはまず、道具が音楽のために、狩猟のために、戦争のために分割され、編成される以前の震える弦の声なのだ。
>
> （『音楽への憎しみ』高橋啓訳、青土社）

この作家が、日本の『今昔物語』の蟬丸《せみまろ》の話（巻二十四─二十三「源博雅朝臣行会坂盲許語《みなもとのひろまさのあそんあふさかのめしひのもとにゆくこと》」）

をフランスの中世に舞台を移し替え、『めぐり逢う朝』という小説を書いていることも、日本人である私にとっては興味深い。これは映画化されていて、この映画の方を私はまず見たのだったが、そのとき、たまたま同行していたのが、『今昔物語』をフランス語に翻訳したベルナール・フランク氏で、これはあの蟬丸の話ですね、と彼がうれしそうに私に告げたのだった。早速、フランク氏宅に戻ってから調べてみると、なるほど、この映画は蟬丸の話とそっくり同じ内容なのだった。

たとえ天皇でも容易に聞けない琵琶の「秘曲」があり、それを奏でることのできる名人は人に知られぬところでひっそりと生きている。本物の音楽を聞きわける耳を持たない人間たちとつき合って生きることを拒否しつづけているのだ。琵琶の名手になりたいと望む主人公はこの名人を探し出すが、会うことはできず、三年間毎日、名人の住む庵に通い、「秘曲」が奏でられるときを待ちつづける。そして中秋の名月の夜、月が少し曇り、風もそっと吹く、そんな風情ある夜に、名人はついに「秘曲」を奏ではじめる。そうして、ああ、この風情がわかる人がいたらなあ、とつぶやく。そこで主人公は名乗り出て、自分はこの曲のために三年も通いつづけたのです、と告白する。それで名人も心を開いて、ついに「秘曲」を主人公に伝える。

蟬丸の話はこんな内容なのだが、キニャール氏原作の映画の方では、琵琶はヴィオラの古い形の楽器になっていた。けれども、琵琶はそもそもペルシャから日本に伝わった楽器であり、同じものがヨーロッパに伝わったものがヴィオラという楽器になっているのだから、なにも不自然なことはない。「秘曲」がついに明かされる夜、満月が少し曇り、風が怪しく木の葉をそよがせている情景を、映画でも忠実に描いていて、一般的には、ヨーロッパでは満月というものは悪いイメージしかなかったはずなのに、この場面で、ああ、これは日本の物語の翻案だな、と気がつかなければならないところではあった。でも西洋式の解釈にしても、満月の夜は音楽という「魔」に支配された夜ということになる。

神に属する秘儀

それはともかく、音楽の秘曲、秘伝という考え方は、キリスト教化されたヨーロッパ文化では聞き慣れない、不思議な考え方として、キニャール氏はまずは受け止めたらしい。名曲であればあるほど、多くの人が楽しむべきものではなかったのか。あるいは、音楽の名手の演奏はひとりでも多くの人に聞かせることがなによりも基本的に求められ、そして名手もその期待に応えるべきなのではなかったか。

現在の、ヨーロッパ文化にすっかりなじんでいる日本の私たちにしても、やはり、音楽に関して同じ「常識」をたたき込まれている。だれにも聞くことのできない名曲なんて、矛盾した話ではないか、と。

けれども改めて考えてみると、日本ではたとえば、大切な仏像ほど隠してしまうという習慣があり、それは今でもつづけられているのだ。三十年、百年に一度だけ公開される、あるいは、なにがあっても絶対に公開されないままの「秘仏」は、案外に多い。日本の私たちはこのお寺のご本尊は「秘仏」です、と言われても、一応の知識としてそうしたものがあると知っているので、それほどびっくりしない。

そうしてさらに考えてみると、日本語として私たちは「秘伝」とか、「秘宝」といった言葉にいつの間にか親しんでいる。本当に大切なものは隠されていて、普通の人間は容易なことではそれに触れることも、見ることもできないという「常識」が、私たちの体のどこかに刻み込まれている。これは大切なものを慎み深く、奥ゆかしくそっと隠しておくという意味ではなく、むしろ、貴重なものであればあるほど、そこに神仏の世界に通じるものを感じ、みだりに凡庸な人間が近づいたりしたら、恐ろしい「たたり」があるんじゃないかとこわくなり、そのため、「封印」せずにはいられない、そんな心理が今もこの日本に残されていると解釈した方がいいのかもしれない。

こうした「封印」は天皇を中心としたさまざまな日本の「伝統文化」として根付いていると言えるのだが、それだけ古代の宮廷では神仏への恐れの思いが、今の私たちには想像がつかないほど、強く存在していたということになるのだろう。

こんな背景を持つ日本の私たちは今、『うつほ物語』を読んでみても、ここに描かれている「封印」された楽器と音楽について、それほど意外な思いは持たずに、すんなりと受け止めているのではないか。それは現代の音楽についての「常識」から考えたら、とても不思議な、私たちの反応なのかもしれない、と思わずにいられなくなる。

そして一方、本当のところ、ヨーロッパにおいてもその深層心理はそれほど事情がちがっているわけではなく、キニャール氏の『音楽への憎しみ』によれば、やはり、古代のヨーロッパでは音楽とは本来、この俗界から秘めなければならないもの、神に属する秘儀として考えられていたという。

ホメロスの『オデュッセウス』の話に出てくるセイレンの歌声は人間の死を招くとされているが、それは一体、なにを意味しているのか。なぜ、人間たちはその声を聞くと、自分が殺されるとわかっていても、そこに引き寄せられずにいられなくなるのか。また、ギリシャ神話のエコー（こだま）の話の意味は？　そこには実体はなく、この世の風景が反映されているだけ。

彼の考えはそこから、第二次世界大戦時にナチスが好んで、ドイツ古典音楽を収容所などで使っていた事実にまで及ぶ。ナチスといえば、ワーグナーの音楽を戦意高揚のために利用していたこともよく知られている。

ここで『うつほ物語』ではないけれど、ストラディバリウスなど、ヨーロッパでのいくつかの楽器をめぐるエピソードも思い出される。あまりにすばらしい名器だと、そこには必ず、因縁話がつきまとい、亡霊の存在が連想されるものらしい。名演奏についても同様で、人は時代や場所には関係なく、この世ならぬ音色を聞くと、本能的に深い恐怖を抱き、むしろ、それを「悪魔の音楽」と称し、忌むようにさえなる。直接に人間の情緒を操作する音楽への警戒心が、あるレベルを超えると働きはじめるのだ。音楽を得意とするロマ（ジプシー）の人たちがヨーロッパで親しまれながら恐れられもするのは、そんな理由からにちがいないし、有名な「ハーメルンの笛吹き」の話にも、そうした警戒心が背景に横たわっている。

死後の運命まで左右する「秘曲」

ここで日本の昔話の世界を思い出してみると、まずだれでもが思い浮かべるはずの、「耳なし芳一」の話がある。これは改めて説明するまでもなく、盲目の琵琶の若き名手芳一が『平家物語』をあまりにみごとに奏でるので、夜な夜な、平家の亡霊たちがその演奏を聞くために集まりはじめ、芳一の命は亡霊たちに吸い取られてしまいそうになるという話で、音楽の名演奏がこの世に未練を残す亡霊たちを呼び起こしてしまったことになる。

さらに思い出すのは、♪京の五条の橋のうえ、と歌われている牛若丸と弁慶がはじめて出会ったときの話。そう言えばそのとき、牛若丸はなぜか、笛を吹きながら、橋の欄干のうえにあらわれるのだった。なぜ、牛若丸はわざわざ、女のかぶるベールで顔を隠して、笛を吹いていなければならなかったのか。もしかしたら、話の演出上、この世の人ではないという印象を作るために、顔を隠して笛を吹いていることが必要だったのかもしれない。笛を吹く美しい童子は、日本版の天使にちがいない。荒くれの弁慶が納得できなくとも、昔話の聞き手たちはそのように受け止めていたのではないか。天使と地上の猛者との戦いが、そうしてはじまる。

あるいは『古事記』で描かれているかの有名な場面、つまり天照大神が岩穴に隠れてしまったとき、外に呼び出そうとして、アメノウズメが思いきりみだらなダンスを踊り、みなで大騒ぎをして、天照大神を呼び出したという話。これもそもそもみだらなダンスの効果で、みなが興奮して、大笑いしたことが天照大神の好奇心を誘ったと言われているが、それだけではなく、その場の音楽が強い牽引力になっていたとも考えられる。

そして物語の世界では、『うつほ物語』以外にも、音楽に関する話はあちこちに見つけることができる。『今昔物語』には、蟬丸の話以外にも、「玄象《げんじょう》」という秘宝の琵琶を羅生門に住む鬼がいつの間にか盗み出して、羅生門で夜中に弾いていたという話がある。

そして「耳なし芳一」の得意演目だった『平家物語』には、この「玄象」と「獅子丸」、「青山《せいざん》」という三面の琵琶の話が出てくる。唐から藤原貞敏《ふじわらのさだとし》が持ち帰ったとされる琵琶で、「獅子丸」は唐からの帰りに海に沈んでしまったが、「玄象」と「青山」は天皇家に伝えられた。あるとき、帝が「玄象」を奏でていると、幻が出てきて歌を歌い出した。「一体、何者なのか」と帝が問うと、「昔、藤原貞敏に唐で秘曲を授けた琵琶の博士だが、秘曲の三曲のうちのひとつを伝えなかったことで、魔道に落とされている。今、あなたにその残りの秘曲を教えれば自分は成仏できるのだ」と答え、「青山」を取り上げ、その秘曲を奏ではじめた。秘曲とは、人間の死後の運命までも左右する、重要な意味を秘めているものだったのだ。

権力を超越した音楽

このほか、日本の古典を細かく調べればきっと似たような話を見つけることはできるのだろうが、今はとにかく、元祖秘曲物語である『うつほ物語』に話を戻したい。

『うつほ物語』は簡単に言ってしまえば、天上から授かった秘曲と琴をさまざまな苦難にもめげず、ある家族が守りつづけ、ついには神の加護で、この世の栄誉も得る、という物語である。けれども、今、伝えられている物語は全体としてはとても長くて、統一感もなく、そのためか、『源氏物語』などに比べると、こちらは意外なほど、実際には親しまれていない。ひとりの作者によって書かれたものではないという要素も、現在の読者をとまどわせてしまうのかもしれない。つまり別々に発生した物語が時代を追うにつれて、ひとつの大きな物語にまとめられたというわけで、確かに、音楽をテーマとした主なる部分、姫君への男たちの求婚の話や権力争いの話などの貴族生活にまつわる部分、そして説話風の庶民的なさまざまなエピソードと、この物語は大きく三つの要素にわけることができ、それぞれをばらばらに切り離して読んでも、充分に楽しめそうな内容になっている。

ここに描かれている貴族たちは『源氏物語』のような洗練された世界とはちがい、まだ、かなり当たり前の人間として描かれていて、それも私たちの興味を引く。

どの部分をとくにおもしろいと思うか、人それぞれだとは思うけれど、音楽をテーマとした部分がなんと言っても、迫力がある。さまざまなほかの物語がこの部分に吸収されていったというのも、この音楽の物語があまりに魅力的だったからではなかったろうか。そして、『今昔物語』や『平家物語』に見ることができる秘曲の話からも、『うつほ物語』がどれだけ、昔の日本で重要な、そして貴重な音楽の物語として受け止められていたか、推し量ることができる。

『うつほ物語』でとくに意外な気がするのが、帝や東宮など身分の高貴な人たちが必ずしも、芸術の世界に近いとは描かれていない点で、ここではとにかく、すべての人間に超越するものとして音楽があり、音楽の道において、特別に神仏の加護を得ている名人の家系を除いては、たとえ帝であろうと、凡人とみなされているのだ。芸道は政治権力をも超越するものであるという芸術至上主義的な考え方が、ここにはっきりと示されている。

もちろん、話の流れで、主人公の音楽の名人はちゃんと左大将にまで出世して、のちはたぶん、天皇の外祖父にもなるだろうとほのめかされている。だから決して、この世の名誉に関心がないわけではないのだけれど、同時代の貴族の読者たちにとって、この世の法則を乗りこえるものとして音楽があるという考え方は、日々息が詰まるような政治権力の抗争渦巻く自分たちの貴族社会から、いっとき、解放されるようななぐさめというか、喜びが感じられたのかもしれない。

神の言葉としての音楽

音楽の物語であるからには、なんと言っても、秘琴と秘曲の由来が述べられる最初の「俊《とし》蔭《かげ》」の巻がそのスケールの大きさ、話のスピード感などにおいて、圧倒的におもしろい。やはり、この巻あっての『うつほ物語』なのだ。

この「俊蔭」の巻の内容を簡単に追ってみると、まず、たぐいまれな秀才に生まれた俊蔭が十六歳の時、遣唐使に選ばれて唐に渡る。しかしその途中、船は沈没し、俊蔭は波斯《はし》国に打ち上げられる。波斯国はいろいろな説があるようだけれど、現実的な国名ではなく、ぼんやりと西方浄土に限りなく近いところと考えられていたらしい。そこで、俊蔭は仏の加護により、特別な三十の琴をもらう。そのうちの二面、「はし風《ふ》」と「なん風《ふ》」が秘琴である。さらに、西方にある七つの山に住む七人の天人の子どもたちから秘曲を習う。この琴の音色を聞きつけて、仏が現れ、俊蔭の子孫が琴の名手として栄えることを予言する。そうして二面の秘琴と、そのほかの琴を俊蔭は日本に持ち帰る。やがて俊蔭は死に、残された娘は思いがけず高貴な若小君《わかこぎみ》と一夜を過ごし、妊娠して、男の子を出産する。この子仲忠《なかただ》が物語全体の主人公となる。生活に行き詰まって、この母子は山にあるうつほに移り住む。ここで、母は俊蔭から伝えられた琴の秘曲を子に教える。都への反乱軍である多くの武士たちが来たときに、母は身の危険を感じ、例の秘琴をかき鳴らす。すると大木はすべて倒れ、山は逆さまになって崩れたというから、大変な威力ではある。

それから母と子はかつての若小君に迎えられ、貴族生活に入ることになるのだが、一体、このような琴はどのような音色がするものだろう、といくら想像してみても、悲しいかな、そもそも琴のことなどなにも知らない私にはさっぱりわからない。けれどもとにかく、こんな琴が世の中のどこかにあり、そして秘曲があるにちがいない、と信じたい思いにはなってくる。

ところで、この「俊蔭」の巻は、はじめは、宮中に守られている秘琴と秘曲についての「由来書」として語り継がれていたものだったのではないか、と私はどうしても考えたくなるのだ。繰り返しになるけれども、古代社会では音楽は神の言葉だったということを忘れてはならない。その神の言葉を特別に聞く能力を持つ名人とは、つまり、シャーマンのような存在だったと言えるだろう。神仏に通じるこうしたシャーマンは王族の特権として独占されるべきものでもあった。となると、秘琴と秘曲の「由来書」はおもしろい物語として楽しく読むものどころか、本来、王族の権威を守るための厳粛な「由来書」として書き留められたと推測できるのだが、実際にはどうだったのだろう。

いずれにしろ、私たちもよく知っているように、昔の貴族たちは音楽のたしなみをきびしく求められ、宮中でもよく音楽を楽しんでいたようだけれど、これを今のような娯楽だけの音楽と考えてしまうと大切な要素が抜け落ちてしまうことになる。なぜ、貴族たちは音楽をたしなまなければならなかったのか。それは当時、貴族とは地上の人間ではなく、神々の世界に属する存在だと理解されていたからではなかったか。言うまでもなく、いくら当時でも、そんなことは常識的にだれも本気で考えてはいなかったと思うが、それでも建て前として、貴族たる特権を支える根拠が必要とされていた。そしてこの根拠を守るために、彼らは音楽に秀でることが要求され、歌も巧みに詠まなければならなかった。

さらに、音楽と歌詠みに巧みであることは、彼らにとって「魔除け」の意味もあっただろう。庶民とちがって、彼らは特別に、病気や天災、事故、あるいは魔物たちから守られなければならない存在なのだった。その恐れはどれだけ深刻なものだっただろう。自分たちの神聖さを主張すればするほど、彼らの現実の世界への恐れは増していく。自分たちの肉体的な弱さを自覚しないわけにはいかなくなっていく。そこで、音曲による「魔除け」に彼らはますますしがみつかずにいられなくなる。

昔の貴族たちにとって、音楽は真剣そのものの営みであり、神仏へのあこがれと恐れを常に意味する「神の遊び」だった。そして、すぐれた音楽はちょうど、アラディンのランプに閉じこめられていた魔物のように、特別な場所に封じ込めておかなければならないもの、場合によっては人間の死を招くものなのだった。

そして、今でもじつは、音楽はその本質を変えてはいない。現代の私たちも音楽によって「魔除け」をしているし、不安とともに、神の声を音楽に聞きとろうとしているのではないだろうか。

(『テーマで読み解く日本の文学』(上)、小学館、二〇〇四年)

『うつほ物語』の呪術

『うつほ物語』の全体をはじめて読んだのは、じつはそれほど昔のことではない。古典の長い作品は洋の東西を問わず、よほどのことがない限り、その原典をちゃんと読もうと思い立つものではないし、なんとなくすでにどこかで読んだ気がしている。とこれはかなり弁解じみた言い分だと我ながら思うものの、実際、『うつほ物語』についても私は、最初のあまりに有名な「俊蔭《としかげ》」の部分だけはそれこそ、どこかで知ったままになっていて、そのあとに厖大な物語がつづくことを無視したままでいたのだ。

けれどもたとえば、『源氏物語』の場合を考えると、ほとんどの人はその全体像をじつはよく知らないままでいるのが現状ではあるだろう。だからと言って、これが大長編であることが忘れられているわけではなく、むしろ、なんとかその世界の全体を知りたいという多くの人たちがいて、そのもどかしい思いが、映画化や漫画化、または小説家によるいくつかの現代語訳を呼び起こしているにちがいない。

ところが、『うつほ物語』の場合は、だいぶ事情がちがってくる。「俊蔭」の部分そのものがひとつのみごとな短編になっていて、それで読者は満足してしまい、そこから雄大な物語がはじまるという事実をたとえ無視してしまっても、とくに後ろめたさを感じずにすむのだ。『うつほ物語』の物語としての構成がそのような読者の反応を呼び起こしてしまうらしい。

私がはじめて、ちゃんと『うつほ物語』を読んだのは、十五年ほど前のことで、中学生ぐらいの子どもを対象に、研究者ではなく作家たちに日本の古典を自由な形で書き直してもらうという、ある出版社の企画があった。はじめに私に割り当てられたのは、もっと扱いやすい別の古典だったのを、私自身の強い希望で、『うつほ物語』に変えてもらった。なんという無謀な変更だったろう、とあとになって思い知らされることになったのだが、最初のこの時点では、これがどんなに長大な物語か、私はまるで実感していなかったのだ。ほかの『とりかえばや物語』や『堤中納言物語』でも選んでおけば、どんなに楽ができたことか。とは言っても、この物語を選択したとき、私としては以前から気になっていた『うつほ物語』を本格的に読んでみるいい機会だと、殊勝にも考えていたわけで、そして確かに、この「仕事」はさまざまな意味で私の大切な経験として、私の体に刻み込まれているのだから、そう考えると、この機会に感謝こそすれ、だれも恨むことはできない。

まず、何種類かの古典全集に収録されている『うつほ物語』を集め、そのほかに、現代語訳もあったら助かるんだけど、と内心、思っていた。ところが、この物語に関しては現代語訳がほとんど存在しないと教えられて、落胆し、そして意外な思いにもなった。こんなに有名な物語にはいくつかの現代語訳があるにちがいない、とそれまで思い込んでいたのだ。それで仕方なく、古典全集のひとつを開いてみた。そのとたん、なんとも言えない物語の長さをはじめて実感させられて、めまいがした。

私の役目はただ、読むだけではなく、それを圧縮して、今の若い世代が読んでもおもしろく読めるように書き直さなければならない。しかも出版社の「命令」はなんと、この長大な物語を原稿用紙二百枚に収めるようにということで、これは普通の単行本の半分の長さに過ぎないのだ。残りの半分は干刈あがたさんが担当する『堤中納言物語』になるという。『堤中納言物語』ならいわば短編集なので、二百枚もあれば、むしろ充分すぎるほどの枚数にちがいない。それと我が『うつほ物語』を同じに扱うとは、なんという謀略、と腹が立ったが、そのような割り当ては「有名度」で決まるものなので、版元がそう決めた以上、こちらは逆らえない。

こんな長大な物語をたった二百枚に収めるように、どう料理すればいいのか、それからさんざんに悩みはじめた。俊蔭からはじまる音楽の伝承が絡んだ一家の繁栄、という大きな筋がひとつある。そのほかに、説話集のようにも読める、リアリズムの精神溢れたエピソードもある。構成がふぞろいなのだ。『源氏物語』のように、まとまった内容にはなっていない。一人の作家が書いたものではなく、複数の作家が書いたものをまとめたものではないか、と言われるゆえんであるらしい。

まとまりはない。けれども、奇妙に生き生きとした感触がある。貴族の生活がまだ、ひんやりと取り澄ました美意識に縛られていない。現代の読者にとっては身近に感じられる、生活のにおいの漂う貴族ばかりが登場する。当時の社会生活はなかなか、陰謀策略で大変だったんだな、と実感できるし、お金がすべてに優先する価値観もすでに生まれていたのか、と教えられる。金持ちになれば、輸入品で飾り立てた屋敷を建てるところなど、今の見栄っ張りな金持ちが好んで買う、どこの様式かさっぱりわからない、輸入品で埋め尽くされたぴかぴかのマンションを思い合わせてしまう。

その一方で、音楽の魔力という、人類にとって根源的な呪術の世界がこの物語の全体を支配している。琴が鳴ると、天がとどろき、雷が落ち、雪が降ってくるというのだから、一体、どんな琴の、どんな音なのだろう、とこちらは仰天してしまう。ここにはまだ、貴族政治に取り込まれ、制度化される前の、呪術の本来の姿が生きているのだ。『うつほ物語』には、そのおもしろさもある。私たちが『源氏物語』でなじんでいるような平安貴族の世界ではなく、それが強大なひとつの制度として固定する直前の、まだなまなましく、人と人がぶつかり合っていた時代の空気を、この物語は伝えてくれている。

いろいろに迷った挙げ句、この呪術の要素を活かして、この世を去ってからの俊蔭が、自分の娘、孫たちが心配で見守りつづけて語る「亡霊の独白」という形を取ることに決めた。それこそ物語の力で、俊蔭のタマシイは自分が遠い神秘の国から授かった秘曲の伝承が成就されるまで、自分の孫、ひ孫に寄り添って生きつづけていることを私に実感させたのだった。また、この形を取れば、説話的なエピソードも入れやすくなる。

この仕事をじつは、パリに滞在しているあいだにつづけていた。外ではフランス語に悩まされ、部屋に戻ると、『うつほ物語』の世界になる。妙な気分の毎日だった。そして、なかなかはかどらない。たまたま、私の下宿していた家の持ち主が日本の古典と仏教の学者で、『今昔物語集』を翻訳している人でもあった。それで、わからないことが出てくると、この大家さんの家に飛び込み、質問をする。するとたちどころに、分厚い辞書やら参考書が地下室からどっさり出てくる。このような環境だったので、かろうじて、パリにいながら『うつほ物語』を自分なりにまとめることができたのだったろう。

そしてもう一つ、単行本を私と半分ずつ分け合っていた干刈あがたさんがガンで倒れられ、『堤中納言物語』の原稿はすでにできているので、一刻も早く、出版したいという状況だと、教えられた。私のほうが完成しないといつまでも出版できない。干刈さんの状態はかなり悪くて、せっかくの彼女の原稿が本の形にならないのは、編集者としてもつらいと訴えられ、さすがに青くなった。それから一心不乱に書き進め、なんとか終えることができたのだったが、単行本の見本ができた日は、無念なことに干刈さんの葬儀の日になってしまった。今でもそのことを思うと胸が痛くなる。

『うつほ物語』と言うと、こんな一連のことも思い出さずにいられない。読書とは本来、そういうものなのかもしれないが、この場合も、さまざまな記憶につながる「私の特別な物語」として、この物語がようやく私に与えられたことになる。

（『新編日本古典文学全集16　うつほ物語③』「月報85」小学館、二〇〇二年）

「神謡集」が投げかける声

この秋、知里幸恵《ゆきえ》さんの生誕百年を記念する盛大なフォーラムが二日間にわたって、彼女のふるさとである北海道の幌別で開催され、私もその意義深い催しに参加することができた。私にとってははじめての幌別だった。木々の緑も海の青も光りかがやく、美しい自然に感嘆しながらも、今から約八十年前、東京で亡くなった幸恵さんは、このふるさとにどれだけの思いを寄せつづけていたことだろう、と痛感せずにはいられなかった。

ふるさとの美しさ。しかしそれは、幸恵さんにとって喜びだけを意味していたわけではなかったはずなのだ。彼女の文章によれば、かつてはその美しい天地を自由に駆けまわり、楽しく豊かに生活をしていた自分たちアイヌが、今やみじめに追いつめられ、「亡びゆくもの」と見なされている。でも、このままでいいはずはない。

当時、まだ十代の少女だった幸恵さんはアイヌ民族の一人として、自己憐憫の感傷を自分に許そうとはしなかった。彼女はアイヌであるという誇りに支えられ、古くから語り伝えられている豊かなアイヌ口承文芸のうち、神々の歌（カムイ・ユカラ）をアイヌ語で記述し、日本語でそれを表現するという仕事をみごとに果たしてみせたのだった。それは『アイヌ神謡集』（岩波文庫）という貴重な一冊となり、現代の私たちに残された。

知里幸恵という、たった十九歳で他界したこの女性の存在は、なぜ、かくも私たちの心を引き寄せるのだろう。幌別でアイヌの人たち、日本人、アメリカ人、詩人、作家、研究者、さまざまな立場の人たちの話に耳を傾けながら、私は改めて不思議な思いに打たれていた。私も幸恵さんの知り合いでもないのに、どうしても「幸恵さん」と呼ばずにいられない親しみを感じてしまう。

アイヌ叙事詩の伝承者として著名な金成《かんなり》マツさんをおばに持つ幸恵さんは、おばから多くのカムイ・ユカラを聞きおぼえ、その魅力と文化的な価値を存分に知らされていた。おばが関わっていた日本人のアイヌ語研究者金田一京助氏の熱心な勧めに応じ、彼女は東京の金田一氏宅に身を寄せ、自分の記憶にあるカムイ・ユカラを記録しはじめる。アルファベットの利用による独自の表記方法でまず、カムイ・ユカラのアイヌ語の原文を書き記し、さらにそれを日本語に移し替える際、日本語の文学作品としても通用する魅力的な「創作的翻訳」を、彼女は心がけた。

彼女は世代的にアイヌ語と日本語の、最後のバイリンガルだったという。家庭ではアイヌ語を聞きながら、一方、学校教育は日本語で受けていた彼女は、自分がアイヌ民族である意味をつねに問いつつ、自由民権思想に支えられた日本の近代文学にも深い関心を寄せていた。男女の平等を求める女性作家たちの文学活動に、とりわけ注目していたのかもしれない。

私はここでどうしても想像したくなるのだ。幸恵さんはすぐれた日本語の詩人にもなるべき人だったのだろうと。すでに、何人かの優秀な先輩たちも彼女の身近にいた。アイヌにとって強いられた言語である日本語を駆使して文学作品を生み出すこと、その成果がアイヌ民族の立場を変えるはず、と彼女も信じていたのではないか。

惜しくも夭折したアイヌの天才少女。そのように悲劇的に語られがちな幸恵さんではある。しかし、それだけでは片づけられない強靭な「声」が、『アイヌ神謡集』から投げかけられていることを、私たちは聞き逃してはならないだろう。今の時代、民族、国家、宗教などの紛糾が世界中でますます深まっている。日常的に日本語を使っている私たちは、アイヌ語と日本語が緊張してせめぎ合い、共存の可能性をも示唆するこの『アイヌ神謡集』の存在にこれからこそ、もっと注目するべきなのではないか。そのように私には思えてならない。

（「読売新聞」夕刊、二〇〇三年一〇月八日）

半歩遅れの読書術

モンゴル英雄叙事詩

中央アジアの平原を馬で駆け回る遊牧民族と聞けば、日本列島の農耕民族としてはだれしもあこがれずにいられない。でも、そこでどんな物語が語られているのか、そんなことは今までまったく、知られないままだった。一九九三年に平凡社の東洋文庫からはじめてモンゴル英雄叙事詩『ゲセル・ハーン物語』が翻訳刊行されたことは、そう考えると、私たちにとってびっくり仰天するような遊牧民族文化の日本語世界への登場だった、と思わずにいられない。

しかも、中央アジアで語られつづけている英雄叙事詩の紹介は、その後、九五年刊行の『ジャンガル』につづき、キルギス民族の英雄叙事詩の『マナス　少年篇』が二〇〇一年に、

『青年篇』が〇三年、そして最近、『壮年篇』が刊行され、それで一応、完結ということになった。実際はまだいくらでもつづく世界最長の物語らしい。ただし口承文芸なので、語り手によって長さも変化するというのだ。

この五冊の翻訳をついに実現させてしまった訳者若松寛氏の「執念」にも驚かされるが、中央アジアの英雄叙事詩が私たちに伝えてくれる想像力豊かな世界にも胸が躍りつづけた。

モンゴルの英雄ゲセルは「赤毛の神馬にまたがり、身に露ときらめく漆黒の鎧を着け、背に電光またたく旗指物を挿し、頭に日月を並べ置いた白兜を被り……」という勇姿で、なんとも格好いい。「俊敏な青いたてがみ」と呼ばれるマナスの方も負けず劣らずの格好良さで、ばったばったと敵をやっつける。

ところがもうひとつ、じつに興味深いことに、モンゴルの英雄叙事詩はどうも、アイヌ民族に伝わる英雄叙事詩にかなり似ている印象がある。首が十五個あり、一万個の眼と一万本の腕を持ち、三百階建ての城に住むという魔王。つぎからつぎに、こうした恐ろしい魔王が現れ、そこにとらわれている美女をヒーローはみごと救い出し、自分の妻にしたりする。

『ゲセル』はモンゴルからチベット（ここでは、ケサルと称されている）、インドにまで語り継がれている口承文芸で、このヒーローのモデルはなんと、かのローマのカエサルなのではないか、という説まであるとか。となると、ローマからモンゴル、そして北海道アイヌにいたるまで、ある英雄の物語が雄大に流れつづけたのかもしれない、と想像がひろがり、ますます楽しくなってくる。「物語」は海を越え、山を越え、人々の世界に流れつづけるのだ。

（「日本経済新聞」二〇〇五年一〇月二日）

鹿野忠雄の台湾紀行

私は本格的な山登りなどしたいと思ったことがなく、そもそも岩陰に小さなトカゲ一匹見かけても、一目散に逃げだしてしまうのだが、だからこそなのだろう、本で読むぶんには、自分では近づけない高山の醍醐味をできるだけ味わいたくなる。そして、自然界をよく知る人にも大いにあこがれを感じてしまう。

鹿野《かの》忠雄という人物もそのひとり。十年以上も前に、山崎柄根氏の書いた伝記『鹿野忠雄　台湾に魅せられたナチュラリスト』（平凡社）を読んで、いっぺんにこの鹿野忠雄という人物の熱烈なファンになってしまった。

東京に生まれた鹿野は中学生のころに珍しい昆虫の多い台湾に魅了され、台湾にできたばかりの台北高校に入学する。この高校時代は当時、新高山と呼ばれていた四千メートルに近い玉山をはじめとする山登りに明け暮れ、やがて、生物一般、地理学、考古学、そして台湾には古い文化を残す先住民族がいて、登山の案内を頼んでいたことから、かれらと親しくなり、民俗学にも興味を持つようになる。

ひとつの分野に縛られない鹿野の独自な研究は世界で注目されはじめる。ところが、戦争末期に北ボルネオに軍の指令で派遣され、消息不明となる。軍の召集命令を無視したため、日本の憲兵に殺されたのではないかと言われているが、わずか三十八歳の彼の死を惜しむ人はこの日本ばかりではなく、現在の台湾にも少なくない。

そして今から三年前に、日台の協力で『山と雲と蕃人《ばんじん》と　台湾高山紀行』(文遊社)が刊行されるにいたった。「蕃人」とは、台湾の先住民族を指す当時の名称である。

鹿野が高校、大学時代に山岳雑誌に発表した台湾での登山紀行文をまとめ、一九四一年に刊行した本を復刊したものなのだが、じつはこれに先だつ二〇〇〇年に、同じ本が台湾で翻訳刊行されている。最近になって、台湾で山岳研究が盛んになり、鹿野の評価が高まっての翻訳らしい。

台湾版の本には、鹿野と親しかったアミ族の老人からの聞き書きや現在の台湾登山家による山の写真、鹿野が生きていたころの古い写真、それに登山ルートなどが豊富に添えられた。その贅沢な体裁を受け継ぎ、日本で復刊したのが三年前の本なのだ。

鹿野自身の魅力的な文章に加え、かれに対する多くの人々の愛情が国や文化のちがいを乗り越え、一読者である私の胸に迫ってくる。そして、物言わぬ峻厳な台湾の山々が私の眼前に浮かび上がる。

（「日本経済新聞」二〇〇五年一〇月九日）

台湾の原住民文学

台湾の先住民といえば日本統治時代には、「高砂族」と呼ばれていたことは今でも日本人の記憶に残されている。戦時、「高砂義勇隊」として戦場にも送られ、その軍人手当についてはいまだ問題が解決されていない。

こうした過去の負債によって、日本は台湾の先住民とのつながりを持ちつづけていることになるのだが、最近、思いがけず文学の方面から新しい関係が生まれはじめているのかもしれない。そんな期待を私に感じさせてくれたのは、草風館から刊行された『台湾原住民文学選』というシリーズだった。この「原住民」という呼称は現在、かれら自身によって認定されている正式名称である。

それにしても台湾全体の現代文学ですら、じつはこの日本であまり読まれているとは思えないのに、そのなかで、原住民たちによる新しい文学だけを全五巻もの分量で翻訳出版しようというのだから、無茶というか、ふつうの資本主義の論理からは考えられない企画だったにちがいない。日本の出版界は儲け主義に走り最悪の状態だ、と日頃、嘆いてばかりいるのだが、こんな例を見ると、まだまだ日本の出版も捨てたものではないと考え直したりする。

この「驚異的な」シリーズは二〇〇二年から刊行がはじまり、今のところ、第四巻まで刊行されている。漢族が大陸から移住する前から台湾に住みついていたこの原住民は現在、十二族を数え、総人口四十万ほどだという。

かれらはそれぞれ険しい山岳地帯や離島を漢族に干渉されない自分たちの領分として、独自の古い文化を残していたのが、日本統治時代になってから、伝統文化を奪われ、山での労働に酷使されたり、日本兵にされたりした。

けれども、時代は刻々と変わっていく。日本統治時代から今度は国民党の時代になり、さらに今は実態として、政治よりはＩＴ産業の時代になっている。原住民もパソコンや携帯電話を手放せない時代になっているのだ。

最近の十年間に輩出している若い世代の原住民作家たちによる作品を読んで伝わってきたのは、伝統文化を自ら守りつつ、「台湾人」としてのアイデンティティをも改めて見出そうとする力強さだった。漢族も原住民もそれぞれ自分たちの伝統文化を窮屈な檻にしてはならない、と自覚するかれらの開放性がなによりも頼もしく感じられた。

この若い原住民作家たちはどうやら、今の台湾でますます勢いを増しているようだ。

（「日本経済新聞」二〇〇五年一〇月一六日）

アブハジアの文学

できるだけ自分から遠い場所を舞台にした小説を買い求めて読んでみるのが、私のささやかな楽しみになっている。いつもとは言えないにしても、思いがけず、大切な小説と出会えることがある。

アブハジアのファジリ・イスカンデルという作家による『チェゲムのサンドロおじさん』（浦雅春ほか訳、二〇〇二年、国書刊行会）も私にとって、幸せな出会いだった。そもそもアブハジアなどという名前の国など聞いたこともなかった。これは架空の国なのだろうと思い込んだまま、最初は読み進めていたのだった。あまりに変な名前だし、その内容となると、とてつもない田舎ののんびりした話なんだなと思っていると、とつぜん、スターリンやその側近たちがいかめしく登場したりする。かと思うと、アブハジア人にとっての仇敵エンドゥール人なる謎の民族も現れる。

ところが、アブハジアとはどうも実在の場所らしいのだ。あわてて世界地図をひろげて、黒海の周辺を細かく調べてみた。それでようやく、小さな字ではあったものの、アブハジア共和国とちゃんと書いてあるのを見つけた。また、スターリンも実際、ときどき保養に訪れていたらしい。一方、天敵エンドゥール人は作家が作り上げた存在だというのだからややこしい。

アブハジアの広さは広島県ぐらいで、スターリン時代にグルジア共和国に組み入れられた。スターリンの死後、独立運動が高まり、グルジアとの内戦状態がつづいていたが、チェチェンの義勇隊の協力などを得て、現在は実際上の独立を果していることのこと。ただし、この内戦で多くの難民を生み出し、人口は半減して、ロシアの援助に頼っているという状態らしい。

古くからのアブハジア文化を体現する人物であるサンドロおじさんとその一族の生活が、連作形式で描かれている。その一つに描かれている独裁者スターリンをもてなす宴会では、我が主人公サンドロおじさんが、大胆にかなり挑発的な民族舞踊を披露する。ほかに物騒なパルチザンが出てくる話もあるし、さらにはサンドロおじさんの父親に飼われているラバが自分の身の上話を語り出しもする。この話も抱腹絶倒、久しぶりに大笑いしてしまった。

でも、こんなアブハジアの世界もすでに過去のものになり、それゆえ頭のなかで理想化しすぎているのかもしれない、と作者は前書きで語る。

「私たちはこれだけのものを失った、さあ、未来は何を返してくれるのか」と。

（「日本経済新聞」二〇〇五年一〇月二三日）

日本仏教曼荼羅

今は「仏教ブーム」だと言われているらしいが、私はひねくれ者のせいか、まじめな仏教関連の本を見ると、だいたい例外なくある種のうさんくささを感じてしまう。ところが、そのうさんくささをきちんと言葉にできなくて、ひとりでこっそり悩んでいた。仏教についてなにもわからない立場だし、一夜漬けで理解したいと思っても、そんなのは無理に決まっているので。

わからないことがあったら、外側の立場からそれをとらえた文章を読んでみると、すっきり理解しやすくなる例は多い。日本の仏教については、フランス人であるベルナール・フランク氏の『日本仏教曼荼羅』（仏蘭久淳子訳、藤原書店、二〇〇二年）が私にとって、そうした理想的な指南書の役目を果たしてくれた。これはフランク氏が九六年に逝去したのちに訳された遺稿集である。

　日本の仏教について「外人」にわかるわけがないという排他性はこの日本にまだまだ横たわっていると思うし、その排他性は特権化につながる。そして「庶民」のほうは仏教なら安心だと信じ、仏教関係の本を進んで読む。でもそうした本では、インド生まれの仏教がどのように日本土着の神々と結びつき、この日本で受け入れられるにいたったのか、という素朴な問いに答えてはくれない。

　日本に定着した仏教に見られるあらゆる側面を聖俗問わず、同じ重さで著者は受け止め、その驚くべき多様性を無学な私にもわかりやすい平易な言葉で伝えてくれる。これは翻訳者の努力に依るところも多いにちがいない。

　カトマンズからの帰りの飛行機のなかで、新聞記者の要望に応えて即興で語られたという仏教全体についての解説の章もすばらしいのだが、とりわけこの本でうれしかったのは、著者のコレクションである日本全国のお寺の札が惜しげなく紹介され、庶民にとっての仏教がありのまま伝わってきたことだった。

「お足」がいっぱいあるため、お金が貯まるシンボルとなったムカデに飾られている、もとはインドの堂々たる軍神である毘沙門天の絵姿。あるいは商売繁盛を願う庚申《こうしん》信仰から猿の連想が働き、猿顔になってしまった帝釈天。

日本の仏教信仰はじつに融通無碍、ご都合主義、現実主義、でもいとおしいほどに素朴な楽しさに満ちているらしい、とこの本から私ははじめて教わったのだった。

（「日本経済新聞」二〇〇五年一〇月三〇日）

昨日読んだ文庫

江戸時代のアイヌと日本人の関係が少しではあるけれど記録されている、とある人から聞き、ゴロウニン著『日本俘虜実記　上・下』（講談社学術文庫）を読んだら、それがあまりにおもしろかったので、つづけて同じ人が書いた『ロシア士官の見た徳川日本　続・日本俘虜実記』も読んだ。

一八一一年、ロシア帝国の艦船が千島列島南部及びオホーツク海近辺の測量を目的としてクナシリ島まで近づいたところで、すでにかの地で漁業を展開させていた日本側に捕まり、二年以上もの年月、部下とともに監禁された経験を艦長だったゴロウニンが詳細に記したのが、この記録である。

日本の役人たちの過度な形式主義やまわりくどい論法、猜疑心の強さは、今もあまり変わっていないなと思わず笑わせられるし、クナシリ島の漁場で日本人に酷使されているアイヌがロシア人に助けて欲しい、と取りすがる様子もリアルに伝わってくる。

ゴロウニンは一七八九年に起きた「クナシリ・メナシの乱」についても聞き及ぶ。日本の酷使に耐えかねたアイヌが大規模な蜂起を起こすのだけれど、日本側が和平の宴にアイヌ側を招き、すっかり油断したところを日本側が殺戮したという次第を聞き、さすがにそれは卑劣過ぎて、そのまま信じるわけにはいかない、と述べている。ところがこれは現実の話で、日本の私たちは、そんなにも卑劣な方法でかつての日本人はアイヌをおさえてきたのだ、と改めて気がつかされることになる。

しかし、ゴロウニンはできるかぎり日本人に対し公平に記述しようと努めている。だからこそ、かえって、結論として彼が今後の日本の運命について述べている言葉が、今の日本人である私にとっておぞましい予言に聞こえ、ぞっとさせられた。

「(抜け目なく、模倣に巧みな日本に異国の脅威があれば) ヨーロッパの形式の軍艦を造るきっかけとなり、これらの軍艦から艦隊が生れ、その次には、多分この方策の成功は人類の絶滅に役立つ他のヨーロッパの文明の技術を日本人が採用することとなろう」

(「毎日新聞」二〇一三年一〇月二七日)

IV

ニホンオオカミの笑い

まさか、と目を疑う写真がこの十一月、読売をはじめとする各紙に大きく載せられた。ニホンオオカミかもしれない、と書いてある。北九州市に住む高校の校長先生が七月、九州中部の山中でニホンオオカミのような動物と遭遇して、その姿を写真に撮り、学会で発表したという。新聞の写真をいくら見つめても、素人には判断のしようがない。ニホンオオカミにしては大きすぎるような気もするし、なによりも私の「常識」が、そんなはずはない、とかたくなに抵抗してしまう。ニホンオオカミの絶滅は明治三十八年とされているから、これがもし本当なら、なんと九十五年も山の奥深く、人間には一切知られないまま、ニホンオオカミが生きつづけていたことになる。

じつは同じ十一月、私のほうは『笑いオオカミ』（新潮社）という長編小説を刊行する寸前なのだった。近代の日本人が追いつめ、絶滅を招いたニホンオオカミに今さら、郷愁を感じるなんて、どうも人間はばかばかしくて、笑うしかないね、とニホンオオカミがどこかで、口を大きく開けて笑っている。そんなイメージで、戦後から高度成長時代に入っていく日本の社会を描こうとした小説だった。ニホンオオカミの存在はすでに「幻」になって久しい。だから、小説のなかでも、本物のニホンオオカミは登場しない。代わりに、戦後の日本社会から「脱走」しようとする少年少女の二人を主人公にした。「戦災孤児」だった少年はキプリングの『ジャングル・ブック』の世界が大好きで、オオカミを崇拝し、オオカミと自分を重ね合わせて生きている。つまり、この少年も幻を追い求めている。

敗戦直後の日本社会は秩序が失われ、人々の欲望が剝きだしになった、なんでもありの、おもしろいといえばこれほどおもしろい時代はなかった、とよく言われる。そこにはニホンオオカミに対するのと同質の郷愁があるように聞こえる。そう、確かに今のような管理社会になってくると、ニホンオオカミよ、もう一度、現れてくれと救いを求めたくなる。でも、携帯電話を握りしめ、コンビニにしがみついている私たちがそんな幻を追ってみたところで、ニホンオオカミにあざ笑われるだけなのだ。そうとわかっていても、ニホンオオカミの存在を私たちは忘れることができない。切ない憧れのような感情が生きつづける。

昨年はこの小説のために、最後のニホンオオカミが捕獲され、大英博物館に買い取られたという奈良県東吉野村までわざわざ出かけて、山道の脇にひっそりと立つニホンオオカミの銅像に挨拶をしてきた。そのあと、たまたまロンドンに行く機会があったので、大英博物館に収められたという最後のニホンオオカミの標本が今でもあるのかどうか、学芸員の人に確認もした。私自身、ニホンオオカミを追いつづけた二年間だったのだ。

『狼―その生態と歴史』(新装版、築地書館)の著者である平岩米吉氏によると、絶滅したとされる年から一九七八年までの七十年間にも、たびたび残存説が出てきて、世間を騒がせたらしい。が、写真や死体、毛皮などの「証拠品」のある例を綿密に調査した結果、どれも野生化した犬、キツネ、タヌキ、あるいは朝鮮、中国のオオカミだった。「証拠品」のないうわさの類になると、数えきれないほどの話がいつでも流れつづけているらしい。

さて、今度の写真に写った動物は、果たしてどうなのだろう。実際のニホンオオカミかどうかは別にして、日本列島に住む私たちの胸に、自分たちの招いたあまりに大きな損失への悲しみとおそれの象徴として、ニホンオオカミの幻が今でも生きつづけていることだけは確からしい。

(「読売新聞」夕刊、二〇〇〇年一二月七日)

アリとインターフォン

地の底深く沈むように、部屋に閉じこもって小説をひたすら書きつづけていても、思いがけないことが起こり、静かな日常がかき乱されることがある。

まだ暑かった時期のある日のこと、住まいのインターフォンが鳴りはじめた。だれか来たのかな、と出ても、なんの声も返ってこない。あれ、なんだったんだろう、と首をかしげているうちに、また鳴りはじめる。やはり、返答はない。こんなことが数回くり返されると、これはよっぽど悪質ないやがらせなのかも、とおびえを感じた。またしてもインターフォンが鳴ったとき、一応、防御のために手近にあった靴べらを手に持って、どきどきしながら外まで出て、住まいのまわりも点検した。でも、だれもいない。

いやがらせではないのだとしたら、ひょっとしてインターフォンの故障なのか、とようやく気がついた。でもまだ、はっきりしないので、もう少し様子を見ることにした。二時間ほどインターフォンは静かになるが、また勝手に鳴りはじめる。およそ三十秒ごとに十回ずつぐらい鳴りつづける。それから、いったん静かになるけれど、忘れたころに再び鳴りはじめる。インターフォンが鳴ると、いくらあれは故障なんだと自分に言い聞かせても、どうしてもドアの向こうにだれかが立っているという気がしてならない。だから気味がわるくて、仕事など手につかない。

急いで、メーカーに連絡をして、翌日、修理に来てもらうことになったものの、インターフォンはあいかわらず鳴りつづけている。長い間の習性でインターフォンの音から、なんらかの意志を持つだれかの指先を連想せずにいられなくなっている自分を思い知らされた。その音がかぎりなく人間の呼び声に近く感じられるのだ。数回鳴りつづけるのは我慢できても、それ以上になると根負けしてこわごわ、はあい、と答えることになる。この調子だと、夜も眠れなくなるのではないかと心配になったが、ふしぎなことに夜はずっと静まっていた。

翌日、修理の人が来てくれた。インターフォンのカバーを取りはずしたとたん、かれは、あ！と驚きの声をあげた。私も近づき、インターフォンの内部をのぞきこむ。なんと、そこでは小さなアリたちがせっせと白い卵を運んでいるではないか。ああ、アリ、と私はつぶやいた。その声が聞こえたのかどうか、自分の体よりも大きな卵を抱いた一匹のアリがふと立ち止まり、大きく眼を見開いて私たちを見つめ返した、ように感じた。

修理の人によれば、内部の電線を覆うビニールをアリたちが巣作りのためにかじり、電線がはだかになってしまった、それで二本の電線が接触すると、インターフォンが鳴りはじめる、という事態になっていた。夜鳴らなかったのは、たぶん、アリたちも夜は寝ているからだったのだろう。

気がつくと、私は情け容赦なく、指の届く範囲で、アリたちをその卵ごと押しつぶしていた。卵からつぎつぎ新しいアリが生まれたら、もっと手に負えない事態になる。私はかなり動揺していたにちがいない。本来、のぞいてはいけない生命のひみつの現場を直接思いがけず見てしまった、とひるんでいた。できれば、そっとしておいてやりたい。でも、それはできない、残念ながら。

インターフォンのすぐ脇には、サルスベリの木が一本生えている。その幹をせわしげに、たくさんのアリたちが行き来しているのは知っていた。サルスベリの甘い樹液に惹かれて、アリたちは集まるらしい。集まったついでに、巣も作りたくなった。手近な場所にちょうど巣作りに適した、静かで暗い穴があった。つまり、それがインターフォンの内部だったことになる。修理の人は電線を取り替え、アリを殺す薬剤を穴に吹き入れ、インターフォンのカバーもアリたちが出入りできないようパテで念入りに封印してくれた。以来、ありがたいことに、一応インターフォンは勝手に鳴らなくなっている。

この「事件」にこりごりした私は、それから何日か経って、伸び放題だったサルスベリの枝を可能なかぎり、のこぎりで切り落としはじめた。アリたちよ、もうこのサルスベリはあきらめて、ここから離れなさい、という思いだった。けれど、私ひとりでできる作業などたかが知れている。汗みずくになって、すぐ疲労困憊してしまう。翌日にまた作業をつづける。切り落とした枝の始末もけっこう大変で、一週間働いたところで、作業はもうおしまい、と投げだしてしまった。手が届かないところも太い枝も残すことになり、アリたちはサルスベリから退散せず、どこかに新しい巣を作ったらしく、せわしげにうえに登ったり、下に降りたりしつづけていた。

そのアリたちを見るたび、白い卵を抱いたまま、私を見返したアリの視線がよみがえってきた。そして、あなたたちには参りました、と言いたくなった。インターフォンのなかにせっかく作った巣が台なしにされても、アリたちはちっともめげない。人間である私のほうはよけいな感情に振りまわされ、ただおろおろするばかり。黙々と命の営みにはげむアリたちは、人間よりも圧倒的に強い。
秋が深まるにつれ、アリは姿を消しはじめた。アリは冬のあいだ、どこで過ごすのだろう。寒くなると、アリはいったん死んでしまうのだろうか。そんなことが、今度は気になりはじめている。

（「日本経済新聞」二〇一四年一一月一六日）

牛のしっぽと人生の喜び

最近、大阪に行く用があって、ついでに鶴橋に立ち寄った。「コリアン・タウン」としてあまりに有名な一帯で、駅に着くやいなや焼肉のにおいが感じられ、大いに食欲を刺激される。そんな鶴橋で、「在日」のひとたちを口汚くののしる「デモ隊」がのし歩くようになっていると聞き、それが本当ならとんでもないことだと心配になったのも、鶴橋に立ち寄った動機のひとつだった。けれどさいわい、私が訪れたその日は平和そのもので、ほっと一安心。早速、適当な店に入って、本格的な韓国料理を楽しみ、韓国風お茶まで堪能した。道の両側では、チヂミやナムル、キムチなどがにぎやかに売られている。どれを買おうかな、と悩みつつ歩いていたら、牛のしっぽ、つまりオックステールが売られていた。東京のスーパーなどでは、めったにお目にかかれない牛のしっぽ。私はときどき、強烈にオックステール・シチューを食べたくなる。なのに、わが家の近所では肝心の牛のしっぽを見つけるのがむずかしい。その飢餓感が常にあるので、どこであろうと、牛のしっぽを見つけたら必ず買うことにしている。というわけで、当然、鶴橋で見つけた牛のしっぽを浮き浮きと買い求めた。

新幹線で東京に戻ってからすぐに、牛のしっぽを鍋の水に入れ、煮はじめた。つぎの日も煮つづけ、三日め、ついに牛のしっぽは骨と肉の部分が離れ、私の求めるシチューができあがった。塩で味付けし、青菜もちょっと入れ、さあ食べようとして、ふと、これはひょっとして韓国のソルロンタンと同じものなのではないか、という「重大な疑い」におそわれた。

まったく、ばかげたことに、私は自分の作っているものはオックステール・シチューだと長いこと信じつづけていた。一方、韓国の食材を扱う店で牛のしっぽが売られている事実を知っていて、なおかつ本物のソルロンタンも好んで食べていたくせに、我流のオックステール・シチューとソルロンタンを結びつけて考えることができないままでいた。そもそもいつ頃だったか、偶然どこかのスーパーで牛のしっぽを見つけ、料理方法もわからず、いい加減に調理してみたら、案外それがおいしくて、以来、勝手にオックステール・シチューと呼んでいただけのこと。

あわてて、パソコンでソルロンタンの料理方法を調べ、私の「疑惑」が正しかったことを確認し、「大発見」の興奮に包まれた。手探りで作っていた自分の料理が突如、ソルロンタンという名前を持つ、由緒正しい韓国料理に生まれ変わってしまった。感動しないわけにいかない。今まで韓国部門と私個人の領域は、私の脳内でまったく別の部分に属していたのだろう。だから、こんな単純なことに気がつかなかった。思いこみというものの頑迷さを思い知らされた。そう、私の感動はひとつの思いこみから解放された喜びでもあった。大げさではなく、私にとって世界の一部分がこれで変わったことになる。

こうした感動とときどきなにげなく巡り会えるからこそ、人生捨てたものではない、と私などは改めて思うのだ。

（「暮しの手帖」二〇一三年一〇・一一月号）

なつかしい「トノ」「ヒメ」「ボーズ」の声

お正月の遊びといえば、なによりも「坊主めくり」を連想せずにはいられない。ここで「百人一首」のかるたと言えないのが、私の文化程度をあからさまに示してしまうようで恥ずかしいのだが、事実なのだからしかたがない。

子どものころ、あの「百人一首」の札は「坊主めくり」のためにあるのかとずっと思っていた。そして、「かるた」とは「いろはかるた」のことだと信じていた。ずいぶんあとになって、テレビでタイトル保持者たちの壮絶な「新春かるた会」を見て、仰天したのだった。「坊主めくり」の札はこのようなゲームに使われるものだったのか、と。ひらがなしか書いていない札がなんのためにあるのかも、その時はじめて知った。そのひらがなの札を場に広げ、選手?たちが奪い合う。「坊主めくり」で活躍する絵札はといえば、暗い顔をした審判みたいなひとが、そこに書いてある字の部分を独特な妙な節をつけて詠みあげるだけなのだった。

中学か高校かどちらかで、「百人一首」を全部暗記することを国語の教師が熱心に勧めていたというおぼろな記憶がある。いや、暗記する宿題が出たのかもしれない。日本の古典文学の理解にとても役に立つから、という理由で。そうなんだろうな、と思いつつ、「坊主めくり」派の身としては、今さら、「百人一首」の正統的世界に一歩でも近づくことは気恥ずかしく、国語の教師がなにを言おうが、「百人一首」の正門から逃げつづけていた。ひねくれ者というか、私には妙なところにやたらこだわる癖がある。

そんなへそ曲がりの結果、いまだに「百人一首」は苦手なまま、そして短歌の世界にも近づけないままでいる。日本には世界にも珍しい「百人一首」というものがある、古い時代のすぐれた短歌を百個集め、現代のごく普通の人たちがそれを暗記して、ゲームにして楽しんでいるんだぞ、などと外国の人になにか自慢したくなると、そんなことを口走ったりしているくせに、本当は私自身それで遊ぶことができず、ふてくされている。

「坊主めくり」がなにしろ、私にとって楽しすぎたのだ。札の全部を裏にしておいて、一枚ずつ順番にめくり、絵柄に女性が出たら場の札がもらえ、坊主が出たら自分の持っている札を全部場に返さなければならない。それ以外の男の札は「トノ」と称して場に積んでおくという、それだけの単純きわまるゲーム。持統天皇も小野小町もみんなひっくるめて「ヒメ」、西行は「ボーズ」呼ばわり、そして後鳥羽院にしろ、紀貫之にしろ、ひとしなみに「トノ」扱いだったのだから、これほど日本の古典に対する冒瀆もない。

私の母はなぜ、「百人一首」にきれいさっぱり背を向けて、「坊主めくり」だけを子どもたちと楽しんでいたのか、と考えてみれば、知的障害のある私の兄も一緒に楽しめるゲームが「坊主めくり」だったから、と今になって思い当たる。母が「百人一首」を知らないわけではなかった。けれども愛する息子を排除するようなゲームを、どうして家族全員が楽しかるべきお正月にできるだろう。私の家には母と子どもたちしかいなかった。古典を体にたたき込まれているはずの母も、兄や私と一緒になって、トノ！　ヒメ！　ボーズ！と叫んでは笑っていた。何度も何度も飽きずに私たちは遊びつづけた。それは私たちにとって、なんという至福の時だったことか。

後年、私も自分の子どもたちにこの「坊主めくり」を伝授して、お正月の特別な遊びとして大いに楽しみつづけた。そして「百人一首」については無視していた。ヒメ！　ボーズ！　と叫ぶ私の子どもたちの声が今でも耳によみがえる。なつかしい母や兄の声とともに。「百人一首」は日本の貴重な文化遺産にちがいない。でも、と私は思う、老後は「百人一首」ではなく、「坊主めくり」の楽しい夢をこそ見ながら過ごしたいものだ、と。

（「毎日新聞」二〇〇七年一月四日）

うしろの正面

通学路

日本の四月は年度のはじまりで、真新しい制服を着た子どもたちやスーツ姿の青年たちを、町でたくさん見かける。遠い大昔、この私も「ぴかぴか」の新入生だったことがある。けれど小学校も中学校も、入学式などについては、きれいさっぱり忘れている。よほどぼんやりした子どもだったから、なのかどうか。

私の入学した私立中学は修道尼がいるような女子校だったので、目新しいことがたくさんあっただろうに、そんな学校生活よりも、当時、都電と呼ばれていた路面電車で通学しはじめた新鮮さのほうをよくおぼえている。その路線が兄の通学路でもあったので、毎朝、一緒に学校に行くことになった。ダウン症の兄の通学にはずっと、母が送り迎えをつづけていた。その役目を晴れがましくも、新中学生である私が受け継いだのだった。

満員の都電のなかでは、制服姿の私たちも黙っている。ほかの乗客に押されて、少し離れてしまうことがある。そんなとき、大勢の乗客のなかにいる兄がやはり変なひとに見えてしまうのかしら、と仔細に点検する眼で見つめていた。兄のおりるべき停留所が近づくと、つぎおりるのよ、と言い、ドアの前まで兄を導く。ぶじに停留所でおりた兄と手を振り合う。それが、私の役目だった。

夕方の迎えのほうは互いの時間が合わず、なかなか実現できずにいた。でもある日、やっとその機会が巡ってきた。日ごろから、兄の学園にはすてきな牧場がある、と聞かされていた。いいな、いいな、と私が騒ぐと、兄も母もにこにこ顔になる。兄が通う夢のような学園に、私はあこがれつづけていた。

その日、どきどきしながら、兄の学園に行った。母から教わった校門には学園の名前はなく、公立中学校の名前があるだけだった。校門のなかに入ってもだれもいない。右手の教室をのぞいた。私の記憶では、兄はそこでひとり、私を待ちわびていた。そばに行くのが、妙に気恥ずかしかった。まず、その教室を見せてもらった。十個ぐらいの机と椅子がまるく置いてあるだけの広々とした教室が、私にはうらやましく思えた。

そして、私はなにを見て気がついたのだったろう、兄の「学園」とはどうやら、その教室ひとつのことらしい、と。校門を入ったときからわかっていたのかもしれない。だけど、そんなことでがっかりしてはいけない。ねえ、牧場はどこ、と聞いた。兄はふらふらと外に出た。校門の脇に金網で仕切られた場所があり、薄汚れたうさぎとにわとりだけがいた。これが牧場？　びっくりして、私は兄の顔を見た。兄がどんな顔をしていたのか、それから私たちがどうしたのかはおぼえていない。

兄のすてきな世界が、自分にはもう見えなくなっている。中学一年生の私はそのときはじめて思い知らされ、今後、自分がひとりで生きなければならない世界の、貧しい現実を、痛切に悲しんでいたのだろうか。

それからすぐに兄は風邪をこじらせて、この世を去ってしまった。私の学校を見てもらう約束を果たすこともできないままだった。

さらに数年後、兄の通っていた小学校で、特殊学級の生徒を健常児からわけるため、校庭の一角が高いトタン塀で仕切られた、との新聞記事を読んだ。いたたまれなくなった私は学校の帰り、その校庭を見届けに行った。私に残された世界の現実はますます貧しくなり、そして冷酷さをつのらせていた。ちょうど東京オリンピックのころだった気がする。

（「毎日新聞」二〇〇七年四月一二日）

子どものころ、「疎開」とか「引き揚げ」という言葉が、まだ、まわりにいくらでも飛び交っていた。さすがに「戦災」や「空襲」などについては、とてもこわいことなんだろうな、とぼんやり受けとめていたけれど、「疎開」と「引き揚げ」についてはじつは愚かなことに、ずっとうらやましく感じていた。私の家族では、あろうことか、末っ子の私ひとりだけが「疎開」をしていなかったのだ。

その事実をはじめて知ったとき、どうしてわたしだけソカイさせてくれなかったの？そんなのひどいよ、と私は口をとがらせ、母に文句を言った。すると母は呆れ果てた顔で、あんたが生まれたのは戦争が終わったあとなんだから、もうソカイの必要はなくなったんでしょうが、と私を叱りつけた。ああ、そうなのか、と思ったものの、やはり不満は残った。少しだけ遅く生まれたばかりに、私ひとり、仲間はずれになってしまった。

この頃、日本がアメリカと戦争をしたという事実すらも知らない若者が増えている、と聞けば、私もおとなぶって呆れたりしているけれど、かつての私もそんな若者たちと似たり寄ったりの立場ではあったのだ。

ソカイやヒキアゲという経験を、私はいとも単純に、「移動」という意味だけでとらえていたような気がする。しかも、そのような「移動」に奇妙な魅力を感じつづけた。とくにヒキアゲについて、自分のヒキアゲ経験をジェスチャー付きで熱心に語る教師たちが学校にはいたし、ラジオでもヒキアゲの話が感動的に語られていた。不思議な地名とともに、片言のロシア語や中国や朝鮮の言葉も飛び出てくるヒキアゲの話。それを語るのは基本的に、ぶじ戻ってきて、自分からその話をしようと願う人たちなのだから、どうしたって最後は、めでたし、めでたしで締めくくられる冒険物語の一種になってしまう。

戦争でなぜ、それほど多くの人たちが、私の日常では考えられない大きな「移動」をしなければならなかったのか、そもそもなぜ日本という国が戦争をはじめ、それがどんな結果で終わり、今の状態につづいているのか、子どもにもわかるよう明晰に、冷静に説明する必要がある、と思いつく人がいなかった。おとなたちにとっては、あまりに自明のことだったから。それとも、自分たちに苦いことはすべてリセットしたかったからなのか。

やがて、気がついてみれば、私も含めた戦後生まれの世代は「戦争を知らない子どもたち」といやな呼び方をされはじめていた。

どういう会話の成りゆきだったのか忘れているが、家に来たある男性に、戦争を知らないとこれだからなあ、と高校生の私は言われたことがあった。ところがその場にいた母が、ふと、わたしも女学校で、さんざんそう言われていたものよ、とつぶやいた。日露戦争を知らないおまえたちは軟弱でなっとらんってね。客も私もそれで吹きだしてしまった。なあんだ、いつの時代にも都合次第で、戦争を口実に利用したがる人はいるんだな、と。

「戦争を知らない子ども」の私は、その後、念願の「移動」をはじめた。ソカイやヒキアゲではなく、個人旅行としての「移動」。あちこち自由に「移動」できる喜びはひとしおだった。韓国や中国、台湾にも最近はよく出かける。それぞれの国に新しくできた友人たちと、戦前、戦後、これからのこと、どんな話題でも遠慮なく語り合えるありがたさ。こうして「戦争を知らない」まま、一生を終えられたら、と私は願わずにいられない。

（「毎日新聞」二〇〇七年五月一〇日）

ウマラのトゲ

私がまだ、十歳のころだったか、近所の庭に何百というバラが咲きそろっているのを見て、茫然とさせられたことがあった。最近、その庭をよく思い出す。ひょんなことから、バラを生まれてはじめて自分の手で育てることになったので。

記憶のなかの庭は、たぶん、六百坪ぐらいの敷地のほとんどを、腰までの高さの、色とりどりのバラで埋め尽くしていた。でも、あれは夢だったのかもしれない、と疑いたくなる気持ちもある。そのとき一緒にいた兄はすでに死んでいるし、そもそもダウン症なので、生きていても証言はしてくれないだろう。

私たちは飼っていた小鳥が逃げだしてしまったので、近所のどこかにまだいるんじゃないか、と探し歩いていた。一軒一軒の家の呼び鈴を押して、こんな小鳥を見かけませんでしたか、と聞く。たいていは、家のまわりを自由に調べさせてくれる。小鳥の行方より、そうして近所の家を見てまわることを、私たちは楽しみはじめていた。古い塀に囲まれ、ひとの気配もない、敷地がとても広い家があった。呼び鈴を押す。陰気なおじいさんが出てきて、それなら、この門とは反対側の潜り戸から庭に入って、勝手に探しなさい、と言われた。塀をまわり、潜り戸をみつけて、なかに入った。すると思いがけず、華やかなバラの花の海がひろがっていたのだ。

まるでそれは「ヒミツの花園」だった。家屋は少なくとも私の眼には、はるか遠くに小さく見えた。私たちはバラの群れにおそれをなして、なかに足を踏み入れなかった、と記憶している。あの家のひとは、バラに魅了されたあげく、広い庭をすっかりバラで埋め尽くしてしまったのか。それが今でも、気になってならない。小鳥は結局、見つからなかった。その家もやがて取り壊され、敷地は小さく区分され、分譲された。

バラという花には、独特の魅力がある。遠い異国の、恋人たちの官能的なささやき声のような。だからこそ、あのバラの庭に私たちは奇妙なおびえを感じたのだったろう。

とは言え、野イバラは「ウマラ（ウバラ）」として万葉集にも詠まれているそうで、古くから日本にも自生し、江戸時代には、身近な花として庚申《こうしん》バラが愛でられていたらしい。決して、遠い国の花ではなかったのだ。それでも農耕文化のこの日本では、あの鋭いトゲがよほど嫌われたのか、決して重要視はされなかったし、仏像に捧げられることなく、文芸作品の主要な題材にもならなかった。

一方、古代エジプトやギリシャ・ローマ、ペルシャでは、トゲにもめげず、バラのにおいは大いに珍重されて、それぞれの宗教で重んじられ、多くの文学作品にも登場しつづけた。かのレスボス島のサッポーも美の神アフロディーテに捧げるバラを詩にうたい、クレオパトラもバラをこよなく愛したという。

日本に住む私たちは近代になってから、さかんに翻訳されはじめたヨーロッパの文学作品を通じて、におい甘やかなバラに特別な思いを寄せるようになったのだ。やはり、文学作品の力は大きい。

もし『源氏物語』に「紫の上」ならぬ「薔薇《そうび》（これは中国からの言葉）の上」が印象深く描かれていたら、それとも、小野小町がすぐれた「薔薇の歌」を詠んでいたら、私たちのバラのイメージは大きく変わっていたことだろう。

ともあれ、鈍感で無粋きわまる私にあの高貴なバラなんて、とひがみつづけてきたのだが、「ウマラのトゲ」なら案外、私にぴったりなのかも、と思い直すようになっている。

（「毎日新聞」二〇〇七年六月一四日）

恵みのブドウ

幼いころから、ブドウの房はいつも身近に揺れていた。私にとって最初の家にも、つぎに住んだ家にも、ブドウ棚があった。最初の家のブドウ棚は狭い洋室の出窓を囲んでいて、その下は犬の領分だった。ブドウが熟しはじめると、出窓に体を乗せて房をもぎり取り、うらやましそうにこちらを見上げている犬にも粒を投げてやりながら、口に運ぶ。果汁の甘みとクモの巣の埃っぽさ、それに犬のにおいも混じって、私の舌を複雑に刺激した。

母の郷里がブドウの産地で、母はブドウとともに育ったようなひとなのだ、と知ったのはいつごろだったのだろう。あるとき、母の郷里からお菓子が届いた。ブドウの一粒一粒を白い砂糖でくるんだお菓子で、固い砂糖の殻をそっと嚙みつぶすと、本物のブドウの果汁が口に溢れ出る。私は大感激し、これこそこの世で最も美しく貴重なお菓子だと信じつづけるに至った。けれども数年前、偶然にこのなつかしいお菓子を見つけて狂喜乱舞した私は、脇にいた友人に講釈付きで食べさせたのだが、ちっとも感動してくれなかった。どうしてこのすばらしさが伝わらないのだろう、とずいぶん、がっかりさせられた。

だれも感動してくれないものと言えば、「ブドウ液」もあった。学生のとき、母の郷里の山村に滞在した。夜のつれづれに農家のおばあさんに勧められ、自家製の「ブドウ液」を飲んだら、ふらふらに酔っぱらってしまった。この「ブドウ液」を母の郷里ではどこでも作っていた。アルコール類が手に入りにくくなっていた戦争末期も戦後も、これだけはいくらでもどこかからわき出てきたらしい。その後、本物のワインが大量生産されはじめたのだったが、今でも「ブドウ液」はひっそりと作られつづけているのだろうか。

ブドウは痩せた土地に育つ。母の郷里はそれだけ貧しい土地だったことになる。もっぱら稲ばかりをありがたがるこの日本では、ブドウしか育てられない土地など、嫌悪の対象でしかなかった。富士山という巨大な火山の近くに位置しているがゆえに、その犠牲となって、いつも飢餓に悩まされつづけた土地。

しかし日本列島の外に出てみれば、そんな貧しさなど問題にもならない、完璧に乾ききった砂漠という広大な空間が存在する。そしてそこでこそ、ブドウは古くから珍重され、大切に育てられてきた。

スエズ運河に近いエジプトの砂漠を進むと、蜃気楼さながらに、コプト教の聖アントニウス修道院があらわれる。そこでは敷地内に深い井戸を掘って、ほとんどの食料を自給自足している。私が修道院にたどり着いたとき、砂で全身がざらざらになっていて、強すぎる日光に目もまともに開けることができなかった。敷地の一隅にブドウ棚を見つけ、その木陰に飛び込んだ。ブドウ棚の下は不思議に涼しい。仰ぎ見れば、水気を甘やかにたたえたブドウの房がちらちらと光を反射させている。そして案内係の僧からいただいたブドウとオリーブの実は、「甘露」そのもの、至福の味だった。そうか、聖書に書いてある天からの恵み「マナ」とは、案外ブドウのことだったのかもしれない、と思いついたほど。

砂漠で甘い露を豊かに包んで揺れるブドウの粒は、夜空に浮かぶ銀色の月にも似ている。そういえば、かつて私が感激したあのお菓子は「月の雫」という名前だった。よもや「月の砂漠」からの命名ではないのだろうが、私の思いは勝手に砂漠に飛んでいき、天の恵みのうるわしさを改めて感じずにいられなくなる。

(「毎日新聞」二〇〇七年七月一二日)

炎暑の記憶

毎年、八月のこの時期になると、ずいぶん前に訪れた長崎の暑さを思い出さずにいられなくなる。炎暑とはあのような暑さのことをいうのだろう。個人的に家族の不幸があったあとの、はじめての夏、しかも、あの悲惨な日航機の事故が起きた直後でもあった。やむにやまれず、という思いで、まだ若かった私は、その夏、長崎におもむいた。

ぜひとも行きたい場所がふたつあった。ひとつは、秀吉の時代にキリシタン弾圧の犠牲となった「二十六聖人」の殉教の碑。この殉教者たちのなかに、十二歳、十三歳、そして十四歳の三人の少年がいることを知ってから、どうしてそんな年齢で、信仰のために自分の命を捨てることができたのか、とずっと気になっていた。もうひとつは、永井隆博士が昭和二十三年に白血病で倒れてから三年間を過ごした、浦上天主堂近くにある「如己堂《にょこどう》」。博士は原爆で妻を亡くし、自身も死と直面する日々、二人の子どもを抱えながら、自分の死後に託したい思いをひたすら書きつづけた。放射線の物理療法を研究していた永井博士は、これからは原子力の時代になる、被爆の苦しみゆえにその現実から目をそらすことがあってはならない、と述べていて、その精神力の強さが私には不思議だった。いくらカトリックの信仰があるからといって、なぜ原子爆弾を投下するような人間の営みに絶望せず、無力な神を呪わずにいられるのだろう。

永井博士と言っても、名前を聞いたこともないというひとが今は多いのかもしれない。私がその本を読み返しはじめたそのころも、すでに忘れられかけた存在になっていた。原爆の被害がまだなまなましかった昭和二十年代の終わりごろ、永井博士の書いた本は『長崎の鐘』、『この子を残して』を代表として、じつにたくさんのひとたちに読まれていた。ところがその後、日本は高度成長の時代に入って、こうした原爆の地からのメッセージに、まともに耳を傾けようというひとが急激に少なくなってしまった。すなおに、まっすぐに、人間の意味を問い、命、死、そして信仰について考え、戦争について、愛について語る永井隆の言葉は、しかし家族の不幸を知った私にとって、時代とは関係なく、新鮮なかがやきと普遍的な強さを少しも失ってはいなかった。

あまりの暑さにくらくらしながら、長い坂をのぼりつめると、そこに「如己堂」があった。それは本当に小さな掘っ立て小屋だった。四十三歳で永井博士が永眠してから、当時ですでに三十五年経っていたが、丁寧にその小屋は保存管理されていて、地元のひとたちの博士への深い愛着を感じさせられた。けれど言うまでもなく、それ以上のものが一介の旅行者にすぎない私に見えたわけではなかった。「二十六聖人」殉教の碑の前にも立った。そこは過酷な処刑が行われた場所。しかしやはり、なにも見届けたいものは見えない。碑にほどこされた三人の少年のレリーフを、汗まみれになって長い間見つめても、私の問いに答が与えられるはずもなかった。

長崎から帰るとき、台風の影響で飛行機が大揺れに揺れ、そのうえ東京には着かず大阪でおろされてしまった。日航機事故の直後だっただけに、乗客たちの不安と緊張で機内はずっと張りつめていた。そして伊丹空港に着陸した瞬間、乗客たちは一斉に歓声をあげ、拍手をした。ああ、この機内は今まで祈りに充ちていたんだ、とそのとき私は感じた。人間の弱さこそが祈りであり、その祈りは人間をつなげる愛情の発露なのかもしれない、と。

（「毎日新聞」二〇〇七年八月九日）

『女流文学者会・記録』

『女流文学者会・記録』（中央公論新社）というできあがったばかりの本が、今、私の手もとにある。本を開き、ページをめくる。すると、あのページこのページから、平林たい子の声が、林芙美子の声が、吉屋信子、佐多稲子、円地文子らの声が、つぎつぎと新鮮にわき起こってきて、思わず当面の仕事を忘れ、聞き入ってしまう。この本に収録されている随筆や座談会などから伝わってくる、今は亡き女性作家たちの声は、不思議なほど力強く切実に私の耳を打ち、それぞれの命のかがやきまでもが、はっきりとこの眼に見えてくる気がしてくる。

この本についてまず、若干の説明をしておかなければならない。昭和十年ごろに、吉屋信子や林芙美子、平林たい子、宇野千代、円地文子、佐多稲子などが日ごろのつきあいからの流れで、女性作家の親睦会である「女流文学者会」を作った。戦中は軍部の命令により、「日本文学報国会」の「婦人部」に吸収されたものの、敗戦後すぐに、この会は再開され、その後、年に何回か例会を持ちながら、昨年の春まで持続されてきたのだ。けれど「女流」なる言葉が死語になっているように、女性作家の親睦会などなぜ必要なの、と不審がられる時代に、今は変わってしまった。女性作家という存在が「特殊」だとは、だれも思わなくなっている。「性」にまつわる課題は本当は、べつの深刻な形で現在の社会に横たわっているのかもしれないが、少なくとも、女性作家のみで集まり、自分たちの仕事をつづけるために力を貸し合う、という時代ではなくなっているらしい。

そこで昨年、じつを言えば私の責任において、この会の閉会を決意したのだったが、いざとなると欲が出て、せめて会の「記録」を残しておきたいと願った。それからほぼ一年かけて、かつての会員がどんなことを語り合い、なにを考えていたのか、現在の私たちがうかがい知るよすがになりそうな資料をあちこちに探しつづけた。その結実が、この一冊の本ということになる。

たとえば、この本からは、座談会での林芙美子の声がひびいてくる。

「いま死にたくないという気持ありますよ。……死ねないわ。……何かまだいいことがありそうな気がする。……」

そしてこの直後に、林芙美子は心臓発作で他界した。座談会のメンバーであり、古くからの友人でもあった平林たい子が同じ『婦人公論』に、追悼文を書いている。

「……私達は、思いがけず二人とも文壇の人間になったが、私たちの夢はこんなことではなかった。もっともっと、崇高ですばらしい筈だった。きのう、林さんの死顔を見たとき、私達の人生は所詮これだけのことだったのか、と思って、自分の幻滅ばかりでなく、一緒に林さんの幻滅を思って涙が出て仕方がなかった。」

この「幻滅」とはなんなのだろう。私はこの言葉から離れられなくなる。文学そのものへの幻滅。「女」として夢見ていた「新しい文学」は気がついてみれば、現実の制度のなかに閉じこめられていたという、深い幻滅。

「女」とは、「女性作家」とは、いったいなんなのかという大きな問いがこの本全体から聞こえてくる。現代の女性作家は果たしてその問いに答え、「幻滅」を少しでも救い得ているのか。そう考えこむ私の耳を、この本からよみがえってくる女性作家たちの声は、痛みとかがやきを伴って打ちつづけるのだ。


（「毎日新聞」二〇〇七年九月一三日）

世の中のヒミツ

世の中にはいっぱいのヒミツが隠されている、と十歳か十一歳のころ、そのことばかり考えていた時期があった。ヒミツを自分で見つけださなければ、こわいことになる。当然、そのヒミツとは悪意に満ちたものなのだ。

なぜ、そんな思いに取りつかれたのか、われながらよくわからない。単に本の読み過ぎだったのかもしれないし、子どもならだれでも一度は経験する「恐怖心」だったのかもしれない。子どもにとって、世の中とは良くも悪くも不思議な世界でしかないのだから。

「悪者」に誘拐されたとき、自力で逃げだすために必要な道具を用意したこともあった。先端に小さな吸盤を結びつけた長い糸。誘拐された場所に吸盤で固定したこの糸をたどれば、私の監禁されている場所がわかるはず。あるいは糸ノコの一部分。これは鉄格子を切断して、逃げだすため。光を反射させて救いを求める鏡。呼子の笛も用意した。

言うまでもなく、子どもっぽい遊びの一種にすぎない。けれど、「悪者」に自分がねらわれているという想像は、奇妙にどんどん現実味を帯び、私を興奮させた。小学校の校舎も、ヒミツのにおいを求めてうろうろした。ちぎれた鎖を拾って、だれがなんのために、この鎖をちぎったのか、と思い悩んだり、地下の石炭庫に怪しい人物がひそんでいると信じてみたり。

そのうち、小さなドアが屋上に通じる階段の途中にあるのに気がついた。そのドアを押すと、簡単に開いた。穴倉のようなそのなかをのぞくと、ちょうどノートぐらいの大きさの石板が大量に積まれている。百枚、いや、もっとたくさんあり、ばらばらに割れている石板もあった。手に取ってみると、子どもの字でなにやら書かれているものもある。これこそ、「学童集団誘拐事件」の痕跡なのではないか、と私はびっくりし、興奮もした。

重大な「証拠物件」を発見したものの、石板をいくら見つめてもナゾは解けない。そこでその一枚を持ちだして、美術の先生だったかに、これはいったいなんでしょうか、と聞いてみた。先生は仰天もしなければ、青ざめもせず、教えてくれた。それは戦争のとき、生徒たちがノート代わりに使っていた石板だよ。当時は紙がなくてね。しかし、なつかしいなあ。

このときに私が味わった落胆は、石板の冷たくて固い感触と重なっている。妄想のなかの「学童集団誘拐事件」は、もろくも消え失せた。そして世の中の「悪意に満ちたヒミツ」を想像しながら探しまわる楽しさも、戦争による物資不足という、あまりに現実的な現実の前では、すっかり色あせてしまった。

私は戦後すぐに生まれているので、石板を使っていたのは、十二、三年前、同じ学校で学んでいた子どもたち、ということになる。みんな生きのびているのか、死んだ子もいるのか、石板で勉強をしていたひとりひとりの子どもが、そのとき私に語りかけてきたのだった。ほら、「過去の時間というヒミツ」もあるんだよ、それはヒミツなんかじゃない、ただあなたの眼に見えなかっただけ、と。

戦争末期の沖縄での集団自決をどう判断するのかという新聞記事から、このささやかな記憶がよみがえってきた。おとなだって、というより、おとなこそ自分の都合で「想像のヒミツ」を見つけだし、それに執着する。そして、今の時間に語りかけつづける「過去の時間というヒミツ」を、「想像のヒミツ」にすり替えようとする。

世の中にはヒミツがいっぱい。おとなも子どももよくよく用心して、ヒミツの正体を見きわめなければ。

（「毎日新聞」二〇〇七年一〇月一〇日）

渡り鳥の飛来

十一月の今ごろになると、こんな東京にもありがたいことに、北方からの渡り鳥があちこちの池に姿を現わし、「自然界」の営みを伝えてくれる。都心にある上野の不忍池を筆頭に、六義園や浜離宮の池にも、渡り鳥は飛んでくる。と言っても、鳥に明るくない私に識別できるのは、首の色が鮮やかなオスのマガモとオシドリ、カワウぐらいなもので、あとはよくわからない。この鳥たちはどこから来たのか、毎年なぜ、わざわざ遠い旅をくり返すのか、どのようにして自分たちの進路を知るのか、長い飛行時間のあいだ、なにを考え、なにを見ているのか、と不思議な気持に包まれる。そして、学生のころに北海道で見た白鳥や丹頂鶴の姿を思い出す。

どういうきっかけからか、四十年前の私は急に、白鳥を自分の眼で見たくなった。根室に近い尾岱沼《おだいとう》というところまで行くと、シベリアから来た白鳥を見ることができる、となにかで知った。春先のまだ寒い時期の北海道まではるばる行くのなら、ついでに丹頂鶴も見たい、そして日本海側の天売島《てうりとう》にも渡って、オロロン鳥（ウミガラス）、ウミウ、ウトウの群れも見よう、とよくばった。

けれど、せっかく訪ねた天売島では、沖にある岩に渦巻く、鳥たちとおぼしき黒い群れと、凶暴なほどの鳴き声の合唱、そして岩を真っ白におおう鳥の糞を確認できたのみ。野鳥を見に行くのに、間抜けな私は双眼鏡を用意することを思いつかずにいたのだ。

釧路湿原の丹頂鶴も同様で、粉雪が降りしきるなか、路線バスでどうにか目的の場所にたどり着いたはいいけれど、雪原にいる数羽の丹頂鶴は肉眼では一センチほどの大きさにしか見えず、クワックワッという鳴き声ばかりがひびいてくる。背後には一軒だけ、番小屋のような家があった。窮余の一策で、私はそこを訪ね、たぶん丹頂鶴を守る役目を果たしている男性に泣きついて、双眼鏡をお借りした。それでやっと、「本物の丹頂鶴」の赤い頭や大きな翼を見届け、感動することができた。

それから尾岱沼に行った。適当にバスを降り、とにかく歩いて水辺に向かった。どのくらい歩いたのか、ある場所まで行くと、コオーッコオーッという耳慣れない鋭い鳴き声が聞こえてきた。背の高いアシをかき分けてみると、思いがけない近さに、白鳥の群れがいた。白鳥は体も鳴き声もとても大きい。水面から飛び立とうとする白鳥の重い羽音がつぎつぎ耳を打つ。それは私にとって、生涯で最も幸せなひとときだったかもしれない。

私は知らず知らず、前に進んでいた。沼のまわりはアシが一面に茂る湿地で、足もとの泥には薄い氷が張っている。やがてなにかにつまずき、みごとに転んでしまった。それで全身泥だらけ。白鳥たちは当然、そんな私に気がつきもしない。泥が重いし、寒いし、見渡すかぎり、人間の気配もない。ひとりきりの私はいっぺんに心細くなり、泣きたい思いになった。

最近聞いた話では、天売島のオロロン鳥は絶滅寸前の状態だとのこと。釧路の丹頂鶴は観光の目玉になっている。尾岱沼の白鳥はどうなっているのやら。

揺るぎない自然の一端を、当時の私はのぞいたつもりになっていた。でもそんなことはなかったのだ。渡り鳥には本来、人間も、人間の作った国境も関係がない。だからこそ憧れずにいられない存在なのに、人間の営みが渡り鳥の運命をも変えてしまう。はかりがたいほどに貴重な一刻一刻を、今年も渡り鳥は飛びつづけている。

(「毎日新聞」二〇〇七年一一月一四日)

ホワイト・クリスマス

去年の冬、東京ではほとんど雪が降らないままだったけれど、今年はどうなるのだろう。少しは雪が降ってくれないかな、と期待するのは、まずクリスマスの時期。でも残念ながら、ホワイト・クリスマスなんて東京に育った私にはまったくと言っていいほど、おぼえがない。基本的に、東京では二月にならないとなかなか雪が降らないことになっている。東京の冬は雪どころか、乾燥要注意なのだ。それなのに子どものころから、クリスマス・ツリーといえば枝に雪の代わりの綿を飾りつづけていた。雪とクリスマスは切り離せないものと信じ込んでいたのだ。それはどうして？ と今ごろ、不思議な気がしてくる。

キリストが生まれたのは、ヤシの木が生える砂漠に近いところで、雪とは関係がない。冬至の日に光を呼び寄せる北欧土着の古いお祭りがあり、それとキリスト教のクリスマスは結びついたという。その光のお祭りがとてもきれいで、ロマンティックに感じられたので、ヨーロッパ中に北欧的クリスマスのイメージがひろがり、この日本にも伝わったのかしら、と考えたくなる。

とは言え、戦後生まれの私にとっては、アメリカから渡ってきたクリスマス・ソングが子どものころからまわりにひびいていて、クリスマスはアメリカ的風景と重なっていた。定番の賛美歌は当然、欠かせないとして、ほかに「ジングル・ベル」や「赤鼻のトナカイ」、「ママがサンタにキスをした」、「ホワイト・クリスマス」などなど。

なかでも、「私は夢見る、白いクリスマスを……」ではじまる「ホワイト・クリスマス」はメロディーと歌詞がきれいで、私もうっとりした気分で口ずさんでいた。クリスマスにはぜひ雪を、とこのｓ歌でますます思うようになった気がする。

ところが、ずいぶんあとになって、『ホワイト・クリスマス』という古いアメリカ映画をテレビで見て、愕然とさせられた。これは、南方のどこかの前線で日本軍と戦っていたアメリカ軍部隊の兵士たちのきずなと「癒し」の物語だったのだ。真珠湾攻撃の翌年である一九四二年に、ビング・クロスビー主演でミュージカル映画が作られ、その主題歌「ホワイト・クリスマス」が爆発的にヒットした。戦争が終わってから、歌の人気はますます高まり、今度は『ホワイト・クリスマス』というタイトルで、五四年に同じ内容の映画が制作されたとのこと。

前線でのクリスマスに敵（日本のこと）の猛攻撃を受けて死と直面した経験を持つ元兵

士たちが無事復員してから、経営不振のリゾートホテルで落ちぶれた境遇の元将軍を見つける、それで彼をはげますため、クリスマスに部隊全員が集まり、軍服姿で前線のクリスマスをしのびつつ、この歌をうたう、外には雪が降りはじめる、というストーリー。

改めて思い返せば、このあと五八年に公開されたミュージカル映画『南太平洋』も、南洋の島で日本と戦っていたアメリカ軍の話なのだった。『南太平洋』でうたわれた歌も、日本でかなり親しまれていた。どうしてそんな映画や歌を当時の日本人は平気で楽しめたのだろう、とびっくりさせられる。でも本当は、「敗戦」の屈辱すら日本人に忘れさせた歌のこうした磁力にこそ、私は驚くべきなのかもしれない。戦後の日本人たちは「敵国」だったアメリカからひびいてくる「ホワイト・クリスマス」を聞いて、平和の意味をかみしめていたのだろうか。

今年のクリスマス、雪のないイラクやアフガニスタンで、アメリカ兵士たちはこの歌を思い出し、そっとうたってみる、その若い、多くの顔を私は想像せずにいられない。

（「毎日新聞」二〇〇七年一二月一二日）

新年の日

年が改まったばかりのある日、野暮用でちょっと外出したら、富士山のきれいな姿を久しぶりに都内からも見ることができ、これは幸さきがいいなあ、とうれしくなった。以前は、東京のあちこちで日常的に富士山を見ていたような気がするけれど、今は、空気の汚れが減る正月か、それとも台風直後の快晴の日ぐらいにしか見られなくなっている。

富士山を見ると、私の場合、母を思い出さずにいられない。母の育ったのが山梨で、まるで私物のように富士山に愛着を持ちつづけていた。早くに死んだ父親が富士山の地質などを調査する仕事をしていたので、その父親を慕う思いも富士山の姿から誘い出されていたのだろう。

そんな事情がなくても、富士山の姿はやはり格別に美しい。古くからあの世にまたがる神聖な山とされてきたのも当然、という気がする。富士山をめぐってさまざまな伝説が語られているが、そのひとつに「甲斐の黒駒」がある。これは言わずと知れた聖徳太子の愛馬のことで、この馬はたった三日間で奈良の斑鳩から富士山を一気に駈けのぼり、信州もまわって、斑鳩に戻ったとのこと。当時の富士山はまださかんに火を噴いていたので、なおさら富士山の頂上を越えることは、今で言えば火星の世界に飛んで行くのと同じぐらいの神秘と驚きを感じさせる行為だったにちがいない。この馬の片親はじつは龍だった、という説もある。

もともと厩戸《うまやど》皇子などと呼ばれていたぐらいなのだから、聖徳太子なる人物はよほど馬と関連が深かったのだろうか。あるいは、ユーラシア大陸の遊牧民が伝えてきた英雄伝説の影響がここにあらわれているのかもしれない。その後、富士山の裾野には朝廷直轄の「牧」ができ、「甲斐の黒駒」は甲州特産のブランド馬として言い伝えられることになる。

甲州というところには（甲州だけではないのだろうが、ここは身びいきを許していただきたい）、ヤマトの文化から見ると、今でも異文化のにおいが濃厚に残されている気がしてならない。甲州の山々には鉱物資源が豊富で、しかも富士山の裾野が広大にひろがっているので、それに目をつけた遊牧民系の渡来人が、ヤマト朝廷ができるよりずっと前からここに集まり、高度な石の研磨技術や乗馬用の馬の飼育など、自分たちの文化を定着させていた。そのように考えると、私の母方の遠い遠いご先祖さまはユーラシア大陸を縦横に馬で駆けまわっていた遊牧民の末裔だったのかな、とひどく強引ながらも想像がひろがり、なにやらちょっぴり勇壮な気分になってくる。

伝説の名馬といえば、漢の武帝が中央アジアから手に入れたという「汗血馬《かんけつ》」もいる。中央アジアの遊牧民世界は名馬のふるさとだった。そして「甲斐の黒駒」の片親だと言われている龍も大陸育ち。その正体は馬でもヘビでも、あるいはワニでもなく、オオカミである、という意外な説を最近、中国の筆者による小説『神なるオオカミ』(講談社)で知った。ヘビは横に体をうねらせるが、龍は縦に体をうねらせて動く。オオカミが草原を走る姿も、その顔も、龍によく似ている。なによりも遊牧民のオオカミに対する深い畏敬の念が、龍というシンボルを作りあげ、漢族の世界にもそれが王の印として伝えられることになったとか。

浅学な私などにはなんとも判断できかねるし、伝説を信じる思いも消え果てた現代で、それがどうした、と言われそうな話でもあるが、少なくとも、日本列島の私たちは伝説の宝庫だった富士山だけは、ありがたいことにまだ失っていない。だからこそ、せめて東京から富士山が見える日がもっとあったらいいのに、と切に願わずにいられなくなる。

(「毎日新聞」二〇〇八年一月一六日)

雪の日曜日

このところ、東京でも雪の日がつづき、そう言えば、兄がまだ生きていたころに、屋根の雪下ろしをしたことがあったっけ、と思い出した。去年はまったく雪が積もらなかったので、雪景色がとても新鮮に見える。そして、いつもは眠っている私の記憶中枢を刺激してくれた。

兄とともに屋根の雪下ろしをしたのはたぶん、私が十一歳の冬。翌年の冬には兄が肺炎でこの世を去っているし、十歳まではほかの家に住んでいたので、計算上、そうなる。その冬、よほどの雪が降ったのだろうか、母が私たちに屋根の雪を下ろして、と命令した。大喜びで私たちは二階の窓から屋根の上に出て、雪をつぎつぎにシャベルで落とした。少なくとも二十センチぐらいの厚みのある雪だったという記憶がある。

そのときの格別な楽しさを私は思い出したのだったが、今考えると、それほど雪の積もった屋根に子どもたちを登らせるなんて、ずいぶん危険なことを当時の親は平気で子どもにさせたものだ、とも思わずにいられない。私の兄はダウン症児だったので、なおさらに。けれど屋根の上は、私たちにとって日ごろからなじみ深い場所ではあった。そのことを母は十分承知していたのかもしれない。屋根に登ると、ちょっとこわいけれど、すばらしくいい気持にもなる。眼に映る町のながめがいつもと変わり、ついでに隣近所のプライベートな部分ものぞき見えるのがおもしろい。不安定な瓦に気をつけながら、四つんばいで屋根のてっぺんを目指すとき、気分はすっかり登山そのものだった。

あまりに有名な三好達治の「太郎を眠らせ、太郎の屋根に雪降りつむ、次郎を眠らせ、次郎の屋根に雪降りつむ」という詩句を、雪におおわれた近所の家の屋根を見ると自動的に思い出さずにいられないが、今の都会の子どもたちには雪で白くなった民家の屋根よりも、マンションのベランダや屋上のほうが身近になっているのだろう。ビルの屋上だって屋根の一種ではある。ちがうのは、ビルの屋上だとなかなか地上から直接見ることができないということ。

今の私もじつは屋根に登るどころか、その夢すらめったに見なくなっている。でも学校の屋上の夢は見つづけている。その夢はいつも、とてもこわい。だれかが下に落ちていく。なにかが空から舞い降りてくる。友人や教師が気味悪く変貌してしまう。屋上や屋根は私たち地上の人間にとって、「落下」と「上昇」の両方のエネルギーが同時に働く特別な場であるらしい。そこでの感覚はちょうど、地上で雪が降るさまを見つめるのと似ている。「落下」と「上昇」のめまいから死の気配が静かに迫ってきて、さまざまな小さな記憶が眼を醒ましはじめる。

高校生のころ、大雪の日に一時間も待ち合わせの時間に遅れて、同級生の友人をすっかり怒らせたことがあった。友人は激怒しながらも、雪のなかで一時間も立ちつづけて私を待ってくれていたのだ。携帯電話のある現在だったら、こんなことは起こり得ない。その友人は四年前に、あっけなくこの世を去ってしまった。

小学校でくり返されていた雪合戦。氷になった雪玉が当たるとアザが残るほど痛くて、私は雪合戦を楽しむどころではなく、ひたすら氷の雪玉から逃げまわるだけだった。

雪の上に見つけた雀の足跡。それは学生のころの雪。チョンチョンチョンとつづいて、最後に、ツーと長く二本の線がのびていた。雀が雪に脚をすべらせたあとにちがいなかった。

雪が降る日は、どうしてここまで些細なことをつぎつぎ思い出すのか、改めて不思議になる。記憶の結晶が雪になって天から降りそそいでくる。そんな気がしてならない。

（「毎日新聞」二〇〇八年二月一三日）

記憶

それにしても、記憶とはなんだろう。人間にとっての記憶は過去から現在の自分に投げかけられる、いつまでも答えの出ない謎なのかもしれない。だから、気になりつづける。

三月には私の誕生日があり、そして春のお彼岸もあり、死と誕生にまつわる個人的な記憶が同時にせめぎ寄ってきて、いつにも増して、記憶の謎に取り囲まれることになる。しかもその謎は毎年、更新されて、微妙に色合いを変えていく。

私が生まれたのは三月の末、ところが母によれば、出産予定日は四月のはじめだったのだとか。その予定日を知らされ、なんとか三月中に産まなければ、と臨月になった母は思い、陣痛をうながすために、床に大豆をばらまいて、それを一粒一粒かがんでは箸で拾うという「運動」を行ったところ、みごと三月中に産むことができた。そのおかげであんたは一年得をしたのだから感謝せよ、とあるとき、母は恩着せがましく私に言ったのだった。もっとゆっくり産んでくれてもよかったのに、と私としては思わないでもなかった。

四月を学年のはじめとするこの日本では、三月の終わりに生まれた子どもは幼稚園のころからいちばんのチビで、小学生になっても、ほかの子どもたちが乱暴に走りまわる校庭に出るのがこわかったし、頭もぼんやりしたままだった。もし母が私を四月に産んでくれていたら、あるいは入学を一年遅くしてくれたら、私はクラスでいちばん大きな子どもということになり、なんら劣等感を持たない、もっと頭脳明晰な人間になっていたかもしれない。

けれどある時期から、私の聞いた母の言葉がどこまで本当だったのか、疑いはじめてもいる。考えてみると、私がおなかにいたころの母はすでに二児を抱え、二番目の子どもはいつまでも赤ん坊のままで、なにか障害があるらしい、という深刻な疑いがつきまとっていたはずなのだ。そして水道もない貸家に住んでいたので、毎日、共同井戸から水を運ばなければならないのがつらい仕事だった、とこれはずいぶんあとになって聞いたことがある。そのうえ夫はほとんど家に寄りつかない。

ひとりの若い女として、これはかなりの苦境にちがいなく、とうてい豆を拾っている場合じゃなかっただろう、と思える。そんな状態でも超人的な母は私の運命を案じて、豆を拾ったのかもしれないが、実際には、たった一度の形ばかりの試みで終わり、むしろ母の極度のストレスと疲れから、私はこの世に早く生まれてしまった、と考えるほうが自然な気がする。それでも母自身の記憶のなかでは、私を産んだ三度目の出産でささやかながら満足を感じた事柄として、豆拾いの一件があざやかに残される結果となった。ほかは思い出したくもない記憶のなかで。

そういう事情だったのではないか、と考えてみたりもするが、実際はよくわからない。母の豆の話を聞いたのは、おそらく私がまだ三十代のころで、つまりその時点で、私の誕生からすでに三十年以上経っていた。その後さらに時間は経ち、充分に老いた母は、十年前にこの世を去ってしまった。今となっては、私の記憶ですら遠いものになっている。

過去のできごとから生まれた記憶は、長い時間のなかで、その人間固有のものに変わっていく。豆拾いもそう言えば、いかにも母にふさわしい一場面ではあった。私の誕生を喜ぶひとりの母親としての気持ちを、母はその話に託していたのかもしれない。私にはそう思えたから、自分の記憶に母の豆拾いを丁寧に保存してきた。そして、言葉としてついに語られることがなかった母の記憶の全体が、今でも大きな謎として、そこからひろがりつづけているのだ。

（「毎日新聞」二〇〇八年三月一二日）

母の声が聞こえる人々とともに

津島香以

あの原発事故から五年が経った。
セシウム137の半減期は三十年、プルトニウムは二万四千年。それを考えれば当然だけれど、事故の状況は収束とはほど遠い。原子炉の中の核燃料を取り出すどころか、どんな状態なのか確かめることすらできずにいる。にもかかわらず、いや、だからこそというべきかもしれないが、国は原発を推進し、オリンピックや戦争の準備にまい進している。そんな報道に接するたび、母の嘆く声が聞こえる。

二〇一一年三月十一日から一週間が経ったころ、母は台湾やインドの友人に向けて、レポートを書き送っていた。台湾の知り合いの何人かから、安否を気づかうメールを受け取っていたので、それに応える形で、母が見聞きしたことや感じたことを伝え、被災地への支援をお願いし、最後に「この機に私たちは真剣に自分たちの生活を見直すべきではないだろうか、そのためにも国境を越えて、一緒にNo more FUKUSHIMA!の声をあげましょう。」というアピールを付け加えた。母が書いたレポートはすぐに台湾の新聞に掲載され、韓国語にも翻訳された。またインドでは、ムリドゥラ・ガルグさんという女性作家が母のレポートを受けて、インドの全国紙にコラムを書いてくださった。母と同じ年齢のムリドゥラさんは、ニューデリーの暴動で息子さんを亡くす経験をしている。きっと母と通じ合うものがあったのだろう。インドのジャイタプールで進められている原発計画に反対の意思を表明したそのコラムは、「津島佑子さんの手紙を何回も読まなくてはいけません。読んで、読んで、大太鼓がドンドン鳴るような大声で叫びたくなるまで読まなくてはなりません。No more FUKUSHIMA!と。」という、力強い言葉で締めくくられていた。母はそのコラムをとても喜び、同時に、インドの反原発活動に参加していた人が警官の発砲で亡くなったことを知り、胸を痛めていた。

母はそれから、国内の友人や知人で、海外につながりを持つ人々にあててメールを書いた。自分ひとりの外国での知り合いは限られている。みんな、世界に向けて、日本の状況を伝え、No more FUKUSHIMA!と呼びかけて欲しいと。何人かが電話やメールで賛同の意思を伝えてくれた。ニュージーランド出身の友人はいち早く反応し、No more FUKUSHIMAS! と、複数形にしたほうがいいとアドバイスをくれた。でも、そういった反応はごく少数で、なにも返信してくれない人がほとんどだった。震災から二週間経っていない時期だ。多くの人がまだ呆然としていたのだろう。原発に関する知識もそれほど行き渡ってはいなかった。被災地支援に駆けつけた人もいたかもしれないし、一瞬で多くの命が奪われたことに傷ついて、動けぬ人もいたかもしれない。とにかく、みんなアピールどころではなかった。インドのムリドゥラさんも、日本の知り合い何人かにメールを出したが、母以外の人はみな、「大丈夫です。すぐに回復するでしょう。」とだけ返信してきたと書いている。母が送ったメールは、そうした人たちにとってひどく無神経なものに見えたのではないだろうか。実際、「No more FUKUSHIMAS!」というだけで福島の人たちを傷つけるのではないかという指摘も受けた。そして、母が揺らぎ始めたとき、「原発さえなければ」と書き残して、福島の酪農家の男性が自殺した。もちろん母のせいではない。でも、母は呼びかけを取り下げた。「軽率でした。」と。

二〇一四年の暮れ、実家に帰省したときに、どうも癌らしいと聞かされた。ずっと咳が止まらず、近所の病院で調べてもらったところ、大きな病院での精密検査をすすめられた。

年末年始を挟んでいたこともあって、検査には時間がかかり、翌二〇一五年の二月一日、最終的に癌の種類を確定する内視鏡検査のため、母は都内の国立病院に入院した。

年明け早々、フランスでシャルリー・エブドという出版社が襲撃され、十二人が殺害される事件が起こり、全世界が騒然としていた。事件はイスラム過激派による「テロ」であると断定され、フランスはイラクやシリアに対する空爆を継続した。それは二〇〇一年にアメリカで起きた九・一一を思い起こさせる出来事だったので、その報復がもたらすものを想像せずにはいられなかった。日本はその尻馬に乗り、巻き込まれるだろう。そして案の定、中東を歴訪していた安倍首相が、よりによってイスラエルで「対テロ戦争」への支援を約束し、それによって、ISに拘束されていた日本人ジャーナリストの後藤健二さんと、湯川遥菜さんの殺害予告が公開されるという、新たな事件が起きていた。世界中の人がふたりの無事を祈ったが、一月二十五日に湯川さんが、そして、母が検査入院した日の早朝、後藤さんが殺害されたと報じられた。

その日の夜、病院に外出届を出して、母とふたりで近くのレストランに食事に出かけた。まだ母も私も深刻な病気だという自覚がなかった。なにが食べたいかと聞いたら、イタリアンがいいというので、病院から歩いて五分程度の、一軒家を改造した隠れ家風の店を予約しておいた。すこし気取った店だったが、焼きたてのフォカッチャがおいしかった。きちんと許可を取っているのだから、なにも悪いことはしていない。でも、ルールを破って遊びに行くようでわくわくしていた。病院の食事がひどかったので、それに対する抗議の気持ちもあったかもしれない。いずれにしても、暗い気持ちを吹き飛ばして、楽しみたかった。レストランでは湯川さんや後藤さんのこと、これから日本が「対テロ戦争」の名の下に侵略の道を突き進んでいくであろうことについて語り合った。狭い店内で母の声はよく響く。隣の席の人たちにぜんぶ聞かれている気がして落ち着かなかった。病気についてはなにも話さなかったと思う。ただ、これからもおいしいものをたくさん食べに行こうね、と帰りがけに母が言ったことだけは覚えている。

退院した日は雪だった。検査の結果が出るのは一週間後ということだったが、入院中に撮ったＰＥＴ画像で癌がかなり進行していることがわかっていた。既に、手術はできない。知人に化学治療の得意な医者を紹介してもらい、転院の手続きを進めた。ところが、そういった準備が整わぬうちに、母は肺炎になってしまった。内視鏡検査の副作用だったらしい。高熱が出ているのに入院できず、自宅で点滴を打って過ごし、やっと入院できたのは一週間後だった。新しい病院は家から歩いていける都立病院で、数年前に緩和ケアの先生が中心になって、病院内の大改革をしたという。そのせいか院内の雰囲気も明るく、スタッフはみな前向きに見える。母は主治医の「大丈夫ですよ。」という言葉にすっかり安心し、楽観的な気持ちを取り戻した。主治医が肺気腫の進んだＣＴ画像を見ても、かつての喫煙を責めなかったのもよかったようだ。実際、肺炎はみるみる良くなり、続いて始まった癌の治療も、抗がん剤が良く効いて順調だった。テレビドラマに出てくるような激しい副作用はほとんど見られなかったし、髪も抜けなかった。治療は、自宅からの通院治療に切り替わり、抗がん剤治療が半ばにさしかかる頃には、家のなかでの生活はいままでと変わりなくなっていた。

四月頃、中学校で使われる教科書の検定結果が公表された。それによると、「政府は、一八九九年に北海道旧土人保護法を制定し、狩猟採集中心のアイヌの人々の土地を取り上げて、農業を営むようにすすめました。」という記述の「アイヌの人々の土地を取り上げて」という部分が、誤解を招くという理由で、「アイヌの人々に土地をあたえて」に変更されるという。小さな小さな記事だった。しかし、母はそれを切り抜き、問題の箇所に赤線を引っ張って、テーブルに置き、私が二階から降りてくるのを待ち構えていた。確かに「保護法で土地を取り上げた」とするのは不正確かもしれない。でも、保護法制定以前にアイヌ民族から「土地を取り上げた」事情を省いて、「土地をあたえた」ということだけを記述してしまったら、和人がアイヌに対して行ったことの核心が伝わらないではないか。母の怒りはもっともだった。それは、ちょうど「ジャッカ・ドフニ　海の記憶の物語」を「すばる」に連載している最中だった。

夏に入る前に、抗がん剤は一旦終了となり、経過観察となった。母はさすがに少し痩せてしまっていた。これから取り戻すと張り切っていたが、体重は思うように戻らず、癌の方はすぐにまた大きくなりはじめた。引き続き、二種類目の抗がん剤を開始したが、副作用もなかった代わりに、効果もなく、治療中にも関わらず癌の転移が見つかった。その頃、新薬が承認されそうだというニュースが私たちの耳にも入ってきた。副作用の発生率も低く、これまでの標準治療よりもよく効き、しかもその効果が持続するという。母も私も祈るような気持ちで承認を待った。母の具合は徐々に悪くなっていたけれど、まだ新薬がある。それが駄目でも、他にもいくつか選択肢は残っている。抗がん剤は時間稼ぎにしかならないとよくいわれるが、承認を待つ時間が稼げたことに母は感謝していた。

年が明けて、二〇一六年一月、待ちに待っていた新薬が承認され、投与が開始された。かなり呼吸が辛そうになっていたけれど、これが効けば状況は一転する。そう、母も、私も、主治医でさえ思っていた。でも、投与から一週間後、母は肺炎になって入院した。通常の細菌性の肺炎なのか、薬の副作用なのか、判断がつきかねる状況で、検査が続き、主治医も迷っているようだった。今度の肺炎は、前のようにすっきりとは良くならなかった。でも、血液検査の結果と酸素量が改善してきたところで、母が「帰りたい。」と言い張ったこともあり、一旦退院することができた。約二週間の入院生活で、ほとんど食事が出来ず、筋肉がすっかり落ちてしまい、家の中を歩き回るのがやっと。呼吸も相変わらず辛そうだった。こんな状態で家に帰って、私ひとりで面倒見られるだろうかと不安だった。でも、帰ってきた母は嬉しそうで、イタリアンや中華などこってりしたものもよく食べた。これだけ元気になるなら、思い切って退院してよかった、と心から思った。「ほら、退院してからよく食べてるでしょ。」と得意げに言っていた声がいまも耳に残っている。

しかし、母はそれから二週間後に息を引き取った。

熱を出し、食欲がなくなって、ベッドから起き上がれなくなり、再び病院に担ぎ込まれたのが二月十五日。腎不全を起こしていた。主治医に、早くて一、二週間。腎不全が改善しても一、二カ月と言われ、それなら当然二、三カ月は持つだろうと思った。医者はいつも最悪の予想を言うものだ。書きかけの作品もある。いまからでも母と相談して、作品を仕上げられないか。誰か会いたい人がいるのではないか。なにか言い残したいことがあるのではないか。でも、母はすぐに会話ができる状態ではなくなり、あっという間に逝ってしまった。早くて一、二週間と言われた日から、たった四日しか経っていなかった。

母は最後まで、また書けるようになると信じていた。まだまだ生きるつもりだった。死を前提とした話は一切しなかったし、死を覚悟したようなそぶりも見せなかった。そんな母を見て、私は死の可能性を受け入れられないのではないかとさえ思っていた。でも母は本当に死を受け入れていなかったのだろうか。去年の夏頃、母が突然服の整理をはじめたことがあった。一月に私がパスポートの更新をしたときには、「私はいいわ。もう行きたいところもないし。」と言った。治療を始める前まで、また台湾に行きたい、ブラジルにも行きたいと言っていたのに。そしてなにより、書きかけだと思っていた新作は、連載開始までまだ三カ月もあるというのに、もうほとんど完成していた。心配性の母のことだ。なにがあっても連載を落とさなくて済むよう、準備万端整えていただけのことなのかもしれないけれど、私が思っていたよりもずっと、母は死を受け入れ、準備を整えていたように思えてくる。そういえば、子どもを失った悲しみをひとつひとつ拾い集めて言葉にしてきた母にとって、死とは覚悟しなければならないほど特別なものではなく、同時に、生とは決して諦めてはならないかけがえのないものだった。死の覚悟を潔い、立派だと褒め称えることは、そこにある生を否定することになりかねない。駄目だったら死ぬだけなんだから、生きている間は諦めない。精一杯生きる。母はそう思っていたのではないだろうか。

こうしていると母と話したあれこれが蘇ってくる。三・一一の後、私が大阪で暮らし始めた頃には、三日とあけずメールが届いていた。私も新しい情報を得る度に母にメールを送った。……ドイツで二十五万人規模の反原発デモが行われたそうです。アメリカ先住民のナバホ族の古い言い伝えです、ウラン開発に対する警告とも取れますよね。昨日の夜も地震がありました、怖い。忌野清志郎の歌はすばらしい。都知事選だめでしたね。昨日の高円寺でのデモはとても盛り上がったみたい。学生のとき熱中していたジョーン・バエズの歌です。それから、これはWe shall overcomeという歌……。メールでは書き切れない込み入った話があるときや、溜まりに溜まった怒りをはき出したいときは電話がかかってくる。東京に帰れば深夜まで話し込み、時には一緒にデモにも行った。そして、いま改めて思う。「No more FUKUSHIMAS!」という呼びかけを取り下げたとき、母は同時に覚悟を決めたのではないだろうか。この事故によって私たちが失ったものはなんだったのか、近代とは、国とは、民族とは、人の尊厳とはなんだったのか、自分の作品を書くことで、自分の言葉で、見つけていくしかないと。だってそれが文学なのだから。母は「No more FUKUSHIMAS!」と言い続けていた。その言葉は多くの人には届かなかったかもしれない。でもそれは、ひとりひとりの人間の、心の奥の、より深いところに届いて、人を動かしてきたのではないだろうか。だから、私も呼びかけたい。自分の言葉で。

母の言葉を聞いた世界中の人々とともに。

No more FUKUSHIMAS! と。

津島佑子　Tsushima, Yuko

一九四七年三月三〇日、東京都三鷹市に生まれる。二〇一六年二月一八日、東京都文京区にて逝去。
単行本で刊行された小説とエッセイなどに以下のものがある。

[小説]

『謝肉祭』（河出書房新社、一九七一）、『童子の影』（河出書房新社、一九七三）、『生き物の集まる家』（新潮社、一九七三）、『我が父たち』（講談社、一九七五）、『葎の母』（第16回田村俊子賞、河出書房新社、一九七五）、『草の臥所』（第5回泉鏡花文学賞、講談社、一九七七）、『歓びの島』（中央公論社、一九七八）、『寵児』（第17回女流文学賞、河出書房新社、一九七八）、『氷原』（作品社、一九七九）、『光の領分』（第1回野間文芸新人賞、講談社、一九七九）、『最後の狩猟』（作品社、一九七九）、『燃える風』（中央公論社、一九八〇）、『山を走る女』（講談社、一九八〇）、『水府』（河出書房新社、一九八二）、『火の河のほとりで』（講談社、一九八三）、『黙市』（第10回川端康成文学賞、新潮社、一九八四）、『逢魔物語』（講談社、一九八四）、『夜の光に追われて』（第38回読売文学賞、講談社、一九八六）、『真昼へ』（第17回平林たい子文学賞、新潮社、一九八八）、『夢の記録』（文藝春秋、一九八八）、自選短篇集『草叢』（学藝書林、一九八九）、『溢れる春』（新潮社、一九九〇）、『大いなる夢よ、光よ』（講談社、一九九一）、『かがやく水の時代』（新潮社、一九九四）、『風よ、空駆ける風よ』（第6回伊藤整文学賞、文藝春秋、一九九五）、『火の山―山猿記』（第34回谷崎潤一郎賞・第51回野間文芸賞、講談社、一九九八）、『「私」』（新潮社、一九九九）、『笑いオオカミ』（第28回大佛次郎賞、新潮社、二〇〇〇）、『ナラ・レポート』（平成16年度芸術選奨文部科学大臣賞・第15回紫式部文学賞、文藝春秋、二〇〇四)、『野蛮な、あまりに野蛮な』(講談社、二〇〇八)、『電気馬』(新潮社、二〇〇九)、『黄金の夢の歌』(第53回毎日芸術賞、講談社、二〇一〇)、『葦舟、飛んだ』(毎日新聞社、二〇一一)、『ヤマネコ・ドーム』(講談社、二〇一三)、『ジャッカ・ドフニ—海の記憶の物語』(集英社、二〇一六)。

[エッセイ集ほか]

『透明空間が見える時』(青銅社、一九七七)、『夜のティー・パーティ』(人文書院、一九七九)、『夜と朝の手紙』(海竜社、一九八〇)、『小説のなかの風景』(中央公論社、一九八二)、『私の時間』(人文書院、一九八二)、『幼き日々へ』(講談社、一九八六)、『本のなかの少女たち』(中央公論社、一九八九)、『伊勢物語　土佐日記』(講談社、一九九〇)、『アニの夢　私のイノチ』(講談社、一九九九)、『快楽の本棚』(中公新書、二〇〇三)、『女という経験』(平凡社、二〇〇六)、『山のある家　井戸のある家—東京ソウル往復書簡』(申京淑との往復書簡集。集英社、二〇〇七)、『夢の歌から』(インスクリプト、二〇一六、本書)。

ほかに、「うつほ物語」の翻案・現代語訳『堤中納言物語　うつほ物語』(少年少女古典文学館第七巻、講談社、一九九二。干刈あがたによる「堤中納言物語」との合冊)、対談『何が性格を作るか』(宮城音弥と。朝日出版社、一九七九)、『キャリアと家族』(マーガレット・ドラブルと。岩波ブックレット163、一九九〇)などがある。

作品の多くが欧米、中国、韓国などで翻訳されている。またアイヌ叙事詩のフランス語訳にたずさわり、*Tombent, tombent les gouttes d'argent* (Gallimard, 1995.『銀の雫降る、降る』)を刊行した。

津島佑子さんは本書の校正刷を読むことなく先立たれました。しかし生前手渡された初出印刷原稿には、一部削除指示と僅かではあるが修正が書き込まれており、ひととおり再読された後のものであったと思われます。したがって本書は原則として初出紙誌および書籍を定稿とし、ルビを振り直す以外、明らかな誤植の訂正、若干の表記を改めるのみにとどめました。（編集子）

夢の歌から

二〇一六年四月二二日　初版第一刷発行

著者　津島佑子

装幀　間村俊一
装画　山福朱実
発行者　丸山哲郎
発行所　株式会社インスクリプト
東京都千代田区神田神保町一－四〇
一〇一－〇〇五一
電話　〇三－五二一七－四六八六
FAX　〇三－五二一七－四七一五
www.inscript.co.jp

印刷・製本　中央精版印刷株式会社

ISBN978-4-900997-62-2　Printed in Japan
©2016 Kai Tsushima
落丁・乱丁本はお取り替えします。定価はカバー・オビに表示してあります。

中上健次集　全十巻

［価格は本体価格］

一　岬、十九歳の地図、他十三篇（第四回配本）［解説：大塚英志］　三九〇〇円
二　蛇淫、化粧、熊野集
三　鳳仙花、水の女（第六回配本）［解説：堀江敏幸］　三六〇〇円
四　紀州、物語の系譜、他（第八回配本、二〇一六年五月）［解説：高村薫］　三八〇〇円
五　枯木灘、覇王の七日（第七回配本）［解説：奥泉光］　三五〇〇円
六　地の果て至上の時（第五回配本）［解説：いとうせいこう］　三六〇〇円
七　千年の愉楽、奇蹟（第一回配本）［解説：阿部和重］　三七〇〇円
八　紀伊物語、火まつり（第三回配本）［解説：中上紀］　三五〇〇円
九　重力の都、宇津保物語、他八篇（第二回配本）［解説：安藤礼二］　三五〇〇円
十　熱風、野生の火炎樹

最終回配本　二〇一六年秋予定

発行　インスクリプト
四六判上製角背縢り綴カバー装　本文9ポ二段組　平均四五〇頁
装幀　間村俊一　カバー写真　港千尋